Reiseziel Heimkehr

Martin Klumbies

Reiseziel Heimkehr

Zwischen Altona und Australien

Bibliografische Information der Deutschen Nationalbibliothek
Die Deutsche Nationalbibliothek verzeichnet diese Publikation in der Deutschen Nationalbibliografie; detaillierte bibliografische Daten sind im Internet über http://dnb.dnb.de abrufbar.

© 2015 Martin Klumbies
Satz, Umschlaggestaltung, Herstellung und Verlag:
BoD – Books on Demand
ISBN 978-3-7386-9844-2

Vorwort

Bevor ein Schiff den Hafen verlässt, wird reichlich Ausrüstung, Brennstoff, Wasser und Proviant an Bord genommen, die Schiffsapotheke ist gefüllt, die Seekarten liegen klar, der Kurs ist bestimmt und alles ist verstaut und gezurrt - seeklar beginnt die Reise.

Sobald die Leinen losgeschmissen sind, wird mit größter Sorgfalt navigiert, um Unfälle und Kollisionen auszuschließen.

An ein Menschenleben sind vergleichbare Ansprüche zu stellen.

Begebe ich mich auf Ausguck, identifiziere ich allmählich Personen, Ereignisse und Strukturen meines Lebens. Etliche Erinnerungen sind klar und deutlich, andere huschen unfassbar vorbei, wie der Schein eines Leuchtfeuers in dunkler Nacht.

In diesem Logbuch meiner Erinnerungsfahrten schreibe ich über Kindheit, Krieg und schlingernde Kurse, von Liebe, Hunger, Hoffnung und Tod.

Ungünstiger Zeitpunkt

Der Tag, an dem ich das Licht der Welt erblickte, der 7. September 1939, war ein ungünstiger Zeitpunkt - zumindest objektiv betrachtet; denn ich wurde in einen Krieg hinein geboren. Subjektiv befand ich mich jedoch zunächst umhegt in einer Art beschützendem Biotop, nachdem ich aus der Geborgenheit des Mutterleibes in die Realität geglitten war. Mit Hilfe einer Hebamme. Unspektakulär und ohne Komplikationen ging es zu, ich war augenscheinlich gesund und alles wirkte normal. Meine Geburt vollzog sich an einem Donnerstag in unserer Wohnung in Hamburg-Altona, Große Bergstraße 22.

Wäre ich damals schon in der Lage gewesen, aus dem Fenster blicken zu können, hätte ich zufrieden konstatiert: eine anständige Gegend, offenbar ein behaglicher Ort mit drei- bis vierstöckigen Häusern, kleinen Läden, etwas Reklame, Hausfrauen mit Handtaschen beim Einkauf und vereinzelt Männer, manche mit Elbsegler auf dem Kopf, eher leger gekleidet und hemdsärmelig.

Aber die Welt vor unserem Fenster war nicht immer so harmonisch gewesen, wie es jetzt gerade schien. In der Weimarer Zeit galt das Gebiet politisch wie sozial als kaum kontrollierbar mit seinem Mix aus biederen Arbeiterfamilien und sonstigen augenscheinlich einfachen Leuten, Unterstützungsempfängern und sozial Deklassierten.

Schon sieben Jahre vor meiner Geburt, im Juli 1932, also noch vor der Machtergreifung der Nazis, war hier der SA eine Demonstration genehmigt worden. Der Zweck war, die Bevölkerung, die mehrheitlich als kommunistisch orientiert angesehen wurde, zu provozieren. Alle hatten sich gut vorbereitet: SA und SS, angebliche Kommunisten und die Polizei. Es ging wie es kommen sollte, ganz im Sinne der reaktionären Antidemokraten. Amtlich ist: Erst starben zwei SA-Leute durch

Kugeln von Unbekannten (nach den gefälschten Akten damals waren es Kommunisten), dann - nach neuesten Forschungen - sechzehn völlig unbeteiligte Menschen durch Karabinerkugeln der Polizei. Dafür wurde keiner je haftbar gemacht. Die Ereignisse dieses Tages, der als „Altonaer Blutsonntag" in Hamburgs Geschichte einging, boten der preußischen Regierung den Vorwand, die demokratische Verfassung außer Kraft zu setzen, womit den Nazis ein weiterer Stein auf dem Weg zur Totalherrschaft aus dem Weg geräumt wurde. Als die Nazis dann regierten, wurden 1933 an einem Sondergericht in Altona vier junge Männer zum Tode verurteilt und im Hof des heute noch existierenden Gerichtsgebäudes hingerichtet, das heißt, mit dem Handbeil geköpft. Wegen der Fälschungen von Beweismitteln in den Prozessen wurden die Hingerichteten 1992 offiziell als Opfer des Nazi-Regimes rehabilitiert, ihre Namen: August Lütgens, Walter Möller, Karl Wolff und Bruno Tesch. Zu ihrem Gedenken leitete ich fünfzig Jahre nach ihrer Tötung eine Demonstration in Altona, die aber keine größere Aufmerksamkeit mehr fand. Meine Gedanken galten jetzt auch dem glücklichen Umstand, dass meine Mutter 1932 nicht zu den Opfern zählte. Denn den Blutsonntag hatte sie miterlebt - und zufällig überlebt. Sie befand sich ahnungslos auf dem Heimweg, als die Schießereien begannen. Schnell kauerte sie sich in einen Hauseingang, bis es etwas ruhiger wurde. Ohne Schäden davon getragen zu haben, eilte sie nach Hause, so schnell sie konnte. Um ihren Bauch legte sie schützend ihre Arme, denn sie war im fünften Monat schwanger. Hans, mein Bruder, wurde im November 1932 geboren. Er hatte rötliches Haar und sah damit eindeutig wie ein Spross der Familie der Mutter aus. Unter anderem dieser Umstand würde bald das Herz des Großvaters für seinen Enkel öffnen.

Als ich nun bei ihr im Wochenbett friedlich an ihrer Brust weilen durfte, ahnte ich noch nicht, dass meine Mutter die ausgeprägte, fast zwanghafte Neigung hatte, Erlebnisse ihres Lebens bei allen ihr passend erscheinenden Gelegenheiten zu erzählen. Mitunter habe ich dies als störend empfunden, heute hingegen bildet es die Grundlage für manche Erinnerung, die mir sonst verloren gegangen wäre. Auch die Geschichte vom Blutsonntag blieb mir so präsent. Es brauchte lange, bis mir aufging, dass schon 1932 meine Existenz hätte vereitelt werden können.

Von meiner Geburt erzählte meine Mutter fast nie; wahrscheinlich empfand sie die Umstände nicht als ausreichend „freudig". Die Abwesenheit des Vaters ihres Kindes trübte ihr wohl die Stimmung. Geschossen wurde zwar zu diesem Zeitpunkt nicht, jedenfalls nicht vor Ort. Zu schaffen machte ihr aber sicher die allgemeine Atmosphäre draußen: kräftig bräunlich verschmutzt, verursachte sie Luftnot bei jedem, der frei atmen wollte - was mochte das für ihr Kind bedeuten? Millionen Menschen inhalierten gierig, als sei es ein Elixier, was doch nur giftig war, sie lauschten am Volksempfänger der Propaganda und lasen „Der Stürmer", sie berauschten sich und schrien: „Wir brauchen Lebensraum!" Und schon marschierten junge Männer und reife Familienväter los, im Gleichschritt - gerade mal sechs Tage vor meiner Geburt. Da hatte Deutschland mit dem Überfall auf Polen begonnen, jahrelang Tod und Elend zu verbreiten. Der Zweite Weltkrieg war entbrannt. Begeistert trampelten deutsche Horden rücksichtslos über Grenzen und mordeten Menschen, dass es blutig spritzte. Vorerst heimlich, erstickte man Behinderte mit Abgasen in Gaswagen und heuchlerisch sprühten Deutsche bald aus Duschköpfen Zyklon-B auf viele Millionen Juden sowie Sinti und Roma, auf Homosexuelle und Humanisten. Morden und Rauben war das Metier der Nazis, Bomben, Kanonen und Raketen ihr ganzer Stolz. Deutsche Menschen gerieten alsbald in Ekstase. Allerorts Begeisterung ob erster Siegesmeldungen, Trara und die Arme ausgestreckt zum „deutschen Gruß"; Hackenknallen und Hitlerrufe strapazierten das Gehör. Was sollte da nur aus ihrem Sohn werden?

Aber es gab auch Deutsche, die wollten nicht morden und unterdrücken. Viele gingen ins Exil, agitierten und leisteten Widerstand. Andere versteckten sich oder flüchteten, um nicht unter die Stiefel oder ins Gas zu geraten. Verfolgte und Anständige hofften, Kluge wussten oder ahnten, dass von dem wahnsinnigen Zeitmaß der Nazis von tausend Jahren nur ein winziger Bruchteil Bestand haben konnte. Dann würde eine befreiende und freiheitliche Flut den braunen Dreck hinweg spülen. Bis dahin musste man durchhalten – irgendwie.

Meine Mutter war bisher nicht mit den Nazis gelaufen. Aber sie hatte auch nichts dagegen getan. Für ihr Kind wollte sie nur Ruhe haben, ihr Mutterinstinkt dominierte. Hätte sie die gegenwärtige Wahrheit gekannt, die der Ausgestoßenen, Verfolgten und Unterjochten, ganz sicher hätte sie mitgefühlt. Aber organisiert etwas dagegen zu tun? Das wäre einfach nicht ihre Art gewesen.

Zumindest die erste Zeit nach meiner Geburt muss für sie sehr anstrengend gewesen sein. Sie war dreißig Jahre alt und von nicht gerade kräftiger Statur, dabei neigte sie dazu, ihr Leistungsvermögen zu überschätzen und sich kaum zu schonen. Doch Besuche der Hebamme in den ersten Tagen meines Daseins hielten sie wohl auf dem Boden einsichtsvoller Vernunft. Aber bald war die junge Frau auf sich allein gestellt. Selbständig musste sie mich versorgen, Einkäufe machen und sonstigen Anforderungen gerecht werden. Wenig später ging sie, wie zuvor, in der Wäscherei eines Altenheimes einer schweren Arbeit nach - um Geld zum Leben zu verdienen, denn von ihrem Mann erhielt sie nicht viel.

Während meine Mutter mich zur Welt brachte, war mein Vater als Matrose irgendwo in der Nord- oder Ostsee mit einem Seeschiff unterwegs, und zwar auf einem Frachter bei der Handelsmarine. Somit war es nicht seine Aufgabe, andere Menschen zu töten. Das bedeutete aber natürlich nicht, selbst keinen Todesgefahren ausgesetzt zu sein. Das wusste mein Vater und meine Mutter gab sich wohl ebenfalls keinen Illusionen hin. Kanonengeschosse, Seeminen oder Torpedos bedrohten schließlich jedes Schiff zur See und in den Häfen, da bot auch ein noch so ziviler Status keine Garantie für sichere Fahrt und Überleben.

Ein gefährdeter Typ

Berichtete meine Mutter nichts über meine Geburt an sich, so erzählte sie doch bis ins hohe Alter immer mal wieder, dass die Hebamme bei ihren Besuchen am Wochenbett meine großen, dunklen Augen geradezu bewundert hätte. Gut dazu passten meine vollen schwarzen Haare. Wenn meine Mutter von meinen Attributen erzählte, mit denen ich ganz nach dem Vater schlug, wie sie bemerkte, bekam ihr Gesicht weiche Züge.

Aber große braune Augen und schwarze Haare konnten in der Nazizeit auch etwas ganz anderes als Zuspruch hervorrufen. Immer wieder, in empörtem und auch ängstlichem Ton, erzählte meine Mutter von einem Erlebnis, das sie tief getroffen haben musste:

Als sie in der Wäscherei des Altersheimes arbeitete, fuhr sie mich immer frühmorgens in einer Kinderkarre zur Krippe. Da passierte es, dass fremde Menschen mich anstarrten und in bedrohlichem Ton zu ihr sagten, dass sie wohl mit einem „Judenbalg" unterwegs sei. Tief erschrocken, aber geistesgegenwärtig mit einem flotten Spruch auf den Lippen, schob sie mich eilig weiter, und wir entgingen somit gefährlicher Neugierde „Das war ja schrecklich! Dabei warst du ja gar kein Jude." So oder so ähnlich pflegte sie recht arglos diese Geschichte zu beenden. Natürlich erinnerte ich mich nicht an diese Szene. Aber schon die Erzählung weckte Furcht und Schrecken in mir. Mich beschlich eine beklemmende Angst, als ich begriff, dass meine schwarzen Haare und die dunkelbraunen Augen Grund für etwas Furchtbares hätten sein können. Die Erkenntnis, dass ich selbst ein Opfer hätte werden können, lehrte mich, abstrakte Dimensionen wie sechs Millionen Tote oder Abermillionen Opfer, als eine Vielzahl einzelner Menschen aus Fleisch und Blut zu verstehen – Frauen, Kinder und Männer, die brutal ihres Lebens beraubt worden waren.

Diese Episode blieb mir mein ganzes Leben präsent. Ich war sensibilisiert für Fragen der Menschlichkeit, für Freiheitsrechte und Gleichheitsgrundsätze, Diskriminierungsverbote und das Gebot, keine Menschen aus rassistischen Gründen oder wegen des Geschlechts, der Abstammung, der Sprache, der Heimat und Herkunft, des Glaubens sowie der religiösen oder politischen Anschauungen zu benachteiligen oder zu bevorzugen. Als ich mich viele Jahre später per Amtseid verpflichten sollte, eben für diese Werte einzutreten, tat ich das aus Überzeugung.

Doch in meiner Jugend und während meiner Fahrenszeit als junger Seemann förderte mein Aussehen eher meine Eitelkeit, denn ich fand dadurch Zuspruch. Besonders in skandinavischen Breiten, wenn die Mitternachtssonne den Horizont küsste oder die bunten Kaskaden des Nordlichts nachts über den Himmel wogten, schwärmten gelegentlich junge Damen für mich, vermutlich gerade weil ich keineswegs dem nordischen Typus entsprach.

Dorfleben und Todesschüsse

Meine Mutter wurde kurz vor Weihnachten 1908 in Magdeburg geboren. Ihre Mutter war unter betrüblichen Verhältnissen in einem Waisenheim aufgewachsen. Wahrscheinlich fiel es ihr schwer, ihrer Tochter hinreichend Liebe zu geben. Meine Mutter hatte immer wieder während ihres Lebens über einen Mangel an liebevoller Zuwendung geklagt, zumal auch ihr Vater sich emotional sehr zurückhaltend verhielt. Die gefühlsmäßigen Defizite und allmählich auch psychische Verletzungen fügten meiner Mutter Wunden bei, die nie richtig verheilten. Etwas Ersatz suchte und fand sie bei einer im Dorf wohnenden Tante, die sich aus tiefer Zuneigung um meine Mutter bemühte, hauptsächlich wohl, weil deren Tochter in jungen Jahren verstorben war.

Schon als Kind und ihr ganzes Leben litt meine Mutter an einer sichtbaren Hautkrankheit, die im Wesentlichen nur die Hände und ihr Gesicht verschonte. Im Sommer war sie deswegen mancherlei Hänseleien ausgesetzt. Das aktivierte jedoch ihren Widerstandswillen und auch ihre Neigung, sich körperlich zu wehren, wobei sie, wie sie selbst erzählte, gelegentlich recht grob vorging. Ein schützender, ganzteiliger Badeanzug und ihre resolute Selbstbehauptung verschafften ihr die Möglichkeit, in einem voll Wasser gelaufenen Steinbruch unbehelligt schwimmen zu lernen. Sich im kühlen Nass auszutoben, bereitete ihr nicht nur Freude, sondern sie konnte sich so auch von manchem Frust befreien, der sich bei ihr aufgrund ihrer Lebensumstände anstaute. Aber dies wirkte leider nicht nachhaltig. Selbst als sie erwachsen war, brach ab und zu ein etwas rabiates Verhalten hervor, worunter vor allem mein Bruder zu leiden hatte.

Der Vater meiner Mutter hatte nach der Volksschule als Maurer gearbeitet. Den Ersten Weltkrieg überlebte er als gemeiner Soldat an der Westfront, ohne physische Verletzungen davon getragen zu haben. Nach dem Kriegsende, in politisch und wirtschaftlich schwierigen Verhältnissen, versah er einen Dienst als Gemeindediener und Nachtwächter in einem Dorf bei Magdeburg. Für diesen Dienst hatte er die rechte Statur, groß und pyknisch war er, mit dickem Bauch. Mehrere Generationen seiner Familie hatten schon in dem alten Ort gelebt. Ein großes Gut am Rande beschäftigte saisonbedingt mal mehr, mal weniger Dorfbewohner auf den Feldern. Meine Mutter musste schon als Kind auf den Knien die Ackerfurchen entlang rutschen, um Kartoffeln einzusammeln. Um die Kniegelenke gebundene Säcke sollten diese wichtigen Gliedmaßen schützen. Das taten sie aber nicht ausreichend. Im Pensionsalter konnte sie dann nur noch mühsam auf Krücken gehen.

Meine Mutter hatte eine sehr enge und liebevolle Beziehung zu ihrem einzigen Bruder, der acht Jahre jünger war als sie. Er wurde mitten im Ersten Weltkrieg geboren. Gewisse Versorgungsmängel bekam er sicherlich zu spüren, aber immerhin war der Teil Deutschlands, wo er und seine Familie lebten, keinen Kampfhandlungen ausgesetzt. Gesegnet mit einem freundlichen Wesen und gutem Aussehen sowie einer weit überdurchschnittlichen Intelligenz und, wie sich schon in der Schule gezeigt hatte, offenbar poetischem Talent, war er jedermanns Liebling. Zum Mann herangewachsen, beeindruckte er außerdem durch seine schlanke, stattliche Gestalt. Mein Bruder, der ja faktisch bei seinen Großeltern aufwuchs, verehrte seinen Onkel geradezu, der während seiner Gymnasialzeit und auch danach beim Militär, oft die Gelegenheit nutzte, sein Elternhaus zu besuchen. Mir war unser Onkel eigentlich fremd. Aber unsere Mutter erzählte immer mal wieder von ihrem Bruder, sogar spannende Geschichten, so dass er mir auf diese Weise doch nicht gänzlich unbekannt war. Auch besuchte er, wie einige wenige Bilder bezeugen, gelegentlich schon während des Krieges seine Schwester in Hamburg – dann schon in der Uniform eines Fliegeroffiziers. Er wird mich dabei natürlich begrüßt und mit mir gesprochen haben, doch habe ich keinerlei Erinnerung daran.

Im Verhältnis zwischen der älteren Schwester und ihrem wesentlich jüngeren Bruder schälte sich allmählich eine Art hierarchischer Wechsel heraus. Der jüngere Bruder bewegte sich vor allem sozial und beruflich in höheren Sphären. Jedoch blickte meine Mutter neidlos zu ihm auf. Ihr Leben lang war sie stolz auf ihren Bruder gewesen. Es fiel ihr leicht, die Positionen von Über- und Unterordnung zu wechseln. Aufgrund des Altersunterschiedes von acht Jahren hatte sie ja ganz natürlich lange eine Schutzfunktion gegenüber ihrem Bruder inne. Später, schon als erwachsene Frau und Mutter, die mit erheblichen Schwierigkeiten in ihrem Leben kämpfen musste, hatte er ihr offenbar oftmals mit Rat und Tat beigestanden. Noch lange nach seinem Tod meinte sie, dass manches anders geworden wäre, wenn er länger gelebt hätte. Allerdings wollte sie nie näher ausführen, was sie denn damit konkret meinen würde.

Ein gemeinsames Erlebnis im Jahr 1923 verstärkte wohl besonders die Bindung der beiden ungleichen Geschwister.

In der Nacht vom 2. auf den 3. September peitschten weitab Schüsse von den Feldern, die das Dorf umgaben, in dem sie lebten. Kaum ein Mensch dürfte beunruhigt im Ort aufgehorcht haben. Schnell verklang der Schall in der Feldmark. Falls überhaupt einer Notiz von den Geräuschen nahm, dachte man wahrscheinlich, dass jemand bei dem recht milden und trockenen Wetter einen Hasen gejagt hatte oder ein Reh. Schließlich herrschten harte Zeiten, viele Mäuler mussten gestopft werden. Da war es ganz natürlich, dass es ab und an mal fernab knallte. Doch diesmal war kein Tier gejagt worden. Tatsächlich mussten zwei Männer ihr Leben lassen. Sie wurden mit einer Pistole erschossen. Aus nächster Nähe, und zwar von meinem Großvater in seiner Eigenschaft als Wächter. Gemeinhin sind Bedienstete des Staates gehalten, beim Gebrauch von Schusswaffen auf die Arme oder Beine der Angreifer zu zielen. Das war offenbar in der akuten Situation meinem Großvater nicht möglich gewesen. Die Opfer, sogenannte Felddiebe, sollen nach amtlichen Feststellungen sein Leben bedroht haben, so dass er in Notwehr tötete. Die Angehörigen und Freunde der Opfer sahen die Sachlage jedoch anders. Großvater und die Erschossenen stammten aus demselben Dorf. Sie waren als Kommunisten bekannt. Mein Großvater war Sozialdemokrat. Die drei Involvierten waren ursprünglich Arbeiter oder Maurer gewesen und kannten sich persönlich, denn in dem Dorf konnte man sich nicht aus dem Wege gehen. Also: Drei Angehörige der Arbeiterklasse, die sich persönlich kennen, treffen sich in einer Konfliktlage, zwei sterben. Die sogenannten Diebe hatten auf einem Acker, der nicht ihnen, sondern dem Gutsbesitzer gehörte, Früchte des Feldes „geerntet", was nach Recht und Gesetz wohl als Mundraub oder Diebstahl hätte gewertet werden können. Im Volksmund nennt man solche Handlungen „klauen". Hunger in der Familie erweitert gemeinhin ethische Perspektiven der Ernährer. Unwillkürlich wirken die Ereignisse aus heutiger Sicht wie ein Menetekel. Sozialdemokraten gegen Kommunisten; da gab es lachende Dritte. Schon seit Jahren hatten sich auf der politischen Ebene Sozialdemokraten und Kommunisten gegenseitig bekämpft. Lachende Sieger wurden damals Hitler und die Finanzstarken hinter ihm - vorerst jedenfalls.

Als Randbemerkung: Während der Hungerszeit nach dem Zweiten Weltkrieg „ernteten" auch mein Bruder und ich auf fremden Feldern. Doch glücklicherweise bemerkte uns kein Wächter – oder er ging seines Weges, weil er um unsere Not wusste.

Die Felddiebe laufen zu lassen, war unserem Großvater subjektiv nicht möglich gewesen. Das ist sehr bedauerlich. Es wäre besser gewesen für die Opfer, selbstverständlich, und deren Familien, für unseren Großvater und auch für dessen Kinder.
Am Tage nach den Todesschüssen versammelte sich, laut Polizeibericht, „...eine wütende Menge von 500 bis 1000", skandierte vor Großvaters Haus „... wüstes und gemeines Schreien", wobei die „Aufrührer" der zuständigen Behörde „... persönlich bekannt (waren) als Personen, denen nichts Gutes zuzutrauen ist. Als besonders rabiat muss die Ehefrau eines Opfers, Nanni ..., bezeichnet werden." Nach vergeblichen Versuchen, das Haus in Brand zu stecken, wurde die Eingangstür gesprengt und die Wohnung gestürmt. Großvater schleppte man kopfüber, unter Tritten und Faustschlägen, die Treppen herab. Dumpf schlug sein Kopf auf die Stufen. Dabei zog er sich erhebliche,

jedoch nicht lebensgefährliche Verletzungen zu, bevor andere Polizisten ihn schützen konnten. Am nächsten Tag wurden meine Mutter, damals vierzehn Jahre alt, und ihr sechsjähriger Bruder von zwei vermutlich kommunistischen Frauen entführt. Die Kinder sollten in der Leichenhalle des Ortes an den Füssen aufgehängt werden. Das hat allerdings der Ortsleiter der Kommunistischen Partei verhindert. In einem Provinzblatt, dem "Stadt- und Landboten" von Neuhaldensleben stand am 6.9.1923, zwei Tage nach dem Überfall: „…Inzwischen ist der Gemeindediener … seinen Verletzungen erlegen." Dies ist allerdings eine klassische Falschmeldung. Täuschen und Tarnen waren schon damals das Geschäft von Politik und staatlichen Instanzen. Es assistierte eine willige Presse. Ganz im Gegensatz zur Pressemeldung wurde mein Großvater bald aus dem Krankenhaus entlassen und zum Polizisten ernannt, was ein beruflicher Aufstieg war. Damit verbunden war seine „Verbeamtung", womit ein sicheres Einkommen sowie Pensionsansprüche garantiert wurden. Sein Einschreiten gegen die mutmaßlichen Felddiebe hatte sich also für ihn privat gelohnt. Es entsprach damaligem Recht und Gesetz, und auch der Staatsräson, die gelegentlich die Grenzen der Moral sprengt. Mit erweiterter Amtsautorität sollte er fortan für die Aufrechterhaltung von Sicherheit und Ordnung in der dörflichen Gemeinschaft sorgen. Ob allerdings sein persönliches Ansehen bei allen Dorfbewohnern gesteigert wurde, ist mehr als zweifelhaft. Fest steht, dass er nach zwei Jahren mit seiner Familie in einen entfernteren Ort umzog. Man kann Fragen stellen, viele Fragen. Aber halten wir uns an die Tatsachen, zumindest die, die in unserer Familie als zutreffend angesehen werden. Es war Notwehr!

Die dramatische und tragische Geschichte ging alsbald in den Fundus der Familienerzählungen ein. Die Worte „Kommunismus" und „Kommunisten" hatten insbesondere bei meiner Mutter und auch bei meinem Bruder einen ausgesprochen negativen Klang. Das kann ich verstehen. Von diesen Geschehnissen im Jahre 1923 erzählte meine Mutter sehr häufig. Das ersetzte hoffentlich ein wenig eine Therapie, der sie sicherlich bedurft hätte, um diese traumatischen Erlebnisse zu bearbeiten.

In Stellung

Obwohl meine Mutter intelligent war, wurde sie weder in der Schule noch von ihren Eltern gefördert. Ihre Schulzeit schloss meine Mutter mit einem Abgangszeugnis der Volksschule ab. Besonders ihr Vater vertrat die Ansicht, dass sie den für Mädchen ihres Herkommens üblichen Weg beschreiten könnte, nämlich ungelernt arbeiten zu gehen und zu heiraten.

Folglich erlernte sie keinen Beruf, sondern arbeitete zunächst in Magdeburg, und zwar als Hausmädchen bei „feinen" Leuten; wo sie sauber machte, kochte und bediente. Die Hausfrau war damit zufrieden. Der Herr des Hauses indes verlangte von der aufblühenden Frau mehr als die Tätigkeiten eines Dienstmädchens, was zwar dem allgemein üblichen Kodex in herrschaftlichen Häusern entsprach, aber sie wollte diesen Konventionen nicht folgen. Wenn sie von diesen Erlebnissen sprach, konnte ich deutlich ihren Widerwillen gegen den herrschaftlichen Familienvater spüren.

Die weitere Entwicklung folgte der üblichen Logik: Meine Mutter musste gehen. Das passte ihr aber gut, denn schon länger lockte sie die Ferne. In der Folgezeit prüfte sie Frankfurt/Oder und auch den Harz, sie suchte Arbeit und sicher auch ihr Glück, und sie fand einen jungen Mann, den sie sehr liebte. Auch dieses hörte ich schon als Kind. Es gab wohl eine Schwangerschaft, aber da wollte der potentielle Vater „nichts mehr von ihr wissen" und so bekam sie kein Kind – sie nannte niemals Gründe. Ich hörte zu und ahnte Schmerz, Enttäuschung und Verzweiflung; angesichts der damaligen gesellschaftlichen Normen spielte sicher auch Angst vor der „Schande" eine Rolle. Sie tat mir leid, wenn sie leise und in sich gekehrt aus ihrem Leben erzählte.

Mit fast zwanzig wollte sie nicht zurück ins Dorf, nicht in die Enge und nicht zu den Eltern. Da erbot sich Altona, verlockend und weltoffen. Ihr Onkel Franz und dessen Frau, Tante Amanda, nahmen sie auf. Beide waren ihr schon immer zugetan gewesen. Sie wohnten kleinbürgerlich zwischen zwei Welten: auf der einen Seite die Reeperbahn, sündig und proletarisch, auf der anderen luden Küste und Hafen zum Träumen ein. Doch von Phantasieprodukten konnte meine Mutter nicht leben. In der großen Stadt und ungelernt, da gab es nur wenige Alternativen. Sie entschied sich zu einer anständigen und konventionellen Tätigkeit und ging also „in Stellung". So bezeichnete meine Mutter ihren ersten Arbeitsplatz. Zu ihren Aufgaben gehörte auch, ein Mädchen zu hüten. Es war zwei oder drei Jahre alt. Die Familie wohnte in Pöseldorf, geprägt von weißen Villen, gleich westlich von der Außenalster, nahe der Moorweide beim Bahnhof „Dammtor". Eine ideale Gegend für Promenaden. Das war 1929. Da ahnte meine Mutter noch nichts vom Missbrauch der weiten Grünfläche durch die Nazis im kommenden Jahrzehnt für Aufmärsche und als Sammelplatz für die Deportation von Juden. Irgendwann gab meine Mutter die Stellung in dem feinen Wohnviertel aus unbekannten Gründen auf.

Noch viele Jahre nach dem Krieg nagte in ihr die bange Frage, was wohl aus dem Kind geworden sei. Eine Antwort hat sie meines Wissens nie ernsthaft gesucht. Sie fürchtete wohl eine schreckliche Wahrheit. Das Mädchen und seine Eltern waren Juden.

Als sich ihr eine Arbeit als Aushilfskraft in einem Altersheim bot, verließ sie die ihr im Grunde fremde Welt der „Herrschaften" und begab sich unter ihresgleichen. Wie sie es „in Stellung" gelernt hatte, versorgte und bediente sie nun einfache Menschen so kultiviert, dass diese nur staunten. Hier schon zeigte sich, dass sie die Redensart ihres Vaters beherzigt hatte: man müsse mit den Augen stehlen. „Herrschaften" beeindruckten sie nicht mehr. Sie hatte zu deutlich gesehen, was sich hinter Fassaden und Gebaren verbergen konnte. Doch hinderte dies nicht, dass künftig „feine" Lebensart und „gesittete" Manieren ihr

Dasein beeinflussten. Dabei verleugnete sie aber nie ihre Herkunft. Ihr Leben lang war sie nicht „zimperlich", das behauptete sie oft von sich selbst mit stolzer Stimme. Vielmehr hatte sie sich aus den Härten ihrer Kindheit und Jugend eine psychische Derbheit antrainiert, die ihr sehr zustatten kam, um später selbst überleben und für ihre Familie sorgen zu können. Diese Stärke kompensierte um ein Vielfaches ihre eher schwächliche, körperliche Kondition. Es ist kaum auszudenken, was ohne sie aus ihrem Mann und ihren Kindern geworden wäre. Zu ihrem Wesen, angeboren oder allmählich erworben, gehörte auch, dass sie gewisse Verhältnisse eher pragmatisch und unbekümmert zu betrachten vermochte. So machte es ihr offenbar, nach ihren Berichten zu urteilen, nicht viel aus, tote Menschen zu waschen und für alles Weitere herzurichten, die sie noch kurz vorher gefüttert hatte. Das Leben endete eben mit dem Tod. Doch die Arbeit war schwer - körperlich. „Aber ich konnte anpacken", pflegte meine Mutter zu erklären. Anpacken musste sie auch, als sie schließlich in die Wäscherei des Altenheimes versetzt wurde. Wichtig war für sie offenbar, dass sie die Versetzung zum neuen Arbeitsplatz als Anerkennung ihrer bisherigen Leistungen empfand.

Die Küste lockt

Wie ein Pokerspieler sein letztes Geld setzt in der Hoffnung auf einen Gewinn, um weiterspielen zu können, so investierte mein Vater in eine Fahrkarte nach Hamburg und hoffte, eine Perspektive für sein Leben zu finden. Geboren Anfang 1911 in Hagen/Westfalen, war er schon mit elf Jahren Vollwaise und lebte nach dem Tod seiner Eltern bei einer nahen Verwandten in Lüdenscheid (heutiges Nordrhein-Westfalen), während seine zwei Schwestern woanders wohnten. Nichts deutet hin auf eine enge Beziehung zwischen den Geschwistern in der Jugend. Als Erwachsene hatten sie jedenfalls nur vereinzelt Kontakt. Die Kindheit meines Vaters versinkt im Dunkel, wenig Erhellendes hat er erzählt. Leider habe ich auch nicht gezielt gefragt. Seine Kindheit und Jugend müssen voller Traumata gewesen sein.

Bekannt ist, dass mein Vater eine Handelsschule vor dem Abschluss abgebrochen hatte und, achtzehn Jahre alt, „ins Blaue" nach Hamburg reiste. Meine Mutter berichtete, was er ihr erzählt haben musste, nämlich dass er als Jugendlicher viel zum Tanzen gegangen war und wohl die Schule vernachlässigt hatte. Karnevalsfeste hatten es ihm wahrscheinlich besonders angetan. Wenn wir im Radio oder Fernsehen Karnevalsmusik hörten, nickte sein Kopf im Takt mit. Besonders in Stimmung brachte ihn der alte Schlager: „Ja, wer hat denn den Käse zum Bahnhof gerollt?" Text und Melodie habe ich noch im Ohr. Vermutlich ist es ein Erbe meines Vaters, dass ich ein gewisses Faible für karnevalistische Schunkel- und Klatschmusik habe.

Beim Elbtunnel hat es „gefunkt"

Querab von den Landungsbrücken stöckelte meine Mutter gutgelaunt mit ihrer Freundin, die sich bei ihr untergehakt hatte, die St.-Pauli-Hafenstrasse entlang. Munter querten sie die Straße zum Elbtunnel hin. Im Westen duckte sich die Fischmarkthalle ins Abendrot und letzte Sonnenstrahlen tauchten die Küste in lange Schatten. Ein schöner Spätsommertag würde bald in einen milden Abend übergleiten. Dies war im Jahr 1929. Für meine Mutter ein Schicksalstag. Und auch für meinen Vater. Beide waren so jung - und einsam. Lust am Leben und sicher auch etwas Lüsternheit, machten sie für einen Kontakt empfänglich. Oder anders ausgedrückt: sie waren bereit, dem Schicksal eine Chance zu geben. Also kreuzten sie ihre Blicke, ausdrucksvoll und intensiv, und schon hatte es „gefunkt". Jedenfalls bei meiner Mutter. Sie erzählte später gerne davon, während mein Vater nur leicht schmunzelte. Meine Mutter war damals fast einundzwanzig

Jahre alt, unser Vater noch nicht neunzehn. Genügte wirklich nur ein Blick seiner braunen Augen? Wie sollte man als Kind so etwas glauben? Aber nicht nur seine Augen rührten sie an, sondern auch sein Äußeres brachte wohl eine mitleidige, mütterliche Saite in ihr zum Schwingen. Er wirkte zwar kräftig, war aber nur 172 cm groß, sein Anzug hatte schon lange jede Formstabilität verloren, der Hosenboden erwies sich bald als sehr fadenscheinig, und eine Unterhose hatte er auch nicht an (es entzieht sich meiner Kenntnis, ob das einfach so sichtbar war oder wie sonst und wann meine Mutter das registrierte). Getroffen von Amors Pfeil war sie jedenfalls sofort. Wie sie selbst berichtete, sagte sie zu ihrer Freundin scherzhaft übertreibend: "Wenn ich den nicht kriege, stürze ich mich in die Elbe." Das brauchte sie nicht zu realisieren; sie bekam ihn.

Immerhin hatte er eine Unterkunft gemietet, ein sicher nicht komfortables Zimmer in der „Großen Bergstraße", Nummer 91. Unsere Mutter wohnte in der „Norderstrasse", Nummer 23. Bald zog das junge Paar dort zusammen. Sie verlobten sich, was wohl eine formale Voraussetzung dafür war, zusammen wohnen zu dürfen. Damals konnten Vermieter noch wegen „Kuppelei" bestraft werden, wenn sie Unverheiratete Unterkunft gewährten. Laut Rechtsprechung und bürgerlicher Moral konnte gerade noch eine ernsthaft vollzogene Verlobung der Unzucht den Boden entziehen.

Die frühe Kindheit meines Bruders

Dank dessen, dass seine Mutter am „Altonaer Blutsonntag" kein Querschläger traf, wurde mein Bruder Hans, wie erwähnt, im November 1932 geboren. Sein Nachname wurde ihm laut Gesetz nach der ledigen Mutter verordnet. Sein Vater fuhr meistens zur See, zwischendurch war er im Zuge wirtschaftlicher Krisen arbeitslos. Seine Mutter sorgte sich um ihren Sohn und meinte es zweifellos gut mit ihm. Doch spürte sie wohl ihre Unzulänglichkeit; sie musste hart arbeiten und es mangelte ihr an Kraft, Zeit und Geld. Unter diesen Bedingungen war es offenbar schwierig für sie, ihren Sohn Hans bei sich zu haben. Als ihr Vater ihr 1933 den Vorschlag machte, ihn bei sich in Hötensleben bei Helmstedt aufzunehmen, ging sie darauf ein. Das ist ihr nicht leicht gefallen und war ihr eine ewige Last, der Selbstvorwurf, Hans „weggegeben" zu haben. Hans war noch ein Baby, als die „Übergabe" erfolgte. Ihre hauptsächliche Motivation war, wie sie erklärte, dass er es gut haben würde bei seinen Großeltern. Tatsächlich hörte ich im Laufe meines Lebens immer wieder, dass Hans von seinen Großeltern sehr geliebt wurde. Hans erwiderte offenbar diese Gefühle; das ergab sich bis zum heutigen Tag aus allem, was Hans sagte. Erst als Fünfjähriger wurde Hans von seiner „heißgeliebten" Oma (so bezeichnet Hans als Achtzigjähriger sein Verhältnis zu seiner Großmutter), zu seinen Eltern nach Hamburg gebracht. Seine Proteste waren aber so heftig, dass sie ihn wieder mit zurücknahm zu sich und zu seinem Großvater, auch er von Hans geliebt.

Als unsere Eltern im Jahr 1937 in Altona im Standesamt an der Palmaille heirateten, war Hans nicht dabei. Aber immerhin änderte sich nun sein Nachname. Fortan existierte die „Familie Klumbies". Vorerst bestand sie aus drei Personen, das sollte sich aber nach und nach ändern.

Sicherlich war das Leben bei seinen Großeltern für Hans ein Glücksfall. Als er acht Jahre alt war, starb seine Oma, was für Hans ein großer Verlust war. Nun hing er ganz besonders an seinem Opa - und Opa an ihm. Anders geprägt war das Verhältnis zwischen Hans und seinem Vater. Es erklärt sich wohl aus den realen Umständen. Hans lebte in wichtigen Phasen seines Lebens bei seinen Großeltern und sein Vater war als Seemann häufig unterwegs. War er gelegentlich in Hamburg an Land, kam es selten zu gegenseitigen Besuchen. Es fehlte wohl am Willen, an Energie und wohl auch am Geld. Wie sollte da eine tiefe Bindung entstehen?

Ein Hamburger aus Altona

Lange Zeit gehörte Altona zu Dänemark und bildete dessen wichtigsten westlichen Hafen. Ab 1867 war Altona preußisch. 1937 wurde von den Nazis eine Verwaltungsreform durchgeführt und Altona damit ein Teil von Hamburg. Formal bin ich also gebürtiger Hamburger.

Hamburgern, aber besonders Altonaern, wird nachgesagt, Offenheit und Toleranz für fremde Menschen und Kulturen zu hegen. Sie pflegten im Umgang mit anderen Menschen einen akzeptierenden, emanzipatorischen Stil, und sie bewegten sich dabei ethisch auf einer recht hohen Ebene. Sprachlich fiele es ihnen traditionell leicht, in eine Art vereinfachtes Plattdeutsch hinüberzugleiten, um mit Nachsicht kulturelle Klippen zu umschiffen. „Große Freiheit" und „Kleine Freiheit", im Altonaer Grenzbereich zu St. Pauli, sind berühmte Straßennamen, ganz in der Nähe meines Geburtsortes beim Nobistor, möchte ich nicht ohne Stolz anmerken. Sie datieren zurück ins 17. Jahrhundert, als man evangelischen Freikirchlern eine sichere Heimstatt ermöglichte. Zunftfreie Handwerker zogen nach. Religions- und Gewerbefreiheit wurden hier garantiert und förderten eine kulturelle sowie ökonomische Entwicklung. Mancher Impuls aus dem prosperierenden Altona schwappte auch ins behäbigere Hamburg.

Ein eher pragmatischer Sinn, nicht frei von ökonomischem Kalkül, prägte die Lebensbedingungen am Strom. Hanseatische Kaufleute wurden und werden nicht ohne Grund mit dem nicht nur positiven Begriff „Pfeffersäcke" belegt. Viele, darüber können mehrere Ausnahmen nicht hinwegtäuschen, suchten schon weit vor 1933 den Kontakt zu Hitler und etliche wurden Parteimitglieder. Man darf wohl annehmen, dass dies nicht nur aus reinem Pragmatismus erfolgte.

Wie seit jeher Tide, Wind und Wetter den Wasserstand der Elbe regelten, beeinflussten auch das wirtschaftliche Auf und Ab von Schifffahrt, Schiffbau, Hafen, Handel, Im- und Export die Pegelmarken von Not und Wohlstand in Altona und Hamburg. Fisch und seine Vermarktung waren wesentlich für den Lebensstandard der Menschen in diesen nahe beieinander liegenden Städten. Deren Konkurrenz zueinander generierte Arbeit und Verdienst, beide litten aber auch unter Katastrophen, lockten erpresserische Kriegsstrategen, Flüchtlinge und Heilsverkünder, kämpften gegen Hochwasser und Feuersbrünste, wie beispielsweise 1713, als eine frustrierte, schwedische Soldateska mit Handfackeln Altona niederbrannte oder als 1842 ein Feuerteufel Alt-Hamburg entzündete. Schlimmer noch aber ging es ein Jahrhundert später zu, als Engländer und Amerikaner sich einer ganzen Flugzeugarmada bedienten, um einen gewaltigen Feuersturm in Hamburg und Altona zu entfachen. Bei diesem Brand war ich dabei.

Die „Große Bergstraße", mit Kopfsteinpflaster und Straßenbahnschienen versehen, verband die Zentren von Hamburg und Altona. Hinter dem Haus, in welchem sich unsere Wohnung befand, erstreckte sich die „Königsstraße". Um uns herum herrschte ein Gewirr von schmalen Straßen und kleinen Gassen. Markante Orientierungen in der Nähe boten die Hauptkirche „Trinitatis", der „Jüdische Friedhof", der auch heute noch existiert, die „Große Freiheit" mit der alten katholischen „St.- Joseph-Kirche", die „Kleine Freiheit" und die „Kleine Marienstraße", in deren niedrigen Häusern Frauen gewerblich Freuden anboten, sowie die „Reeperbahn", berühmt und berüchtigt, hauptsächlich ob ihrer zahlreichen sündigen Gäste. Recht ruhig, wie im Auge eines Sturmtiefs, gestaltete sich das Dasein im extrem dicht besiedelten „Alt-Altona". Es war keine „Feine-Leute"-Gegend, in die ich hinein geboren wurde, wie etwa Pöseldorf, wo meine Mutter früher „diente". Überwiegend hart arbeitende, ehrbare Leute lebten hier. Meine Mutter fühlte sich wohl im Umgang mit den hiesigen Menschen, soweit sie nicht zum Nazitum konvertiert waren. Solche Gestalten mit offen zur Schau getragenen Parteiabzeichen oder in Uniformen, gab es hier inzwischen leider auch. In ihren Erzählungen bezeichnete sie diese als „Lackaffen".

Ansonsten verinnerlichte meine Mutter eine Grundthese, wonach ein jeder „nach seiner Fasson selig werden" solle. Sie neigte nicht zu umfassenden philosophischen Betrachtungen. Ihr ging es nicht darum, selbst etwas darzustellen. Was zählte, sei allein der Mensch. Was spielten schon Unterschiede wie Hautfarbe, Sprache, Pass oder Herkunft für eine Rolle. „Hauptsache, man ist anständig", pflegte sie zu sagen.

Obwohl von Geburt keine „Hiesige", besaß sie die passende Mentalität für „Alt-Altona". Sie war offenbar alsbald altonaisch angepasst. Häufig besuchten wir ihre Freundin, Tante Anna, in der „Kleinen Freiheit". Sie hatte keine Kinder. In meiner Erinnerung erscheint sie als kettenrauchende Kaffeetrinkerin, die an einem winzigen Tisch saß, von dem aus sie in den Hinterhof blicken konnte. Ihre kleine Wohnung lag im ersten Stock, die man von einem asymmetrischen, weiträumigen Korridor erreichte, dessen Winkel in einem unheimlichen Halbdunkel lagen und diffuse Ängste in mir weckten. Ich beeilte mich immer, schnell den Flur zu überwinden und in die Wohnung von Tante Anna zu gelangen. Ihr Mann arbeitete als Matrose auf einem Fischdampfer. War er mal zu Hause, lief er in Frauenkleidern herum. Ich dachte mir nichts dabei. Meine Mutter fand es wohl auch ganz normal, ebenso wie offenbar die Nachbarn, die sich frischen Fisch abholten.

Im Ausland kennt heute kaum jemand Altona, schon gar nicht mit dem Qualitätsmerkmal „Alt". Fragt man mich nach meiner Herkunft, nenne ich mich meistens schlicht Hamburger, sogar mit etwas Stolz. Will man es aber genauer wissen, erläutere ich allerdings gerne und mit engagierter Freude, dass ich „eigentlich" Alt-Altonaer bin.

Wohnung am Nobistor

Unsere Wohnung lag im vierten Stock eines fünfstöckigen Wohnhauskomplexes, der Anfang des Jahrhunderts gebaut worden war. Die Ausstattung war für die damalige Zeit mit Gas, Elektrizität und fließendem Wasser recht modern. Die Nummer 22 befand sich etwa in der Mitte des heutigen kleinen Stückes Straße, das „Nobistor" genannt wird.

Zu unserem Treppenhaus führten von der Straße einige Steinstufen hinauf. Rechts im Parterre gab es ein Geschäft, wo man Lebensmittel und Haushaltswaren kaufen konnte. Der Besitzer war ein großer, massiger Typ, während seine dunkelhaarige Frau stets wie ein Mäuschen zu huschen schien. Vor dem Eingang zum Laden am ersten Treppenabsatz habe ich öfter auf den Fliesen gesessen und mit meinen Fingern die feinen Löcher eines Abflusssiebes untersucht. Ich war damals wohl drei Jahre alt. Vielleicht habe ich dabei ja einem Kunden im Wege gesessen. Jedenfalls versuchte der dicke Ladenbesitzer mich schimpfend zu verscheuchen. Angst stieg in mir auf, wenn sich dessen brauner Kittel über mich wölbte. Aber meine Mutter verteidigte mich. „Dem habe ich aber meine Meinung gesagt, dem dummen Heini", erzählte sie später immer wieder, kämpferisch und empört bis ins hohe Alter, weil ihrem Kleinen die unbedeutende Spielerei verboten worden war.

Über unsere Wohnung weiß ich nicht viel. Aus meiner Kleinkindperspektive ist sie mir sicherlich grösser in Erinnerung, als sie tatsächlich war. Sie umfasste Küche, Toilette, Kinder-, Schlaf- und Wohnzimmer. Von einem ziemlich langen Korridor gingen Türen zu allen Räumen und zum Treppenhaus ab. An den Korridor erinnere ich mich deutlich, weil mein Vater eines Tages, als er von See gekommen war, eine große Tüte mit eingewickelten Bonbons mit Schwung über das Linoleum prasseln ließ und ich eifrig krabbelnd versuchte, soviel wie möglich einzusammeln. Ich meine immer noch, etwas von der Heiterkeit zu spüren, mit der mich meine Eltern beobachteten.

Wie oft und wie lange mein Vater bei uns zu Besuch kam, weiß ich nicht. Er wird die meiste Zeit unterwegs gewesen sein.

Meistens stellte meine Mutter mich zum Anziehen auf die Fensterbank in unserem Wohnzimmer. Wahrscheinlich verhielt ich mich besonders ruhig, wenn ich hinunter in die Straße und die Schaufenster auf der anderen Seite sehen konnte. Dort im ersten Stock interessierten mich vor allem gestapelte Tische und Stühle. Natürlich hatte ich keinerlei Gedanken an deren Brennwert.

Eine klare Erinnerung habe ich aber daran, dass ich im Wohnzimmer mit einem Teller in den Händen auf einem Sofa saß und dabei „Steuerbord" und „Backbord" sagte. Vielleicht hatte ich mal mit meiner Mutter meinen Vater auf seinem Schiff im Hafen besucht und das Ruder auf der Brücke drehen dürfen, wodurch ich zu diesem Seefahrtspiel inspiriert wurde. Sicher lobte mich meine Mutter, dass ich so fein steuern konnte. Lob bleibt natürlich leicht am Gelobten haften und beeinflusst eventuell im Unbewussten spätere Entscheidungen. Weiter erinnere ich mich an zwei dicke Ledersessel, die offenbar schon etwas abgenutzt waren. Zwischen ihnen stand ein kleiner Tisch mit deutlichen Zeichen einer Säge, die mein Bruder bei Bastelarbeiten verursacht hatte, als er uns mal eine kürzere Zeit besucht hatte. Noch als Pensionär beklagte er sich, dass er dafür mal wieder ordentlich „Dresche" mit einem Handfeger bekommen hatte. Als ich viele Jahre später meine Mutter danach befragte, wischte sie ihre Strafaktion wirsch zur Seite, betonte aber, wie stolz sie auf ihre Möbel gewesen war, die sie nach und nach aus zweiter Hand angeschafft und „sich vom Munde abgespart" hatte.

Besuch von Hans

Als unsere Großmutter im Juli 1940 im Alter von 59 Jahren in Genthin, wohin inzwischen die Großeltern umgezogen waren, an einem Lungenkrebs verstarb, kam Hans zu uns nach Hamburg. Unter dem Tod seiner Oma und der Trennung von seinem Opa hat Hans sehr gelitten.

Ich war also erst zehn Monate, Hans fast acht Jahre alt, als wir begannen, eine Zeitlang zusammen zu leben. Unsere Mutter und ich waren vorher bei meinen Großeltern und damit natürlich auch bei Hans zu Besuch gewesen. Eine tiefere, brüderliche oder sonstige Bindung zu mir hatte Hans aber wohl kaum entwickelt, und ich verständlicherweise auch nicht zu ihm. Wie er mir als Erwachsener sagte, hatte er mich nie als Konkurrent um die Beachtung unserer Mutter empfunden. Er verfügte ja über die volle Aufmerksamkeit und Zuneigung seiner Großeltern. Zu ihnen zog es ihn. Ich avancierte nach und nach für ihn zu einem Störfaktor, denn allmählich lernte ich laufen, ein Fortschritt für mich, aber ein Nachteil für Hans. Unsere Mutter zwang ihn häufig, mit mir spazieren zu gehen, obwohl er viel lieber auf der Straße oder in einem Park mit Gleichaltrigen rumtoben wollte. An unser brüderliches Leben in dieser frühen Lebensphase habe ich keine Erinnerung. Hans hat sich „bei uns" also nicht wohl gefühlt. Das Verhältnis zwischen ihm und unserer Mutter muss sehr gestört gewesen sein. Hans berichtete noch in hohem Alter von Schlägen und wiederholten Misshandlungen mit einem Handfeger. Kleine Vergehen und Missgeschicke boten unserer Mutter Anlass, Hans offenbar unverhältnismäßig zu bestrafen. Von einer bewussten und verantwortungsvollen Erziehung kann man wohl kaum reden. Wie gesagt, eine gewisse Derbheit hatte sie sich schon in der Kindheit erworben.

Unser gemeinsames, geschwisterliches Leben endete vorerst im Sommer 1942, weil sich unserer Mutter „die Gelegenheit (ergab), mich mit einem Kindertransport zur sogenannten Kinder-Land-Verschickung nach Zittau/Sachsen zu schicken. Der Grund waren die zunehmenden Bombenangriffe auf Hamburg", schildert Hans siebzig Jahre später diese Phase unseres Daseins.

Die Pflegefrau in Zittau brachte Hans aber schon zu Beginn der Sommerferien 1943 wieder zu uns nach Hamburg. Einige Tage später besuchte Hans jedoch unseren Großvater in Genthin, um dort den Sommer zu verbringen. Meine Mutter und ich lebten nun wieder allein in unserer Wohnung. Mein Vater war auf See. Ob ich Hans vermisst habe oder ob die Trennung mir gleichgültig war, entzieht sich meiner Erinnerung. Meine Mutter hatte später jedenfalls nichts darüber berichtet. Als sicher kann gelten, dass Großvater und Enkel über die aktuelle Entwicklung sehr erfreut waren. Dabei wussten sie noch gar nichts von dem, was bald geschehen würde. Mein Bruder kann sich glücklich schätzen, gerade noch rechtzeitig Hamburg verlassen zu haben.

Anders als viele Deutsche, war meine Mutter sicher nicht begeistert davon, dass Krieg herrschte. Ihr Mann fuhr in verminten Gewässern zur See, ihr acht Jahre jüngerer Bruder war als aufstrebender Berufssoldat „bei der Luftwaffe". Letzteres erfüllte sie mit Stolz, kamen sie und er doch aus einem einfachen Arbeitermilieu, und nun befand er sich bereits als Offizier in einer Position, die es bisher noch nicht in der Familie gegeben hatte.

Aber natürlich hatte sie Angst um ihn, schließlich war er auch Frontsoldat.

Als der „Erste Weltkrieg" begann, war meine Mutter nicht ganz sechs Jahre alt gewesen. Sie hatte am eigenen Leibe erfahren, dass Krieg Mangel und schließlich Hunger bedeutete. In Magdeburg war sie oft bei ihrer „Tante Möhring" zu Besuch gewesen, die neben dem Straßenbahndepot eine Kneipe mit Mittagstisch betrieben hatte. Hier bekam sie Zuwendung, und hier konnte sie sich auch immer mal wieder satt essen.

Gleich über die Straße befand sich ein Lazarett mit vielen Verwundeten und Sterbenden, die sie „besuchte", ebenso wie die Toten, die im Keller lagen. Den noch Lebenden muss ihre unbefangene Art wie Sonnenschein in dunkler Wirklichkeit vorgekommen sein. Ihr wurde so manche Nascherei zugesteckt. Aber sie sah bereits da Dinge, die Kinder nicht sehen sollten. Sie brauchte nicht erst erwachsen zu werden, um eine ziemlich klare Vorstellung davon zu haben, dass Krieg Hunger, Leid, Elend und Tod bedeutete. Mit diesen Erfahrungen würde sie so leicht nichts umwerfen. Vielleicht erleichterten diese ihr später sogar die Arbeit mit den Verstorbenen im Altersheim in Hamburg. Ganz sicher lag aber außerhalb ihres Vorstellungsvermögens, was sie und ihr Kind schon bald erleben mussten.

Vorbereiten auf den Bombenkrieg

Nicht weit von unserer Wohnung wurde zwischen 1941 und 1943 ein quaderähnlicher, sechsstöckiger Bunker, fünfzig Meter lang und fast neunzehn Meter hoch erbaut (er steht immer noch, an der heutigen Schomburgstraße). Er bot damals 1650 Liege- und 165 Sitzplätze. Unübersehbar. Eigentlich musste meiner Mutter spätestens da klar gewesen sein, dass staatlicherseits Bombardements in Hamburg-Altona für möglich gehalten wurden. Furcht vor Luftangriffen hätten auch Baumaßnahmen in der Umgebung wecken müssen.

In den Wohnhäusern baute man Kellerräume aus, verstärkte und stützte deren Decken. Mauerdurchbrüche sollten Fluchtwege zu anderen Kellern schaffen; vor die Ein- und Ausgänge montierte man dicke Metalltüren – Schutz vor Splittern und Druckwellen. Außerdem wurden in den Schutzräumen mit Wasser gefüllte Eimer, Feuerpatschen, Sand, Decken, Bänke und Liegen bereitgestellt. Luftschutzübungen waren obligatorisch für alle; auch meine Mutter übte das Überleben - mit mir auf dem Arm. Der Staat bereitete sich und die Bevölkerung wahrlich aufwendig vor. Bei Fliegeralarm sollten meine Mutter und ich im Keller unter den gelagerten Möbeln, die ich immer von unserer Wohnung aus bestaunt hatte, Schutz suchen. Ob dies meine Mutter und die anderen Menschen in unserer Nähe ein Gefühl der Sicherheit vermittelte, weiß ich nicht.

Vielleicht aber mochte sich meine Mutter einfach nicht vorstellen, im großen Bunker oder in einem Keller mit ihrem Sohn zu sitzen, während draußen Bomben fielen. Wie ernst nahm sie die künftige Bedrohung? Vertraute sie, wie so viele Mitmenschen dem Befehlshaber der Luftwaffe, Hermann Göring, der erklärt hatte, er wolle „Meier" heißen, wenn es jemals feindlichen Flugzeugen gelingen sollte, in den deutschen Luftraum einzudringen? Trotz aller Bunkerbauten und sonstiger Vorkehrungen, die ja nur Sinn machten, wenn man von einer realen Gefahr ausging, nährten wohl Görings Worte auch bei meiner Mutter eine trügerische Zuversicht. Die dürfte sich aber nach und nach in dem Masse verflüchtigt haben, wie sich Görings protzige Ankündigungen als haltlos erwiesen. Doch von dieser Entwicklung wusste sie anfangs noch nichts. Und wie konnte sie denn ahnen, dass alliierte Strategen und Taktiker des Terrors gerade kleinbürgerliche Sozialstrukturen - militärisch völlig wertlos – schon als Angriffsziel identifiziert hatten? Unser Tod und der aller Menschen im Umfeld am Nobistor galten alsbald als wichtiges Kriegsziel. Sorgfältig wurde geplant. Lebend entkam nur, wer Glück hatte.

Bis Juli 1943 hatte es in Hamburg 318 Fliegeralarme, davon 137 reale Luftangriffe gegeben. Bomben waren anfangs nur vereinzelt in Hamburg gefallen, in unserem Wohnviertel sehr selten. Aber allmählich war die Tendenz steigend. Dennoch wurden die Nachtalarme von den meisten Menschen nicht mehr so ernst genommen, nachdem man mehrmals „umsonst" einen Teil seiner Nachtruhe im Keller verbracht hatte. Manchmal flogen avisierte Bomberverbände an Hamburg vorbei, um über anderen Städten ihre tödliche Last abzuwerfen, oder Bomben trafen andere Stadtteile Hamburgs. Man gewöhnte sich daran, erst einmal abzuwarten, während man am Volksempfänger den Meldungen von „Onkel Baldrian" lauschte, wie der Sprecher des Rundfunks wegen seiner beruhigenden Stimme allgemein genannt wurde. Doch öfter hatte meine Mutter mich geweckt, aus dem Bett genommen und angezogen, während gelegentlich eine Männerstimme durch das Treppenhaus rief: „Alarm!"; jedes Haus hatte seinen „Schutzwart".

Anfangs habe ich wohl wenig begriffen. Jedenfalls erzählte meine Mutter nach dem Krieg, dass ich bei Alarm staunend und erfreut die „Tannenbäume" beobachtete, die langsam vom Himmel schwebten. Tannenbäume waren farbige Lichter an Fallschirmen, die von feindlichen Flugzeugen abgeworfen wurden, um Ziele am Boden zu markieren, die bombardiert werden sollten. Später, vielleicht drei Jahre alt, soll ich allerdings gesagt haben: „Die bösen Tommies sollen verschwinden." Ich hatte wohl aufgeschnappt, dass Tommies die Ursachen für unangenehme Störungen der Nachtruhe waren.

Als Tommies bezeichnete man im Volksmund die Engländer oder Briten. Sie führten in den ersten Jahren die Nachtangriffe durch. Die Amerikaner, denen am 11. Dezember 1941 von Deutschland der Krieg erklärt worden war, waren erst in den letzten Kriegsjahren für die Bombardierungen und Beschießungen deutscher Ziele am Tage „zuständig". Alle Wohnungen mussten verdunkelt werden, so dass kein feindliches Flugzeug sich durch Lichtschein aus einer Wohnung orientieren konnte. Auch an unseren Fenstern waren dicke Vorhänge und Rollos angebracht. Mit deren Bändern spielte ich, wenn ich auf der Fensterbank stand und meine Mutter mich anzog, weil wieder einmal die Sirenen heulten.

Auch wenn ich es nicht zeitlich einordnen kann, so habe ich klare Erinnerungen daran, wie dicke Scheinwerferfinger hin und her suchend und sich dabei ab und zu überkreuzend den dunklen Himmel durchschnitten. Heute weiß ich, dass man versuchte, feindliche Flugzeuge zu erfassen und zu beschießen. Bald schon lernte ich, dass das

Lichtschauspiel Gefahr bedeutete, obwohl ich ja keine Vorstellung von der Art und deren Ausmaß haben konnte. Nicht zuletzt das Ballern der Flakgeschütze (Flak= Flugabwehrkanonen) waren unüberhörbare Zeichen realer Gefahr.

Gesunde Vernunft und auch entsprechende Anordnungen staatlicher Stellen, ließen meine Mutter vorsorglich einen kleinen Koffer mit wichtigen Papieren, etwas Kleidung, vielleicht etwas Verpflegung und Trinkbarem packen und an unserer Wohnungstür bereitstellen. Der Koffer sollte bei Fliegeralarm ergriffen und in den sogenannten Luftschutzkeller mitgenommen werden.

Fliegeralarm, das war Sirenengeheul mit durchdringenden an- und abschwellenden Tönen. Natürlich weiß ich nicht, wann ich das Geheul als Gefahrzeichen realisierte. Was bedeutete in meiner kleinkindlichen Welt für mich ein Fliegeralarm mehr als dass meine Nachtruhe unterbrochen wurde? Zumindest in den Anfängen des Krieges waren wir bei Alarm in den Schutzkeller unter dem Möbellager auf der anderen Straßenseite gegangen, dann aber wurde meine Mutter allmählich nachlässiger. Sie bewertete mein Ruhebedürfnis wahrscheinlich höher, als die Gefahr, dass unser Haus von Bomben getroffen werden könnte. Als die Alarme aber zunahmen, schätzte sie wohl die Gefahr als ernster ein. Immer mehr Nachtstunden saß sie mit mir im Keller, zusammen mit den Nachbarn und von Alarm überraschten Fremden. Doch die „normalen" Tagesabläufe nahmen weiter ihren Gang. Müdigkeit wurde zu einer allgemeinen Volksplage.

25. Juli 1943

Im Juli 1943 herrschte ein besonders heißes Sommerwetter in Hamburg, was den Menschen sehr zusetzte. Auch in den Nächten war es sehr warm. Am 24. Juli hatte meine Mutter mich zeitig ins Bett gebracht. Man wusste ja nie, ob man die Nacht ungestört würde durchschlafen können. Da war es wichtig, keine Zeit zu verschenken. Wegen der Wärme hatte meine Mutter mir nur einen leichten Strickanzug angezogen und mich auf die Bettdecke gelegt. Meine Mutter wollte sich, nur leicht bekleidet, auf dem Sofa im Wohnzimmer ausruhen. Leider war sie eingeschlafen. Sie musste in einen tiefen Schlaf verfallen sein, denn sie hörte weder die heulenden Sirenen des Fliegeralarms, der gegen Mitternacht ertönte, noch Rufe eines Schutzwartes oder hastende Schritte anderer Hausbewohner im Treppenhaus. Wach wurde sie erst von einem tiefen Brummen, das die Luft vibrieren ließ. Erst viel später wurde ihr klar, dass diese Geräusche, die sie nie mehr völlig vergessen würde, von vielen Hundert Bombern der Briten herrührten. Noch benommen vom Schlaf, vernahm sie auch schon ohrenbetäubende Bombeneinschläge ganz in der Nähe. Plötzlich war sie hellwach, stürzte ins Kinderzimmer und riss mich zusammen mit meiner Decke aus dem Bett. Bevor sie mit mir auf dem Arm aus der Tür eilte, griff sie sich ohne nachzudenken einen leichten Sommermantel und rannte das Treppenhaus hinab. Der Notfallkoffer blieb unbeachtet an der offenen Haustür zurück. Das Stakkato ihrer Schuhsohlen begleiteten die dumpfen Explosionen von Bomben. Unten schaute sie vorsichtig aus der Tür die Straße entlang. Sie sah Rauch und etliche Brände. Die Eingangstür zum Schutzkeller unter dem Möbellager war verschlossen. Meine Mutter nahm sich aber keine Zeit für Überlegungen, sondern sprang mit mir über die Straße. Gerade als wir auf der anderen Seite ankamen, öffnete sich die Tür zum Keller und ein Mann mit einem Stahlhelm auf dem Kopf schrie etwas und winkte uns herein. Hastig verriegelte er dann die Tür. Meine Mutter hielt mich immer noch fest umklammert. Der Keller war voller Menschen: Frauen, Kinder, Alte. Sie werden so ausgesehen haben, wie es später und immer wieder nach dem Krieg in zahlreichen Büchern und Berichten geschildert wurde: bleiche Gesichter, schreckgeweitete Augen, bebende betende Lippen, zitternde gefaltete Hände; Weinen, Seufzen und Angstrufe, die Detonationen folgten. Irgendwo rutschten Menschen auf einer Bank etwas mehr zusammen und machten Platz für uns. Meine Mutter hielt mich auf ihrem Schoss und drückte mich fest an ihre Brust. Meine Bettdecke umhüllte meinen Körper und bedeckte meinen Kopf, was mir wohl ein Gefühl der Geborgenheit gab. Dennoch kann ja die gesamte Atmosphäre nicht spurlos an mir vorbei gegangen sein. Nur kann ich mich an nichts erinnern. Ein Instinkt ließ mich wohl diese Phase ausknipsen. Auch wurde mir nichts bewusst von alledem, wenn meine Mutter mir viele Jahre nach dem Krieg immer wieder vom Aufenthalt im Keller erzählte. Sie tat es, ohne dass ich sie darum gebeten hatte. Dabei variierte sie weder Wortwahl noch Betonung, ihren Blick richtete sie auf einen fernen Punkt.

Den Raum erfüllte Getöse, bald erlosch das elektrische Licht, Talglichter wurden entzündet, unter deren Flackern sich bald Risse im Gemäuer zeigten, von der Decke rieselte Kalk, unter den Füssen bebte der Boden im Rhythmus der Einschläge. Die Luft war erfüllt von schweißtreibender Hitze. Die Wassereimer waren fast leer. Irgendwann verkündete jemand, dass zum Glück kein Gas zu spüren sei. Die Hitze nahm zu und wurde unerträglich. Allen wurde klar, dass das Möbellager über ihnen in lichten Flammen stehen musste. Dann ertönte ein fürchterlicher Lärm. „Das Haus über uns ist eingestürzt!" Der Schutzwart rief, man könne nicht länger bleiben, man müsse raus hier: „Rette sich, wer kann!" Männer rissen an den Knebeln zum Ausgang. Die Tür ließ sich aber nicht öffnen. Trümmer blockierten den Fluchtweg, auch den nach hinten. Wir alle waren eingeschlossen. Die Zustände steigerten sich über das hinaus, was erträglich war. Der Tod schien für meine Mutter und mich sowie alle anderen alternativlos zu sein.

Irgendwann wurde ein Lufthauch spürbar. Über das, was folgte, sagte meine Mutter nur: „Besoffene Soldaten, die auf Urlaub waren, hatten den Hinterausgang freigeschaufelt." Draußen tobte ein Flammenmeer. Meine Mutter hatte ihren Mantel angezogen, mich hatte sie in meine Decke gewickelt. Ob sie unsere Kleider und meine Decke mit Wasser getränkt hatte, wusste sie später nicht mehr. Sie stürzte mit mir los. Im Keller hatten wir achtzehn Stunden verbracht.

Meine Erinnerung schaltet sich etwas später wieder ein: Neben mir sitzt ein Mann, dessen eine Gesichtshälfte tiefblau verfärbt ist. Eine Krankenschwester streicht ihm mit einem Messer oder etwas Ähnlichem übers Gesicht und versucht die bläuliche Masse abzukratzen. Man kann annehmen, dass der Mann von Phosphor getroffen war.

Wir befanden uns in dem erst vor kurzem fertig gestellten Bunker an der Schomburgstrasse, dessen Bau meine Mutter beobachtet hatte. Nach einer kurzen Erholung machten wir uns auf den Weg in die nahe gelegene Pestalozzi-Schule in der „Kleinen Freiheit". Natürlich war das kein einfacher Spaziergang; es ging durch Straßen voller rauchender Trümmer und Ruinen. Die Luft war stark mit Rauch und Qualm belastet. Meine Mutter meinte später, dass darin bestimmt auch Partikel enthalten waren, die von Phosphor herrührten. Da meine Mutter keine Kopfbedeckung hatte, verfärbten sich ihre Haare grünlich. In den Wochen danach fielen ihr etliche Haare aus. Es dauerte wochenlang, bis die Verfärbung verschwand. Seit diesen Kriegstagen hat sich das Haar meiner Mutter zu ihrem Kummer nie mehr richtig erholt.

Als wir schließlich ohne eigene Schäden bei der Schule anlangten, wurden wir im Keller untergebracht, wir konnten unseren Durst löschen und bekamen zu essen. Der Raum war mit Strohsäcken ausgelegt, auf denen Frauen und Kinder lagerten, die auch ausgebombt waren. Zwar erinnere ich mich nicht daran, aber es muss eine bedrückende Stimmung geherrscht haben. Die Menschen hatten ja, ebenso wie wir, alles verloren und besaßen wohl auch nur die Kleidung, die sie am Körper trugen.

Obwohl ich damals noch keine vier Jahre alt war, erinnere ich mich doch daran, dass der Strohsack, auf dem wir lagen, nass war. Deutlich spüre ich immer noch die kalte, unangenehme Feuchtigkeit an meinen nackten Unterarmen, wenn ich mich aufstützte. Dies ist also das, was mir als selbst erlebt präsent geblieben ist. Als Kleinkind hat man offenbar seine eigenen Prioritäten. Die unmittelbare Nähe zu meiner Mutter, die mir sicher ein Gefühl der Geborgenheit vermittelte, war offenbar entscheidend dafür, dass alles andere, was massenweise Traumata hätte verursachen können, nicht ausreichend von mir registriert wurde. Welches Glück!

Nach der Ausbombung

Die Fliegerangriffe waren mit unserer Ausbombung noch nicht beendet. Der Keller der Pestalozzi-Schule in der „Kleine Freiheit" war nicht sicher vor weiteren Bomben. Wir mussten uns schon am 26. Juli wieder auf den Weg machen. Was jetzt folgte, kann ich nur unzureichend chronologisch ordnen. Was mir geblieben ist, sind Erinnerungssplitter.

Irgendwie verbreitete sich die Meldung, von einem Platz, der in Richtung Fischmarkt liege, sollten Beförderungen in die Randgebiete Hamburgs möglich sein. Diese sollten eine größere Sicherheit bieten als die zentraleren Teile der Stadt. Da meine Mutter erfahren hatte, dass unser Haus total ausgebombt und nur noch ein Schutthaufen war, gab es wirklich nichts, was uns zu diesem Zeitpunkt in Altona hätte halten können.

Irgendwann, so erinnere ich mich, trägt mich ein Soldat auf seinen Armen. Ihm war wohl aufgefallen, dass meine Mutter mich kaum noch halten konnte. „Zum Glück" hatte sie ja kein Gepäck. Aber es war schlicht auf die Dauer zu anstrengend für sie, mich zu schleppen. Laufen konnte ich auch nicht, weil ich keine Schuhe hatte und ein Belag aus Staub, Trümmern und Scherben auf den Wegen nicht gerade zu Spaziergängen einlud. Der Soldat hatte meiner Mutter seine Hilfe angeboten. Hinter uns lief nun meine Mutter und rief: „Nicht so schnell! Pass mir bloß auf den Jungen auf!" Es war wahrscheinlich die „Reeperbahn", auf deren zerborstenen Glasscheiben, die überall lagen, man leicht ausrutschen konnte. Zahlreiche dicke Wasserschläuche,

Zeugen vergeblicher Löschversuche der letzten Horrornächte, kreuzten die Straße.

Nächstes Bild: Eine Trümmerlandschaft. Ein Lastwagen steht am Rande einer nicht gänzlich verschütteten Straße und viele Menschen drängen sich, um auf die Ladefläche zu gelangen. Ein dicker Mann in einer khakiähnlichen Uniform versucht sich vorzudrängen. Empörte Stimmen werden laut. Er wird von einem Soldaten zurückgerissen. Vor den Bombardierungen hätte ihn diese Respektlosigkeit gegenüber einem „Goldfasan" die Freiheit kosten können. Auch seine deutlichen Worte, als er schimpft: „Goldfasan in der Etappe, nicht mal Rücksicht nehmen auf Frauen und Kinder…" Lynchstimmung. Jemand hebt mich auf den Wagen, meine Mutter klettert hinterher und drückt mich an sich. Von der Fahrt weiß ich nichts mehr.

Irgendwann am gleichen Tag stehen meine Mutter und ich auf einer Straße. Nichts ist zerstört. Heile Welt, viel Grün. Eine Frau ruft: „Hallo, Frau Klumbies, was machen sie denn hier?" Nachdem meine Mutter erklärt hat, was ja nicht schwer zu begreifen war, nahm uns die Frau bei sich auf. Wir waren in Blankenese gelandet. Die Frau war mit einem Kapitän verheiratet gewesen. Auf dessen Schiff war mein Vater als Matrose gefahren. Die Frauen hatten sich an Bord kennen gelernt. In der Wohnung der Frau herrschte eine ruhige Atmosphäre. Ich fühlte mich wohl. Wir wurden versorgt, konnten ein Bad nehmen und ungestört schlafen. Gleichermaßen angetan und ängstlich berührt war ich von einem Tigerfell, das im Eingang zum Wohnzimmer ausgebreitet war. Der Kopf des Tieres ruhte auf einer Stütze, in der aufgerissenen Schnauze blitzten spitze, große Zähne. Allmählich überzeugten mich die Frauen von der Ungefährlichkeit der Großkatze. Schließlich wagte ich sogar, meine Finger zwischen deren Zähne zu stecken. Ich hatte meine Angst besiegt. Dieses Maul bildete hier für mich die einzige potentielle Bedrohung. An Fliegeralarm in Blankenese kann ich mich nicht erinnern. Aber natürlich heulten sicher auch hier die Sirenen, wenn Bomberverbände in den norddeutschen Luftraum eindrangen. Doch während unseres Aufenthaltes bei unserer Gastgeberin gab es keinen Grund zur Aufregung. Das versicherte sie meiner Mutter. Die Erfahrung hatte den Blankenesern gelehrt, dass man sich in diesem vornehmen Vorort Hamburgs ziemlich sicher fühlen konnte. Blankenese war eben kein Wohnquartier für Arbeiter wie Altona oder Barmbek oder Hammerbrook, wo Zigtausende in den vergangenen Nächten den Tod gefunden hatten – verbrannt, erstickt, zerquetscht, stecken geblieben im heißen Teer der Straßen oder von Orkanwinden ins Inferno gerissen. Warum sollte denn Blankenese als Ziel markiert und bombardiert werden? In Blankenese standen viele Villen und niedrige Wohnhäuser, wovon etliche von Gärten umgeben waren. Hier in Blankenese Bomben zu schmeißen, war einfach nicht effizient. Hier gab es keine militärischen Ziele und Kinder, Frauen und Alte boten sich auch nicht als lohnende Ziele – jedenfalls nicht massenweise. Blankenese war ein Vorort, heimelig und strategisch „draußen vor".

Technik des Bombardierens

Was meine Mutter und ich und mit uns Tausende von Leidensgenossen erlebt hatten, war die „Operation Gomorrha", ein unter der Leitung des „Air Chief Marshal" Arthur Harris organisiertes Kriegsverbrechen. Die Namensgebung der Operation soll von Churchill initiiert gewesen sein. Der „Erfolg" des massiven Einsatzes war so überzeugend, dass danach die Alliierten diese Technik als „Hamburgisierung" bezeichneten und auch bei weiteren Städtebombardierungen anwendeten.

Vorläufer für derartige Dimensionen der Kriegführung waren die von deutschen Truppen durchgeführten terroristischen Bombardierungen Guernicas bereits 1937 sowie der englischen Stadt Coventry 1940. Hier befanden sich zwar militärische Anlagen in der Stadt, aber von den Bewohnern müssen die deutschen Angriffe dennoch als terroristisch empfunden worden sein. Wirklich maßgebend war aber das von Deutschen bombardierte Warschau 1939. Schon innerhalb der ersten drei Wochen des Krieges wurden große Teile Warschaus durch deutsche Bomberverbände in einer gewaltigen Feuersbrunst zerstört. Zwanzigtausend Menschen fanden den Tod. Im Grunde praktizierten die Alliierten danach etwas, was die Nazi-Deutschen vorgemacht hatten. Mit wissenschaftlicher Akribie hatten die Deutschen eine Technik ausgearbeitet, die maximale Brände und Zerstörungen auslösen und – ein weiteres Ziel – die Bevölkerung demoralisieren konnten. Die deutsche Technik wurde von den Alliierten optimiert. Am Anfang wurden Luftminen und Sprengbomben geschmissen, deren Hauptwirkungen darin bestanden, Dächer abzudecken, Treppenhäuser zu zersplittern und Scheiben zu zerstören, wodurch leicht brennbares Material und Durchzug geschaffen wurden. Als Nebeneffekt war auch willkommen, die Wasserversorgung in den Straßen zu schädigen, um künftige Löschmaßnahmen zu behindern. Danach folgte ein Regen von Phosphor- und Stabbrandbomben auf einen engbesiedelten Stadtteil, vorzugsweise Arbeitergegenden, die eben nicht Blankeneses Struktur hatten. Das Ziel war, einen „Feuersturm" mit orkanartigen Winden zu erzeugen. Leider waren die Strategen erfolgreich, die deutschen in Warschau wie die alliierten in Hamburg. Gefräßige Feuerstürme loderten und viele Opfer waren zu beklagen. Hamburgs „Gomorrha" forderte das Leben von etwa 34.000 Menschen, und circa 125.000 wurden verletzt. Nur das Ziel „Demoralisierung der Bevölkerung", nämlich den Lebens- und Verteidigungswillen der Bevölkerung zu brechen, konnte nicht realisiert werden – nicht in Polen, auch nicht in Hamburg. Man gab einfach nicht auf. Auch meine Mutter nicht. Zwar hatten wir alles verloren, aber wir hatten überlebt, sogar unverletzt.

In Genthin

Eine neue Szene: Ich sitze auf dem Kantstein eines Fußweges am Haus meines Großvaters in Genthin, einer Kleinstadt etwa fünfundachtzig Kilometer westlich von Berlin gelegen. Vor mir öffnen sich die Spalten eines Gullys, in die ich kleine Steine stecke. Das dabei entstehende plumpsende Geräusch finde ich spannend. Meine Kinderwelt scheint sehr begrenzt zu sein. Vielleicht ist das gut für mein seelisches Wohlbefinden. Plump, plumps – Bomben klingen anders.

Von Hamburg sind wir mit einem überfüllten Zug gekommen; hauptsächlich Bombenflüchtlinge verließen ihre Stadt. Untergekommen sind wir bei meinem Großvater und dessen zweiter Frau, Elsa, die Else genannt wurde. Meinen Bruder Hans trafen wir dort auch wieder. Wir kamen wohl Ende August in Genthin an. Das „Altonaer Rathaus", wo meine Mutter zuletzt gearbeitet hatte, war zeitgleich mit uns ausgebombt worden. Sie war jetzt also arbeitslos und konnte mit einem Familienbesuch vorerst unser Unterkunftsproblem lösen.

Im Oktober stieß mein Vater zu uns. Er war von seinem Schiff abgemustert und hatte in Hamburg nach seiner Frau und mir gesucht. Eine Nachricht (ein Zettel? eine Notiz mit Kreide?), die meine Mutter, wie sie berichtete, auf dem Trümmerberg unseres Hauses hinterlegt hatte, hatte er nicht bemerkt. Tatsächlich hatte er sich den Steinhaufen auch nur von unten angesehen. Wie er unseren Aufenthaltsort in Erfahrung brachte, weiß ich nicht. Offenbar hatte mein Vater im kaputten Hamburg logistische Qualitäten entwickelt. Das Leben ging weiter. Bald war meine Mutter schwanger. Das zeigte sich erst später. Sonst bot die Genthiner Zeit meines Wissens wenig Erfreuliches.

Meine Mutter erzählte, dass sie als Ausgebombte eine Sonderzuteilung von Lebensmittelmarken bekommen hatte. Diese „Bevorzugung" erweckte Neid bei Einheimischen, die also nichts durch Bomben eingebüßt hatten. In Genthiner Geschäften wurde meine Mutter als „Bombenweib" beschimpft, was sie so sehr verletzte, dass sie noch

Jahrzehnte später immer wieder mit bitterem Gesichtsausdruck davon sprach. Schlimmer aber war ganz sicher die Eigenart von Oma Else, weit über ein sozialverträgliches Maß hinaus sparsam zu sein. Sie wurde allgemein schlicht als geizig bezeichnet. Meine originale Erinnerung ist, dass ich mir bei einem gemeinsamen Abendbrot noch eine Schnitte Brot nehmen wollte und sie mir dies verweigerte mit den Worten: „Ein Vielfraß wird nicht geboren, sondern erzogen!" Das ließ meinen Großvater vor Empörung geradezu explodieren. Er erhob sich, beugte sich über den Tisch und schlug ihr mit der flachen Hand kräftig ins Gesicht. Oma Else schrie, sprang auf und lief davon. Ich bekam noch eine Schnitte - unter gütlichem Zureden vom Großvater und meiner Mutter, denn nun wollte ich wohl aus Trotz nicht mehr essen. Damit erschöpfen sich meine Genthiner Erinnerungen. Insgesamt verfestigt hat sich aber ein Bild von Opa als einer großen und massigen Person, die bedrohlich wirkt. Obwohl er mich persönlich nie geschlagen hat.

Besonders von meiner Mutter wurden die Lebensumstände in Genthin als kaum erträglich empfunden. Schließlich waren die Wohnverhältnisse beengt und die personalen Beziehungen gestalteten sich kompliziert. „Lieber in einem Kellerloch hausen, als das hier noch länger auszustehen", gab später meine Mutter als Motivation für die Rückkehr nach Hamburg an. Auch wenn ich natürlich parteiisch bin und somit zu meiner Mutter halte, muss man auch Oma Else Verständnis zollen. Es war ja nicht ihre Schuld, dass ihr Haushalt stark beansprucht und somit ihr Leben außerordentlich belastet wurde.

Wieder in Altona

An den Abschied von Großvater, Großmutter und meinem Bruder habe ich keinerlei eigene Erinnerungen. Immerhin würde ich schon in wenigen Monaten fünf Jahre alt werden, also ein Alter erreichen, von dem an zunehmend etwas im Gedächtnis bleiben sollte. Aber ich erinnere nichts, weder Freude noch Kummer. Die Fahrt nach Hamburg dürfte nicht ganz einfach gewesen sein. Es bestand stets die Gefahr, von alliierten Fliegern beschossen zu werden. Man erzählte sich, dass es eine verbreitete Taktik der Alliierten war, Züge zum Halten zu zwingen und dann fliehende Menschen mit Gewehrfeuer zu jagen. Wir hatten meiner Erinnerung nach aber Glück. Im Frühsommer 1944, als wir reisten, war meine Mutter also schwanger. Mein Vater war voraus gefahren, um eine Unterkunft für uns zu organisieren. Das gelang ihm. Wir wohnten nun wieder in Hamburg-Altona. Weite Teile waren eine Trümmerwüste. Aber es gab auch noch Überbleibsel aus der Zeit vor dem Kriegswahnsinn. Einige einfache Häuser in der „Kleinen Freiheit", genau gegenüber der uns schon bekannten Pestalozzi-Schule, hatten die Bombardierungen ohne besondere Schäden überstanden. Wir sollten auf dem Stockwerk von Tante Anna unterkommen.

Über die knarrende Treppe gelangte man in den ersten Stock, wo sich der asymmetrische Korridor ausbreitete, der schon bei meinen früheren Besuchen Furcht in mir geweckt hatte. Jetzt zeigte sich, dass zwei oder drei Wohnungstüren von ihm abgingen. Ein dreieckiges Stück hatte man mit Gipsplatten abgetrennt. Dahinter befand sich jetzt unsere „Wohnung". Ein altmodischer Wasserhahn tröpfelte davor in ein halbrundes Waschbecken, das an die Wand geschraubt war.

Mein Vater besuchte nun die Seefahrtsschule in Altona, um ein Patent als „Seesteuermann auf Großer Fahrt" zu erwerben. Bücher stapelten sich in einer Ecke und ich wurde ständig zur Ruhe ermahnt, damit mein Vater sich konzentrieren konnte. Auf die Straße zum Spielen durfte ich nicht, weil einfach überall Gefahren lauerten. Entweder schossen plötzlich Tiefflieger oder Blindgänger explodierten in den Trümmern oder Ruinen stürzten ein.

Folgende Erinnerungssplitter kann ich zusammenkehren. Hinter einer Wolldecke, die über einer schräg durchs „Zimmer" gespannten Leine hängt, befindet sich die Lern-Ecke meines Vaters. Dort studiert er, ohne dass meine Mutter und ich nachts vom Licht gestört werden. Meine Mutter und ich schlafen in einem wohl aus Trümmern geborgenen Bettgestell mit Matratze. Als Kopfkissen benutzt meine Mutter „Nautische Tafeln", ein dickes Lehrbuch meines Vaters.

Die Bomben hatten das Haus, in dem Tante Anna wohnte, verfehlt. Ihre kleine Wohnung war, abgesehen von einigen kaputten Scheiben, nahezu unbeschädigt geblieben. Sie mochte meine Gesellschaft. Und ich hielt mich gerne bei ihr auf. Meiner Erinnerung nach saß sie wie eh und je stets mit einer qualmenden Zigarette zwischen ihren langen Fingern an ihrem kleinen Tisch mit Aschenbecher und Kaffeetasse, von wo sie nun über die Trümmer hinter dem Haus blicken konnte. Manchmal beugten wir uns aus dem Fenster und schauten nach links; dort in einigen Hundert Metern Entfernung zeigte sie mir die Trümmer unseres Hauses. Keine Häuser hinderten den Weitblick. Nur der Bunker an der Schomburgstraße ragte als mächtiger Klotz aus dem Trümmerfeld. Natürlich gab es immer wieder Fliegeralarm. Schutz suchten meine Eltern und ich in einem Keller eines Wohnhauses in der Paul-Roosen- Strasse. Es war nur ein kurzer Weg dahin. Als wir eines Nachts aus dem Keller kamen, brannte das Haus an der Ecke Paul-Roosen-Strasse/Bernstorffstrasse lichterloh. Wir stellten uns zu einer Traube von neugierigen Menschen gegenüber. Einige Stimmen kommentierten das vernichtende Werk der gierigen Flammen – man gab sich erfahren, fachmännisch und gleichmütig. Als nach einem Augenblick eine befehlende Stimme sagte: „Weitergehen! Einsturzgefahr!", nahm mich mein Vater auf den Arm. In der näheren Umgebung brannte nichts. Bereits ausgeglühte Steinhaufen taugten eben nicht für ein weiteres Inferno.

Etwas gespannt näherten wir uns dem Haus. Man wusste ja nie, wie ein Angriff ausgehen würde. Unser Haus stand noch. Doch als wir die Treppe hoch kamen, waren wir überrascht. Die Gipswand unserer Unterkunft war eingestürzt und gab den Blick frei auf unsere armselige Habe: Die Erschütterungen durch explodierende Bomben und Luftminen in der Nähe waren wohl zu gewaltig gewesen. Notgedrungen wurde mal wieder improvisiert. Tante Anna und auch andere Nachbarn halfen nach bestem Vermögen. Irgendwann war wieder eine Mauer errichtet und unser Dreieckszimmer fast perfekt.

Neun Monate nach der Ankunft meines Vaters in Genthin umklammere ich dann in unserem „Zimmer" in Altona den Rand einer kleinen Zinkwanne, die auf einem Schemel stand. Staunend betrachtete ich ein rosa Baby, das vorsichtig von meiner Mutter gebadet wurde, während mein Vater eine Wolldecke weit ausbreitete, um den neuen Erdenbürger vor Zugluft zu schützen. Die Fürsorge konzentrierte sich auf unser neues Familienmitglied, meine Schwester Anneliese. Es herrschte Hochsommer und draußen fielen Bomben, als sie im Keller eines Krankenhauses das flackernde Licht dieser Welt erblickte. Zeitlich hätte es nicht passender sein können, denn Anneliese wurde zu lautstarkem Feuerwerk genau am ersten Jahrestag unserer totalen Ausbombung geboren. Als einfache Menschen hatten wir natürlich kein Familienmotto, aber überzeugend bekräftigt wurde eine Grundhaltung, die insbesondere meine Mutter immer wieder ausgedrückt hatte und weiterhin verkünden würde: Wir lassen uns nicht unterkriegen! Das Leben geht weiter!

Anneliese hatte rötlich-blondes Haar. Auch sie „schlug" also nach der Mutter. Von uns drei Geschwistern war nur ich ein dunkler Typ.
 Fünf Tage vor Annelieses Geburt hatten Angehörige der Wehrmacht ein Attentat auf Hitler verübt. Leider ohne den erhofften Erfolg. Somit dauerte der Krieg noch an - mit unverminderter Härte. Auch Anneliese hatte einen ungünstigen Zeitpunkt erwischt.

Hauptsache, ein Dach über dem Kopf

Meine Eltern waren keine Mitglieder in der NSDAP (Nazipartei). Darüber bin ich sehr froh. Meine Mutter hatte zeitweise „freiwillig" in einer NS-Organisation von Seemannsfrauen Näharbeiten durchgeführt. Dies war in etwa die niedrigste mögliche Stufe, sich in der Nazizeit politisch nicht zu engagieren. Mein Vater war während seiner Zeit auf der Seefahrtschule im NSKK (Nationalsozialistisches Kraftfahrerkorps). Dem musste er als Student an der Seefahrtschule mehr oder minder zwangsweise beitreten. Neben dem Seefahrtstudium blieb sicher keine Zeit für Aktionen oder Taten, derer er sich hätte schämen müssen. Eine Aufgabe, die er erledigen musste, erfüllte er allerdings sehr gerne. Der „Lohn" für die Arbeit war Gold wert: Ein Holzhaus aus Schweden. Bedingung war, dass er dafür sorgte, dass etliche Schwedenhäuser auf einem Sportplatz in Hamburg-Iserbrook aufgestellt wurden. Seine Lehrgangskollegen an der Seefahrtsschule packten an mehreren Wochenenden kräftig mit zu und bald war der Sportplatz vollgestellt mit Holzhäusern für Ausgebombte, und zwar für Seemannsfamilien. Die Aktion lief in der Regie des „Deutschen Wohnungshilfswerks", das von den Nazis beauftragt war, Wohnraum für, so der offizielle Begriff, „Fliegergeschädigte" zu beschaffen.

Iserbrook war eine Randgemeinde im Westen Hamburgs, deren nördliches Grenzgebiet in landwirtschaftlich genutzte Flächen überging. Dieses Gebiet wurde als „Feldmark" bezeichnet, die nach einigen Kilometern an einen größeren Nadelwald stieß - „Forst Klövensteen". Die nächsten Ortschaften innerhalb eines Radius von etwa fünf Kilometern waren Blankenese, Sülldorf und Schenefeld. In der Feldmark, nicht weit von uns, lag eine Schweinemästerei und auf halbem Wege nach Sülldorf hatte „Bauer Ramcke" seinen Hof, der an einem von Fuhrwerken zerfurchten sandigen Weg lag, der „Op'n Hainholt" hieß. Iserbrook wurde in ostwestlicher Richtung von der „Sülldorfer Landstrasse" (heute B 431) zerschnitten.

Aus unserer „Betreuungskarte für Fliegergeschädigte", übrigens schon am 26.7.43, also einen Tage nach unserer Ausbombung, von der „Sozialverwaltung Kreisdienststelle Blankenese" ausgestellt, ergibt sich wörtlich, dass „Anna Klumbies... und meine Kinder: männlich 1 ... haben bei dem Fliegerangriff am: 25.7.43 ... Sachschaden erlitten – die Wohnung räumen müssen." Diese Formulierung scheint mir doch die tatsächlichen Verhältnisse etwas zu beschönigen. Oben am Rand der Karte befindet sich ein handschriftlicher Vermerk: „Totalschaden!" Dieser Begriff ist immerhin zutreffend und bildet die formale Grundlage dafür, dass wir unsere neue Unterkunft erhielten.

Beim Bau der neuen Behelfsheime, später von uns sowie unseren Nachbarn allgemein als „Buden" bezeichnet, wurden vorgefertigte Elemente dort zusammen gefügt, wo künftig das Haus stehen sollte. Die Transporte erfolgten erstaunlicherweise, obwohl noch Krieg herrschte.

Die Häuser wurden auf in den Boden geschlagenen Holzpfählen errichtet. Das Grundmaß des Behelfsheims betrug 4,10 m × 5,10 m. Das Dach war weit ausgreifend und schräge wie ein altes Schulpult gestaltet, um einen regengeschützten Aufenthalt vor dem Hause zu ermöglichen. Wasser- und Abwasseranschluss sowie eine Stromversorgung waren nicht vorgesehen. Dennoch konnten wir unser Glück nicht fassen, auch wenn die Räumlichkeiten sehr überschaubar waren: acht Quadratmeter als Schlafstube, elf Quadratmeter als kombinierte Küchen- und Wohneinheit sowie ein ganzer Quadratmeter „Korridor" beziehungsweise Windfang. Je ein Fenster an der Vorderseite von ungefähr einem Quadratmeter erhellte die beiden Räume, während eine Tür, zu der zwei Holzstufen führten, sich rückwärts an der Gartenseite befand.

Unser neues Heim war auf einem etwa zweihundert Quadratmeter großen Grundstück aufgestellt. Davon wurde alsbald eine große Fläche urbar gemacht. Wie sich erweisen sollte, wurde der Garten für uns überlebenswichtig. Mein Vater, von dem ich, nebenbei sei es zugegeben, eine deutliche Unbegabung für handwerkliche Arbeiten geerbt habe, schaffte es, einen kleinen Schuppen anzubauen. Darin befestigte er ein Brett mit rundem Loch als Eimer-Toilette. Auch gelang es ihm, als Schornstein eine größere Milchkanne (ohne Deckel) auf dem Dach zu montieren. Fürsorglich grub er ein nicht allzu tiefes Erdloch, das mit kräftigen Holzbohlen und einer dicken Erdschicht abgedeckt wurde, die zwar kaum vor explodierenden Bomben, aber doch vor Bomben- und Granatsplittern schützen könnten. Drei in den Mutterboden gegrabene Stufen, mit Holzbrettern abgedeckt, führten in die feuchte Schutzhöhle, die als Bunker gedacht war. Zum Sitzen stand dort eine einfache Bank.

Mit der neuen Bude entstand auch ein gewisser Bedarf an Ausrüstung. Wir hatten ja so gut wie gar nichts mehr. Schon bald wurde ein Herd geliefert, wohlgemerkt: neu! Nicht aus den Trümmern geklaubt, sondern von der traditionsreichen Firma "Buderus" produziert, obwohl dort schon vor dem Krieg Herstellungsbeschränkungen für zivile Güter bestanden und das Werk zunehmend in die Rüstungsproduktion einbezogen worden war. Wir besaßen nun ein richtiges Multifunktionsgerät: Kochen, Backen, Heizen und Brot rösten – alles war uns nun wieder möglich. Dies freilich unter der Voraussetzung, dass wir Lebensmittel und Heizmaterial hatten. Das war aber nicht der Regelfall. Mal fehlte es an dem einen, mal an dem anderen, nach dem Krieg nicht so selten an allem. Wir lernten zu schätzen, dass unsere Bude sehr gut gegen Kälte isoliert war. Besonders die Läden vor den Fenstern trugen dazu bei, die kostbare Wärme im Inneren zu bewahren. Eine bleibende Erinnerung an diese schwierige Zeit ist eine kleine Narbe an meinem Bauchnabel, den ich mir an der Herdplatte verbrannte, als ich mich am Ofen wärmen wollte, nachdem ich mich mitten in der Küche in einer Zinkwanne gereinigt hatte.

Aber ein Herd deckt noch nicht alles, was eine Familie zu einem halbwegs zivilisierten Leben benötigt. Die bereits genannte Betreuungskarte weist 1943 und 1944 mehrmals Auszahlungen von Bargeld in „RM" (Reichsmark) aus. Auch sind dort Berechtigungen verzeichnet zum Bezug von zum Beispiel: „1 Unterhemd, 1 Oberhemd, 1 Tischtuch, 1 Kinderwagen, 1 Eimer, 1 Kochtopf, 1 Bratpfanne, 4 Glasteller, 2 P. Schuhe, 2 P. Hausschuhe, 2 P. Überziehschuhe, 30 Klammern, 1 Kleiderschrank, 1 Küchenschrank."

Kurzum: Allmählich bekamen meine Eltern eine Basisausrüstung für Mensch und Haushalt zusammen. In der kleinen Kammer, wo auch der etwa einen Meter breite Kleiderschrank stand, hatten meine Eltern zwei ältere Bettgestelle so untergebracht, dass man sich in dem Raum wenigstens zum Ausziehen bewegen konnte. Ich hatte ein eigenes Bett, das andere benutzte meine Mutter; Anneliese nahm sie zu sich, sofern die Kleine nicht in ihrem Wagen schlief. In der Wohnküche passte ein recht gut erhaltenes Polstersofa gerade in eine Ecke von etwa ein mal zwei Metern neben dem Windfang. Davor stand ein alter Tisch mit geschwungen gedrechselten Beinen, die wurmstichig waren. Ein abgebrochenes Bein hatte mein Vater durch ein senkrechtes Brett ersetzt, das nicht zum Stil des Möbels passte, aber – erstaunlich genug – viele Jahre hielt. Komplettiert mit zwei oder drei ungleichen Stühlen, fanden wir alle einen recht komfortablen Platz zu den meist kärglichen Mahlzeiten. Nachts diente das Sofa meinem Vater als Schlafstatt. An der äußeren Längswand, gegenüber vom Herd, boten zwei halbhohe Schränkchen reichlich Platz für wenige Teller und die sonstige recht karge Küchenausrüstung. Unser Lebensmittelpunkt mit seinen elf Quadratmetern war also optimal ausgefüllt und erwies sich wegen der kurzen Wege zwischen den verschiedenen Einheiten als hochfunktional.

Am 22. November 1944 wurde meinem Vater sein nautisches Patent ausgehändigt. Alsbald musterte er auf einem Handelsschiff an und fuhr bis Kriegsende als Steuermann zur See. In der Endphase des Krieges beförderte er vor der anrückenden sowjetischen Armee flüchtende Frauen, Kinder und Alte nach Dänemark und Schleswig-

Holstein. Eine lange Zeit wussten wir nicht, ob er noch lebte und wo er sich befand. Die Ungewissheit plagte uns auch noch, als der Krieg schon längst zu Ende war. Wir wussten nichts über sein Schicksal. „Vati", wie wir den Abwesenden bezeichneten, war natürlich ein Gesprächsthema zwischen meiner Mutter und mir. Aber ich kann mich nicht erinnern, dass ich meinen Vater besonders vermisst hätte. Ebenso wenig fehlte mir mein Bruder. Er war zu dieser Zeit rund zwölf Jahre alt und schrieb wohl selten, wenn überhaupt. Auch vermute ich, dass meine Mutter nicht gerade intensiv einen Briefkontakt zu ihrem Sohn pflegte. Telefonisch konnte man ja ohnehin nicht verkehren.

„Hauptsache ein Dach über dem Kopf!" Mit dieser üblichen Floskel, abgeleitet aus der bitteren Erfahrung der Ausgebombten, relativierte meine Mutter oftmals Unbilden unseres Lebens, wenn es darum ging, über Mängel an Essbarem, Kleidung oder Heizbarem hinweg zu trösten. Zunächst herrschte ja noch Krieg und die Hauptsorge war, nicht plötzlich wieder dazustehen und nicht zu wissen, wie und wo man unterkommen konnte. Tag und Nacht heulten die Sirenen, die uns in unseren Erdbunker zwangen. Angespannt lauschten wir dem wütenden Geballere der in der Feldmark liegenden Flakstellung und warteten auf den erlösenden Ton der „Entwarnung". Meine Mutter hielt Anneliese auf dem Arm, während ich mich eng an sie drückte. Irgendwann konnten wir dann in unser Häuschen zurück. Eines Tages zeigte sich, dass wir wieder einmal Glück gehabt hatten. Denn als wir morgens vor die Tür traten, waren die dicken Balken, die die Decke der Höhle bildeten, in das Loch gestürzt. Sie hätten uns erschlagen können, wenn es nicht vorher Entwarnung geheult hätte. Die Ursache für den Einsturz waren Erschütterungen von einer Luftmine, die verspätet einige Hundert Meter entfernt explodiert war, ein Haus stark beschädigte und nur ein Menschenleben kostete. Ansonsten blieb die Umgebung unseres neuen Wohnortes aber weitgehend von bedeutenden Treffern verschont. Luftminen explodierten gewöhnlich beim Aufschlag auf den Boden, wobei sie eine extra starke Detonationswelle entwickelten. Allerdings gab es auch sogenannte Blindgänger oder verzögerte Zündungen. Wahrscheinlich rettete eine solche Verzögerung unsere Leben. Gegen diese Gewalt hatte es meinem Vater beim Bau unseres Unterschlupfes schlicht am geeigneten Material gefehlt.

Unser tägliches Leben musste in den Alarmpausen organisiert werden. Wir waren schließlich drei Personen, deren täglicher Bedarf irgendwie zu decken war und Vorsorge musste getroffen werden, um den heran nahenden Winter überstehen zu können. Dass es der letzte Kriegswinter sein würde, wusste meine Mutter ebenso wenig, wie andere, aber sicher hoffte sie wie viele andere Menschen in etlichen Ländern auf ein baldiges Ende des Krieges. Auch glaube ich nicht, dass sie auf angebliche Wunderwaffen setzte, die Hitler noch bereithalten würde. Ihr Leben lang hat sie oft bei verschiedensten Anlässen immer wieder Respektlosigkeit vor Autoritäten und einen gesunden Menschenverstand gezeigt. Im Grunde war sie nicht ideologisch oder politisch verführbar. Das bewundere ich an ihr bis heute.

Ich war nun fünf Jahre alt und konnte meiner Mutter in gewissem Maße behilflich sein. Anneliese, noch ein Baby, forderte natürlich viel Kraft und Aufmerksamkeit unserer Mutter. Unsere Ernährung war keineswegs gesichert. Außerdem musste Brenn- und Heizmaterial besorgt, im Garten gegraben und gepflanzt werden und, vor allem, war außer Lebensmitteln Wasser heranzuschaffen. Wasser zur Körperpflege, zum Trinken, Kochen und Wäsche waschen. Der nächste Wasserhahn befand sich etwa zweihundert Meter von uns entfernt in einem sogenannten „Polackenlager". Dort wurden Männer, wahrscheinlich Polen, gefangen gehalten, die Sträflingskleider trugen. Ab und zu sah ich auch welche bei uns auf dem Platz, wenn sie, bewacht von bewaffneten Soldaten, Arbeiten verrichteten.

Unvergesslich sind mir zwei Szenen. Einmal schaute mich ein jüngerer Gefangener, der in gebückter Haltung auf dem Nachbargrundstück arbeitete, mit schräg gehaltenem Kopf auf eine Art an, die mich tief betroffen machte. Ich muss da wohl eine Verzweiflung, Angst und Hoffnungslosigkeit dieses Menschen gespürt haben. Ich fragte meine Mutter, was das für Menschen seien und sie antwortete mir ausweichend, wobei sie mir doch den Eindruck vermittelte, dass es diesen noch schlechter ginge als uns und dass sie einem leidtun könnten.

In der zweiten Szene sehe ich meine Mutter, wie sie sich an der nur mit Feldsteinen markierten Grenze zum Nachbarn im Garten zu schaffen machte und plötzlich dem Gefangenen einen Apfel vor die Füße rollte, den der mutmaßliche Pole sofort in seiner Kleidung verschwinden ließ. Die Wächter hatten nichts bemerkt. Erst viel später wurde mir bewusst, dass meine Mutter mit diesem Akt des Mitleids ein großes Risiko eingegangen war. Für solche Handlungen drohten rigorose Strafen. Wahrscheinlich war meine Mutter sich der eventuellen Tragweite ihres mitmenschlichen Handelns nicht völlig bewusst. Mir bot es jedoch in meinem Leben eine Orientierung.

Ansonsten haftete den Gefangenen im Lager ein nicht gerade positiver Ruf an. Hetze, Verleumdung, Entwürdigung und die Bezeichnung „Untermenschen" hatten viele Deutsche negativ in ihrem ursprünglichen Wertesystem beeinflusst. Zu leicht war es, sich als etwas „Besseres" fühlen zu können, indem man nur andere zu erniedrigen brauchte. Der Mechanismus war bekannt. Und alle wussten, dass er auch umgekehrt funktionieren würde. Viel zu wenige Deutsche hatten sich nicht anständig verhalten, sondern gegen die Menschenrechte verstoßen oder dergleichen toleriert. Auf dem Platz verbreiteten sich nun nicht ohne Grund Ängste vor potentiellen Rachehandlungen, vor Maßnahmen einer ausgleichenden Gerechtigkeit, wenn man nun den Insassen so nahe kommen musste. Natürlich bestanden für Deutsche Verbote, mit den Gefangenen in Kontakt zu treten. Aber Trinkwasser gab es im Lager, nur dort. Der Wasserhahn im Lager befand sich in einem Raum, der von uns nur zu bestimmten Zeiten und unter Bewachung betreten werden durfte. Mit einem langen Waschbecken versehen, dass einem Futtertrog glich, diente der Raum sonst wohl als Waschraum für die Gefangenen. Wasser holen war für uns immer mit etwas Spannung verbunden. Misstrauen hing in der Luft. Die Insassen beäugten uns verstohlen. Natürlich weiß ich nicht, was sie sich dachten, aber wahrscheinlich stellten sie mit Genugtuung fest, dass wir jedenfalls nichts von einer Herrenrasse ausstrahlten.

Als Transportbehälter benutzten wir eine Zinkwanne, die auf das Untergestell von Annelieses Kinderwagen gestellt wurde. Die Kunst bestand darin, möglichst viel Wasser bis zu unserer Bude zu bringen. Ein bedeutender Teil schwappte dabei leider über. Schließlich besorgte meine Mutter ein Brett, um die Oberfläche des Wassers ruhiger zu halten. Das half, nachdem sie das Holz mühsam der Wannenform angepasst hatte. An der Bude wurde die verbliebene Flüssigkeit dann in unseren Kochtopf, den Eimer und sonstige Behälter umgefüllt.

Helfen musste ich auch beim Einkaufen. Zu dieser Tätigkeit hatte ich ein gespaltenes Verhältnis: Einerseits war ich stolz, schon so wichtige Aufgaben ausführen zu dürfen, andererseits wurde dadurch meine Freiheit zum Spielen und Toben eingeschränkt. Lebensmittel und vieles andere waren rationiert. Außer Geld brauchte man Lebensmittelmarken, die auf Lebensmittelkarten gedruckt waren. Es gab unter anderem Brot-, Fleisch-, Fett-, Eier-, Marmelade- und Zuckerkarten. Außerdem wurden unterschiedliche Karten für Kleinst- und Kleinkinder, für Kinder bis zu sechs Jahren, Jugendliche und so weiter ausgegeben. Nicht zu weit entfernt von uns befanden sich Milchmann, Schlachter und Lebensmittehändler, die ich also zu Fuß erreichen konnte. Die Zuteilung an Lebensmitteln war keineswegs üppig. Immer wieder wurde mir von meiner Mutter eingeschärft, auf dem Weg zum Einkaufen nicht zu Trödeln und vor allem keine Marken zu verlieren. Verlorene Marken bedeuteten Mangel an Essen oder sogar Hunger. Selbstverständlich war es auch nicht damit getan, einfach in einen Laden zu gehen und einzukaufen, sondern obligatorisch war es, erstmal in einer Schlange mit Frauen, Männern und anderen Kindern anzustehen. Dabei galt es, seinen Platz zu behaupten. Größere Kinder oder Jugendliche, aber durchaus auch Erwachsene, sahen einen Vorteil darin, sich vorzudrängeln, und sie taten es auch. Mit einer gewissen Verbissenheit gelang es mir aber meistens, meinen Platz in der Schlange zu verteidigen. Schlange stehen war, wie sich erweisen sollte, über viele Jahre hinweg ein notwendiges Vorspiel zum Einkauf.

Der „Platz", also unser Wohnort, war ursprünglich ein hauptsächlich zum Fußball genutzter Sportplatz gewesen. Der schloss an die vor dem Krieg erstellten Siedlungshäuser an, von denen uns eine tiefe Kiesgrube, die nicht mehr wirtschaftlich genutzt wurde, trennte. Nun war „unser" Platz durch breite Wege in vier Viertel aufgeteilt, worauf jeweils fünf oder sechs Holzhäuser standen. Iserbrooks Jugend war verständlicherweise nicht sehr von der neuen Verwendung „ihres" Platzes erbaut. Gelegentlich reagierten jüngere Leute, indem sie hinter meiner Mutter und sicher auch anderen Frauen des Platzes „Bombenweiber" oder ähnliche Äußerungen der Frustration herriefen. Diese Bezeichnung war wohl eher unüberlegt, vielleicht aber auch bewusst bösartig, wahrscheinlicher aber nur ein Ausdruck von schlechtem Gewissen. Denn kein Nicht-Ausgebombter hatte sich sein Glück „verdient", es war einfach nicht gerecht, ungeschoren davongekommen zu sein. Ebenso wenig war es gerecht, alles verloren zu haben.

Für uns Kinder, aber natürlich auch für die Erwachsenen, war es eine spannende Angelegenheit, als nach vielen Monaten Wasserleitungen eingegraben wurden. In jedem Viertel auf dem Platz ragte bald ein Wasserrohr aus der Erde, das mit einem drehbaren Wasserhahn versehen war. Wir hatten das Glück, eine solche Wasserquelle direkt vor unserem Haus an der Grundstücksgrenze zu bekommen. Welche Erleichterung! Nur einmal mit einem Eimer ums Haus herum, insgesamt nicht einmal zwanzig Meter, und schon hatten wir das kostbare Nass auf dem Schemel neben dem Herd. Nun konnte ich meine Mutter entlasten, indem ich bei Bedarf ins Haus schleppte, was ich tragen konnte, also einen halben Eimer voll jeweils. Ab und zu musste meine Mutter meine Hilfe nachdrücklich einfordern. Aber oft schleppte ich das frische Nass aus eigener Einsicht.

Doch trotz meiner kleinen Hilfen hatte ich viel Zeit zum Spielen. Und ich war bei weitem nicht das einzige Kind auf dem Platz. Schnell hatte sich eine Gruppe von fünf oder sechs Jungen in gleichem Alter zusammen gefunden. Wir hatten für Kinder ideale Spielmöglichkeiten. Sehr viel Zeit verbrachten wir draußen. Es blieben ja auch kaum andere Möglichkeiten, denn in den Buden war es wahrhaftig eng genug, so dass die Erwachsenen wohl auch manches Mal nachhalfen, uns vor die Tür zu setzen. Solange noch mit Fliegern gerechnet werden musste, hatten wir uns natürlich in der Nähe unserer „Bunker" aufzuhalten. Gespielt wurde, was die Phantasie hergab. Wichtigstes Utensil war ein mehrfach geflickter Lederball, der eine Gummiblase enthielt, die wegen einer leicht porösen Struktur sehr oft aufgeblasen werden musste. Das war meistens meine Aufgabe, denn ich hatte ziemlich kräftige Lungen, was mich auch noch bis ins Erwachsenenalter auszeichnete, wenn es etwa darum ging, tief oder weit zu tauchen. Wahrscheinlich wirkte sich physisch und psychisch bei mir aus, dass mein Vater mit mir weit vor unserer Ausbombung, ich war anfangs vielleicht gerade zwei Jahre alt, ins Bismarck-Bad in Altona zu gehen pflegte. Dort nahm er mich in seine schützenden Arme, redete mir gut zu und erklärte, wie ich tief einatmen und den Atem halten solle und sprang im „Schwimmer" an der tiefsten Stelle bis auf den Boden des Bassins. Immer noch erinnere ich mich an ein enormes Gefühl der Geborgenheit am Körper meines Vaters. Zu Hause erzählte mein Vater dann auf seine leicht theatralische Art von meiner Leistung, was wohl für mein weiteres Selbstgefühl einen unschätzbaren Bonus bedeutete.

Beim Fußball spielten auch die älteren Brüder meiner Freunde mit. Zwei Feldsteine am Rande der Kiesgrube bildeten ein Tor.

Nach einem harten Fußballspiel lagen wir ermattet im Gras, als einer von der älteren Altersgruppe fragte, ob denn alle „unter Hitler" geboren seien. Da könnte man natürlich stolz drauf sein, meinte er. Rasch zeigte sich, dass alle zur Hitlergeneration gehörten. Für uns Jüngere war die Lage sowieso klar. Aber auch von den anderen fiel keiner aus dem Rahmen. Alle waren zu Hitlers Zeit auf die Welt gekommen. Doch war, außer dem Fragesteller, keinem anzumerken, ausgesprochen stolz zu sein. Zwar sprach es keiner aus, aber es schien, als hätte sich eine allgemeine Stimmung ausgebreitet, als würden wir ahnen, als hätten wir in der Familie oder aus dem Radio etwas aufgeschnappt, was uns signalisierte, dass es nicht die tollste Idee sei, noch viel auf Hitler zu geben. Größeres Interesse fand eine kleine Änderung der Frage. Wohl unter pubertärem Einfluss wurde anhand der Geburtstage verglichen, ob denn auch alle während der Hitlerzeit gezeugt worden wären. Nicht allen, auch mir nicht, leuchtete sofort die Pikanterie dieser Fragestellung ein. Doch es genügten einige geschnauzte Bemerkungen der Großen, und alle hatten kapiert, worum es ging. Unser Gekicher zeigte, dass wir verstanden hatten oder zumindest ahnten, was zur Diskussion stand. Das Ergebnis wurde schnell ermittelt, und alle waren zufrieden. Hier im Grün lagen nur solche, die frühestens im späten Herbst 1933 geboren und also mindestens nach der Machtergreifung im Januar gezeugt worden waren. Auch wenn es unflätig ausgedrückt wurde, war die Interpretation eindeutig: Hitlers Amtsantritt hatte offenbar die Libido der Eltern besonders befeuert. Das Resultat waren die älteren Brüder, die nun mit allerlei groben Bemerkungen peinliche Empfindungen zu überspielen suchten. Bei der etwa fünf Jahre jüngeren Geschwistergruppe stellte sich heraus, dass keiner im Krieg geboren worden war. Zeugung und Geburt noch in Friedenszeiten. Ich war das einzige „echte" Kriegskind. Geboren am 7. September 1939 qualifizierten mich gerademal sechs Tage zu diesem Sonderstatus. Obwohl ich damit von der Norm abwich, gab es aber keinen Ansatz, mich auszustoßen. Die Diskussion drehte sich darum, ob und was es bedeutete, dass man als Vorkriegs- oder Kriegskind geboren worden sei. Die Thematik verschob sich alsbald zu dem, was uns alle verband: ausgebombt waren wir ausnahmslos. Allen bekannt war, dass ich einen Bruder hatte, der außerhalb Hamburgs wohnte. Als Jahrgang 1932 war er ja in der Dolchstoß-Demokratie gezeugt und geboren worden! Auf meinen Bruder könnte ich mir somit natürlich gar nichts einbilden. Andererseits: Er dürfte bestimmt bald bei der Flak helfen und das Vaterland verteidigen! Vielleicht wurde er sogar zur Verteidigung der Reichshauptstadt eingezogen. Das wäre ja eine ganz große Ehre. Oder, falls er bei uns auf dem Platz einziehen würde, käme er wenigstens zu „unserer" Flakstellung in der Feldmark. Das wäre auch schon etwas. Davon konnten wir Jüngeren doch nur träumen. Leider mussten wir selbst ja noch Geduld haben, aber ganz hoffnungslos war die Situation nicht. Der Krieg konnte ja noch ewig dauern. Jedenfalls die '33 gezeugten Jungen hatten gute Chancen, noch eingezogen zu werden. Schließlich hatten wir ja schon bei den Gesprächen unserer Mütter aufgeschnappt, dass immer jüngere Jahrgänge zu Hilfsdiensten eingezogen würden. Merkwürdigerweise kann ich mich nicht erinnern, jemals ein Gespräch belauscht zu haben, in dem Mütter ein baldiges Kriegsende erhofften, um den Söhnen kriegsähnliche Dienste zu ersparen. Aber ich bin sicher, die meisten ihrer stillen Gedanken hätten dem Führer kaum zur Freude gereicht.

Die Mischung unserer Gruppe von Sechs- und etwa Elfjährigen ergab eine weitere hervorragende Möglichkeit zum Spielen. Ein Waldstück aus schlanken an die zehn Meter hohe Buchen, das den westlichen Teil unseres Platzes begrenzte, inspirierte zu Abenteuern. Die Bäume standen so eng beieinander, dass man die Anpflanzung in ihrer gesamten Ausdehnung von etwa hundert mal acht Metern durchklettern konnte, ohne den Boden berühren zu müssen. Beliebt war „Baumkriegen". Einer jagte die anderen, um sie „anzuticken", also zu berühren. Eine Art Notausgang boten zwei besonders biegsame Bäume, von deren Spitze man sich auf die Erde schwingen konnte. Selbstverständlich wurden hier auch große Seeschlachten ausgefochten, wenn wir den Bestand an Bäumen zu einem Mastenwald mutieren ließen.

Die bereits erwähnte Kiesgrube breitete sich direkt vor unserem Grundstück aus. An ihrem oberen Rand, wo sich ein breiter Streifen Muttererde erstreckte, ließen sich abenteuerliche Straßen und Tunnel ins Erdreich kratzen. Gespielt wurde mit Steinen oder Holzstückchen. Ich kann mich nicht erinnern, dass jemand von uns ein richtiges Spielzeug mit vier Rädern gehabt hätte. Ausgebombt waren wir ja alle. Erst viel später standen uns Vehikel zur Verfügung, die weniger Anforderungen an unsere Phantasie stellten.

Ein Trauerbrief

Vieles war durch die Bombardierungen und sonstige Einwirkungen des Krieges beeinträchtigt. Doch bei uns kam immer noch regelmäßig ein Postbote. Über sein Gesicht lief eine breite Narbe. Sein rechter Ärmel war leer und steckte in der Seitentasche, um ihn zu fixieren. An einem warmen Tag im April 1945 brachte er einen Briefumschlag mit einem schwarzen Rand. Bevor meine Mutter ihn öffnete, setzte sie sich in der Küche auf den Hocker beim Herd und begann zu lesen. Ich ahnte, dass es nichts Gutes war, was der Brief enthielt und stellte mich neben meine Mutter und streichelte ihre Schulter. Sie hielt das Papier mit zitternden Händen vor sich und weinte leise. Ihre Tränen ließen die Tinte auf dem Brief zerlaufen. Nach einer langen Zeit sagte sie tonlos: „Mein Bruder ist tot." Ich weiß es zwar nicht mehr, aber wahrscheinlich habe auch ich geweint, obwohl ich meinen Onkel kaum gekannt hatte. Aber meine Mutter hatte oft von ihm erzählt, besonders von ihrer gemeinsamen Entführung zur Leichenhalle vor gut zwanzig Jahren.

Ich hatte ihn nur einmal gesehen, als er uns im Herbst 1944 in unserer Bude kurz besucht hatte. Er trug seine Offiziersuniform und war mit einem militärischen Personenwagen samt Fahrer gekommen.

Obwohl er acht Jahre jünger war als seine Schwester, blickte sie zu ihm auf, und zwar nicht wegen seiner stattlichen Größe; sie war einfach sehr stolz auf ihn. Als er uns besuchte, trug er noch immer die Kugel eines russischen Scharfschützen in seiner Brust, die ihn in Russland schon 1940 schwer verletzt hatte. Die Kugel hatte ihn in Herzhöhe getroffen, wurde durch seine Brieftasche abgelenkt und drang in die Lunge ein. Das Geschoss konnte nicht entfernt werden und man hoffte, dass es sich einkapseln würde. Schließlich ging es ihm so gut, dass er im Sommer 1943 seine Freundin aus Schulzeiten heiraten konnte. Bei der Hochzeit trug die Braut ein Kleid aus weißer Fallschirmseide. Wenn man genau hinsah, konnte man noch Reste von Blutflecken erkennen, die sich nicht gänzlich hatten entfernen lassen. Den Fallschirm hatte ein russischer Pilot benutzt, als er tot auf deutschen Boden sank. Der Vater des Bräutigams, also mein Großvater, betrachtete es als böses Omen, die blutige Seide zu verwenden. Außer ihm war jedoch niemand abergläubisch. Allmählich begann die Kugel im Körper meines Onkels zu wandern, was im März 1945 zu seinem Tode führte. Seine hochschwangere Frau holte ihn von seinem weit entfernten Todesort unter abenteuerlichen Kriegsverhältnissen mit einem Lastkraftwagen zu ihrem Wohnort. Dort wurde er begraben. Seine Tochter, also die Kusine von Hans, Anneliese und mir, wurde im Mai 1945 in der Heimatstadt ihrer Mutter geboren, fast zwei Monate nach dem Tode ihres Vaters und nur sechs Tage nach dem Kriegsende in Europa.

Bei der Hochzeit ihres Bruders wie auch seiner Beerdigung war meine Mutter nicht zugegen gewesen. Zweifellos hätten beide Anlässe sie vor finanzielle und organisatorische Probleme gestellt. Die Hochzeit fand kurz nach unserer Ausbombung statt. Bei gutem Willen jedoch hätte die nicht ausgebombte, sehr gutsituierte Familie der Ehefrau meine Mutter stützen können. Meine Mutter hat sehr häufig ihre Enttäuschung darüber zum Ausdruck gebracht, nicht eingeladen worden zu sein. Als Geste hätte dies ihr sehr gut getan. Sie hat es offenbar so empfunden, dass die neue Familie, vornehm und hoch angesehen in ihrem Heimatort, sie nicht dabei haben wollte. Meine Mutter fühlte sich auf schmerzende Art deklassiert.

Das Kriegsende

Wahnwitzige Hoffnungen oder gar Überzeugungen auf den deutschen Endsieg durch Hitlers „Wunderwaffen" sollen viele Menschen quasi bis zum Schluss gepflegt haben. Nicht ungefährlich war es, einfach mal weniger glorifizierend über ein Ende des Krieges zu reden. Schon gar nicht durfte man äußern, dass Deutschland besiegt werden könnte. Fanatiker und Denunzianten konnten überall lauern. Keiner wusste sicher, wem man trauen durfte. Stets war eine allgemeine Anspannung spürbar. Es hingen Fragen danach in der Luft, was kommen könnte und wie es weiter gehen würde. Ich glaube, meine Mutter sah der näheren Zukunft nicht besonders unruhig entgegen, sondern eher hoffnungsvoll. Zu ihren Eigenheiten gehörte, Situationen nicht unnötig pessimistisch zu betrachten. Gelegentlich bediente sie sich wiederkehrend bestimmter Floskeln oder Redensarten. Jetzt, wo wir mit mancherlei Schwierigkeiten zu tun hatten, beugte sie sich eines Abends im Schein der Petroleumlampe über den Tisch und flüsterte mir leise zu, was ich wohl als Trost empfinden sollte: „Schlimmer als jetzt kann es nicht kommen." Doch sie täuschte sich. Nicht nur Lebensmittel wurden bald allzu knapp, eigentlich alles, was man zum Leben benötigte, wurde zur Mangelware.

Die Erwachsenen lauschten an den Volksempfängern den Meldungen der deutschen Propaganda. In der Sprachcharakteristik von Goebbels Schreihälsen kämpften deutsche Truppen „heldenhaft" (in Wirklichkeit waren es nur noch zusammengesuchte Reste von Einheiten); sie zogen sich zwar von „Auffanglinie" zu „Auffanglinie" zurück, aber angeblich nur, um den Feind wirkungsvoller zurückschlagen zu können. Meine Mutter kommentierte: „Das glaubt ihr doch selber nicht."

Alliierte Verbände näherten sich jedenfalls der Elbe und den Grenzen Hamburgs. Immer häufiger legten wir Jungs im vermeintlichen Schutz eines überstehenden Daches einer Bude die Köpfe in den Nacken, um am Himmel brummende Bomber und Kampfflugzeuge mit Kurs auf Ziele in Schleswig-Holstein zu beobachten. Wir taten es ziemlich furchtlos, als sagte uns ein Gefühl, dass der Krieg für uns so gut wie beendet sei.

Abends, die Tür und die Fensterläden geschlossen, drehte meine Mutter an den Knöpfen des Radios und lauschte quietschenden Tönen. Wenn dann schicksalsschwer ein Paukensignal ertönte, rückte sie dem Gerät noch näher. Mit höchster Anspannung lauschte sie der männlichen Stimme, die auf Deutsch wahrscheinlich Wichtiges mitteilte. Die Rede war von Front und Krieg und Ruhe bewahren. Davon, was meine Mutter tat, durfte ich draußen absolut nichts verraten. Wenn ich auch keine Details verstand, so hatte ich doch begriffen, dass das Ende des Krieges nahe war. Und meine Spielkameraden hatten es auch erfasst, denn auch deren Eltern lauschten. Wenn wir Kinder unter uns waren, redeten wir, denn die jetzige Entwicklung musste einfach erörtert werden. Wir waren ja mit dem Krieg groß geworden, kannten gar nichts anderes. Wie könnte denn plötzlich alles anders sein? Eine Zeit nach dem Krieg, also ein Leben ohne Alarm und Angst und Gefahr, und zwar Tag für Tag, das konnten wir uns nicht richtig vorstellen. Sollten wir uns nie mehr verkriechen müssen? Würden wir reden dürfen, was wir wollten? Die Zeit nach dem Krieg könnte richtig gut werden, das war wohl möglich. Allerdings sollte man sich nicht zu früh freuen. Denn wenn der Krieg aus ist, dann wimmelt es hier überall von Feinden. Das hat meine Mutter auch gesagt. Aber zu uns würden ja die Tommys kommen und nicht die Russen. „Die Tommys jedenfalls tun Kindern nichts." Das wusste meine Mutter ganz genau. Dann konnte meine Mutter plötzlich nichts mehr hören, weil die elektrischen Leitungen zerstört waren. Der Volksempfänger war plötzlich tot, aber meine Mutter hatte trotzdem irgendwo erfahren, dass der Schreihals Goebbels zusammen mit seiner Frau und deren sechs Töchtern gestorben war. Aus Angst vor den Russen.

Die Großen besprachen mit uns Kindern ziemlich wenig. Sie unterschätzten unsere Fähigkeiten, die Lage einzuschätzen. Außerdem hatten wir lange Ohren. Die Luft vibrierte ja vor Spannung. Das spürten auch wir. Wir merkten die Unsicherheit der Erwachsenen, wie aufgeregt sie waren, wie sie tuschelten. Nun wurde es für sie höchste Zeit, Reinschiff zu machen, sich selbstkritisch die Frage zu stellen, inwieweit man in das System der Naziherrschaft involviert war, was einem vorgeworfen werden konnte, für was man Verantwortung übernehmen müsste. Bilder und Dokumente wurden sortiert. Bedenkliche Gesichter sah man überall und viel dunkler Qualm drang bald aus primitiven Schornsteinen. Wer ausgebombt war, hatte sowieso nichts zu verbrennen. Meine Mutter hatte wohl kaum etwas zu fürchten. Und mein Vater auch nicht. Er war ja nicht mal zu Hause. Vielleicht lebte er auch gar nicht mehr. Wir hatten nicht die geringste Ahnung, wo er sein und wie es ihm gehen könnte. Aber vielleicht war es von Vorteil, dass er in dieser Situation nicht greifbar war. Wer wusste schon, wie Besatzungstruppen sich verhalten und auf welche Ideen sie verfallen könnten? Überhaupt, da in allen Häusern Seemannsfamilien wohnten, waren die meisten Männer noch unterwegs, bei der Kriegsmarine oder der zivilen Schifffahrt. Was sollte schon auf dem Platz geschehen?

Ab und zu stand meine Mutter im Garten mit einer Nachbarin. Neugierig stand ich dabei, ohne aber richtig zu begreifen, was beredet wurde. Aber ich bekam doch etwas von ihren Befürchtungen mit, dass die Insassen des Polenlagers auf unserem Platz einiges anrichten könnten. Ich hörte etwas von Aufstand, Ausbruch, Befreiung und Vergewaltigung. Viele Ängste beherrschten jetzt die Erwachsenen. Mir schien es, als würde meine Mutter allmählich die Tommys voller Ungeduld erwarten. „Damit man weiß, woran man ist", sagte sie, wenn ich sie fragte.

Die erste Zeit unter einer Besetzung könnte sich ja chaotisch entwickeln, keiner konnte wissen, was wirklich kommen würde. Würde eine wilde, raubende, gewalttätige und mordende Soldateska über uns herfallen? Die Nazipropaganda hatte Schreckliches verbreitet, was man von den Russen erwarten müsste. Würden die Engländer sich auch austoben wollen? Hatten die fremden Soldaten nicht Grund genug, Rache zu üben an den Deutschen?

Plötzlich, es war der dritte Mai, hing morgens an einer Wand eines zentral stehenden Hauses auf dem Platz ein großes Plakat:

Bekanntmachung!
Der Befehlshaber der britischen Besatzungstruppen hat folgende Anordnungen erlassen:
Heute Mittag beginnt der Einmarsch der Besatzungstruppen
Ab 13 Uhr besteht Ausgehverbot für die Bevölkerung, mit Ausnahme der Angehörigen der Versorgungsbetriebe (Elektrizitäts-, Gas- und Wasserwerke)
Die Dauer des Ausgehverbots wird von der Disziplin der
Bevölkerung abhängig gemacht.
Die Verantwortung für die Durchführung dieser Maßnahme
wird der Hamburger Polizei übertragen.
Bei Nichtbefolgung wird außerdem die Besatzungsmacht
mit Waffengewalt einschreiten.
Der gesamte Verkehr wird
um 12 Uhr eingestellt.
Hamburg, den 3. Mai 1945

In Windeseile verbreitete sich die Neuigkeit. Nach und nach kamen sicherlich alle Bewohner des Platzes und lasen von ihrer Befreiung, wobei wohl die wenigsten in diesem Moment begriffen, dass sie gerade genau dieses erlebten: Befreiung vom Naziregime und von Kriegsterror. Vereinzelt redeten Erwachsene miteinander, aber eigentlich herrschte eine eigentümliche Ruhe. Mütter begaben sich gefasst mit ihren Kindern zu ihren Buden. Die Kinder folgten willig. Auch meine Mutter nahm mich an die Hand und sagte: „Komm, der Krieg ist aus!" Als wir an unserem Schutzloch vorbeigingen, sagte sie: „Da brauchen wir jetzt auch nicht mehr rein zu kriechen." Anneliese, die im Garten gestanden hatte, nahm sie aus dem Kinderwagen und legte sie in die Sofaecke. Dann holte meine Mutter Wasser vom Hahn vor dem Haus und schloss sorgfältig die Haustür. Anschließend erklärte sie mir, dass wir jetzt erstmal die Bude nicht mehr verlassen dürften, aber bald.

Hamburg wurde fünf Tage vor der deutschen Gesamtkapitulation den Engländern übergeben – kampflos, ohne Widerstand. Die Menschen Hamburgs wurden keinen weiteren Kämpfen ausgesetzt; in der Stadt blieb erhalten, was nicht ohnehin schon zerstört war. Diese Kapitulation erfreut mich bis zum heutigen Tag.

Das Ausgehverbot bestand nur rund vierundzwanzig Stunden, und zwar bis neun Uhr am 4. Mai. Für uns Kinder bedeutete dieses Datum die größte Freude: Spielen im Freien und keine Angst vor Bomben und Granatensplittern!

Hitler hatte sich in Berlin am 30. April 1945 das Leben genommen. Nazi-Deutschlands letzte Regierung hatte sich nach Hitlers Tod in die äußersten Winkel des nördlichen Landesteils Deutschlands zurückgezogen und kapitulierte am 8. Mai. Damit war der Krieg in ganz Europa beendet!

An Jubel, Umarmungen und an Freudentänze, wie sie in anderen Ländern stattgefunden haben sollen, kann ich mich nicht erinnern; jedenfalls bei uns auf dem Platz hat es nichts dergleichen gegeben.

Zumindest bei meiner Mutter muss ein Gefühl der Erleichterung überwogen haben. Fliegeralarm brauchten wir nun nicht mehr zu fürchten. Dieser Schrecken und die Angst um die Kinder waren ab sofort vorbei. Strikt verboten wurde, mit Munition zu spielen, falls wir welche finden sollten. Alles andere musste man abwarten. Ich jedenfalls saß kurz darauf auf dem Fußweg der „Sülldorfer Landstraße" in einer Reihe mit meinen Spielkumpanen und bestaunte eine nicht enden wollende Kolonne von Panzern, die mit einem Höllenlärm und stinkende, bläuliche Qualmwolken verbreitend gen Westen in Richtung Schleswig Holstein rollten. Es waren Engländer, die den Sieg über Nazi-Deutschland auch im Nordwesten des Landes bis zur dänischen Grenze sichern sollten. Männer mit Lederhauben auf den Köpfen reckten sich aus ihren Panzertürmen. Andere Soldaten saßen auf der Verkleidung der Fahrzeuge und genossen offenbar die Fahrt im Freien. Unsere erste Scheu, vielleicht sogar Angst, hatte sich gelegt. Das also waren unsere Feinde, und alle winkten uns freundlich zu. Wir winkten zurück, und es machte sich eine euphorische Stimmung unter uns breit. Einige Kinder und Jugendliche riefen etwas den Engländern zu, obwohl diese unmöglich verstehen konnten, was die dünnen Kinderstimmen artikulierten. Auch ich verstand nicht, was da so aufgeregt gerufen wurde. Erst als ein älterer Junge sich meiner erbarmte und mich aufklärte, stimmte ich ein und streckte, wie die anderen, bettelnd meine Hand den Kriegskolossen mit den langen Kanonen entgegen und rief: „Heff ju schockolett?" Dies waren meine ersten Worte, die ich in meinem Leben auf Englisch gesprochen habe. Doch ich ergatterte keine Schokolade. Wie sie schmeckte, das wusste ich nicht. Aber sie musste etwas Herrliches sein.

Der Beginn der Nachkriegszeit

Genau fünf Jahre und acht Monate war ich alt, als der Waffenstillstand wirksam wurde und also die Nachkriegszeit begann. Mit fast sechs Jahren fühlt man sich groß. Ich wusste, dass der Krieg nun zu Ende war und man keine Angst mehr vor Fliegern zu haben brauchte. Das hatte meine Mutter mir deutlich erklärt. Und ich hatte verstanden. Auch haben wir Jungs draußen wohl die neuen, eigentlich ja wunderbaren, Verhältnisse erörtert. Aber all dies hatte ich nicht hinreichend verinnerlicht. Während einer langen Zeit erwachte ich regelmäßig spät abends vom monotonen Brummen eines einzelnen Flugzeuges. Dies versetzte mich in Furcht und Schrecken. Panikartig zog ich mir die Decke über den Kopf und wartete angespannt, ob etwas passieren würde. Erst lange nachdem das Horrorgeräusch verklungen war, wagte ich mich wieder hervor. Irgendwann schlief ich wohl ein. Meiner Mutter habe ich nie von meinen nächtlichen Zuständen erzählt. Ich kann nicht erklären, warum ich keinen Schutz und Trost bei ihr suchte. Der genannte Flieger führte wahrscheinlich Kurierdienste oder etwas Ähnliches durch, die jedoch irgendwann eingestellt wurden. Doch eine lange Zeit zögerte ich mein Einschlafen hinaus. Erst viel später gelang es mir, zuversichtlich im Bett zu liegen und ungestört durchzuschlafen.

Aber Flugzeugmotoren lassen mich auch heute noch nicht völlig kalt. Zumindest weckt ein solches Geräusch spontan schnelle Bilder vom Krieg. Das ist keine schwere Bürde, aber sie stören etwas, wenn tatsächlich alles froh und friedlich ist.

Ein Kommen und Gehen

Strikt verboten war es, uns zu sehr dem „Polackenlager" zu nähern. Wir verstanden, dass es dort gefährlich sein könnte, denn die Insassen durften sich plötzlich frei bewegen und vielleicht wollten sie sich rächen für all das, was ihnen angetan worden war. Wir sahen jetzt sogar ehemalige Gefangene außerhalb des Lagers! Dies aber nur in größerem Abstand, während wir uns gleichzeitig zu verstecken suchten. Unter dem Einfluss unserer Eltern nahmen wir die Lage durchaus ernst. Aber in unserer Abenteuerlust fühlten wir uns wie Teilnehmer an einem spannenden Spiel. Plötzlich war eines Tages alles vorbei. Das Lager war offen und menschenleer. Wir konnten es kaum glauben. Natürlich packte uns die Neugier. Das Lager musste einfach untersucht werden – aber mit Vorsicht. Vielleicht hielten sich dort noch „Polacken" versteckt. Ganz langsam schlichen wir uns heran und nutzten jede Deckung. Als wir schon fast am Tor anlangten, rief plötzlich eine Männerstimme: „Kommt ruhig näher, hier ist keine Gefahr." Da sahen wir auch schon einen ziemlich jungen Mann im Hof. Er trug eine abgetragene Wehrmachtsuniform und eine zerbeulte Feldmütze. Sein Hemdkragen war offen. Er stand auf einem Bein und stützte sich auf Krücken. Sein leeres Hosenbein steckte unter seinem breiten Gürtel. Wir Kumpels nickten uns zu: Keine Gefahr. Wir fragten, wo denn die Gefangenen seien. Da lachte er kurz auf und antwortete, aber es klang gar nicht fröhlich: „Die fahren jetzt heim, wo vor sechs Jahren alles begann." Das war schon wieder solche Antwort, die man nur halb verstand. In den Baracken herrschte ein großes Durcheinander. Kaputtes Geschirr lag auf den Böden. Am meisten staunten wir über die dreistöckigen Betten. Wir waren froh, dass wir nicht gezögert hatten, das Lager zu erkunden, denn am nächsten Tag arbeiteten dort Frauen und auch einige Männer.

Wenig später war das Lager wieder bewohnt. Wir sahen hauptsächlich Frauen und Kinder. „Flüchtlinge!", antwortete meine Mutter auf meine Frage, „die sind alle vor dem Russen getürmt! Das sind Kaschuben und Ostpreußen. Die können nie wieder zurück." Als ich dann fragte, was denn „Kaschuben" wären, antwortete sie nur, dass die aus der Gegend kämen, wohin jetzt die „Polacken" aus dem Lager heimkehrten. Auch diese Antwort machte mich nicht klüger. Aber das war ich ja schon gewohnt. Einmal hörte ich, was die Nachbarsfrau, die mit einem Fischer verheiratet war, meiner Mutter erzählte. Die sagte, am schlimmsten seien die „Ostpreußen". Neulich beim Anstehen beim Milchmann hatte sie mit einer Frau aus Ostpreußen gesprochen. Die hatte fürchterlich vornehm getan. Dabei sprach die auch solchen komischen Dialekt. Die sagte, sie hätte in Ostpreußen ein richtiges Gut besessen mit vielen Pferden und riesigen Kornfeldern und nun hätten sie alles verloren. Da hatte die Fischerfrau nur gesagt: „Wir Ausgebombten haben auch alles verloren, da brauchen Sie gar nicht so anzugeben." Und dann hatte sie die „eingebildete Olle" stehen lassen und sich zwei Schritte hinter ihr angestellt. Alle in der Schlange hatten das Gespräch verfolgt und plötzlich entstanden aufgeregte Diskussionen. Aber wer nun mit Ostpreußen oder mit Ausgebombten sympathisierte, das konnte sie nicht feststellen. Die Iserbrooker sagten wenig, sie mochten überhaupt keine Leute, die alles verloren hatten. Die Kinder der Verschonten sagten, was sie von ihren Eltern hörten und nannten die fremden Frauen mal „Flüchtlingsweiber", mal „Bombenweiber".

Ritterkreuz und Ordnung

Möglicherweise verursachte das neue Freiheitsempfinden einen allgemeinen Zwang, sich abzugrenzen und da fand man es wohl als angebracht, dichte Hecken zu pflanzen. Eigentlicher Initiator war der „Ritterkreuzträger", der immer noch so bezeichnet wurde. Er bewohnte eine Bude am anderen Ende des Platzes. Immer noch trug er seinen Orden unterm Kinn am Kragenknopf. Meine Mutter hatte mal gesagt, dass er ohne das Ding wohl wieder Halsschmerzen bekommen würde. Natürlich fragte ich meine Mutter, was denn solch ein Kreuz mit Halsschmerzen zu tun habe. Das hat sie mir erklärt, aber ich habe doch nicht richtig begriffen. Jedenfalls gab es im Krieg Vorgesetzte, die gaben ihren Soldaten gefährliche Aufträge und wenn alle tot oder schwer verwundet waren, bekam der Vorgesetzte von Hitler ein Kreuz als Orden. Und dann waren seine Halsschmerzen weg. Der „Ritterkreuzträger" auf unserem Platz hatte jedenfalls eine „Platzordnung" verfasst und war damit von Bude zu Bude gegangen. Alle sollten unterschreiben, was auch meine Mutter tat. Das mit den Hecken stand in der Ordnung und irgendwo hat man dann die Pflanzen besorgt. Alle vier Seiten um jedes kleine Grundstück mit einer Bude darauf, wurden mit Liguster bepflanzt.

In dieser Zeit, und wohl auch dies auf Betreiben des „Ritterkreuzträgers", erhielten wir eine eindeutige Adresse. Jede Bude war nun identifizierbar. Auf dem Platz herrschte plötzlich postalisch Ordnung. Wir wohnten fortan Musäusstraße, Nebenweg 2, Haus 4.

Überall spross es im Frühsommer aus der Erde, teils Zeichen unverwüstlichen Unkrauts, teils aber schon Erfolge zeitiger Bemühungen der Platzbewohner, zu pflanzen und zu säen. Weiß leuchteten bald die Blütenrispen im kräftigen Grün der schnell wachsenden Begrenzungen. Diese waren zu respektieren und durften nicht beschädigt werden! Meine Mutter drückte schon mal ein Auge zu, aber von dem Ritterkreuzträger wollte ich mich nicht erwischen lassen. Tatsächlich entging wenig seinen kontrollierenden Blicken. Was verstand der schon, wie beschwerlich einem Jungen an sich unnötige Wege erschienen? Um zu meinem Freund Ernie, der eigentlich Ernst hieß, zu kommen, war es nur ein kleiner Schritt für mich durch die Hecke unserer gemeinsamen Grundstücksgrenze, aber auf den regulären Wegen musste ich einen riesigen Umweg machen. Meiner Mutter dachte in anderen Kategorien als der Kreuzträger. Als ich mich einmal scheinbar gelangweilt, aber die Ohren gespitzt, an ihrem Rock festhielt, als sie mit einer Nachbarin sprach, hörte ich: „Die Kinder sind ja noch so klein und haben schon so viel durchgemacht. Da kann man ihnen doch mal etwas nachsehen." Ich glaube, dass ich dazu unwillkürlich nickte.

Ernie lebte zusammen mit seinen Eltern und seinem Bruder in einer Bude. Noch eine Bude weiter, nur über einen breiten Weg hinweg, hatten seine Großeltern samt deren Tochter und Ehemann, ihre Unterkunft gefunden. Drei Generationen lebten nun nahe beieinander. Stärker als das dickste Schiffstau sind offenbar die genetischen Bande. Nie habe ich erfahren, wie das möglich war, dass deren Männer schon kurz vor Kriegsende heim zu ihren Familien gelangten, während man in den anderen Buden noch auf den Vater und Ehemann wartete. Aber damals stellte sich mir gar nicht die Frage. Es war eben, wie es war. Die Männer in Ernies Familie waren früher als Stewards zur See gefahren. Unmittelbar nach Kriegsende arbeiteten sie beim Tommy in der riesigen Kaserne in Iserbrook, die bis vor kurzem noch deutsche Soldaten beherbergte. Die ehemaligen Stewards konnten offenbar nicht nur bedienen, sondern auch Englisch – und organisieren. Wer jetzt über Kaffee und Klöben und sonst was verfügte, hatte nicht den Krieg verloren, sondern das große Los gezogen.

Verständlich, dass es oftmals ganz lustig bei Ernies Verwandten zuging. Bei Sonnenschein saßen sie alle hörbar fröhlich im Garten. Tatsächlich hatten sie richtige Gartenmöbel. Zu dieser Zeit, so kurz nach dem Krieg, war das einfach unglaublich. Und sie waren auch sonst offenbar gut versorgt.

Der Großvater liebte ein Schnäpschen – oder mehrere. Dann war er besonders aufgekratzt und setzte seinen flachen Strohhut auf, klemmte sich ein dickes Buch unter den Arm, blickte ergeben ins Himmelsblau und imitierte Lateinisches, als sei er ein Priester. Dies weckte immer wieder laute Lacher, die weit über den Platz schallten. Dazu duftete es nach echtem Kaffee. Die schwarzen Bohnen waren eine Rarität. Und sie aßen etwas noch Wertvolleres: Klöben. Das wusste ich. Aber meine Mutter hatte mir strikt verboten, zu ihnen hinüber zu gehen, wenn sie Kaffeezeit hatten und dies tolle Gebäck dazu aßen. „Wir betteln nicht!" war ihre Direktive. Zu betteln lag mir auch fern. Aber nur mal zum „richtigen" Zeitpunkt fragen, ob Ernie zum Spielen kommt, das wäre doch kein Betteln. Und sollte mir etwas angeboten werden, würde ich natürlich „Nein, danke!" sagen. Jedenfalls einmal. Und so war ich dann eines Tages „zufällig und zur rechten Zeit" durch die Hecke getreten und auf der Seite der Genießer. Schließlich verlief alles, wie ich es mir erhofft hatte. Ein köstliches Stück des hellen mit Rosinen gespickten, süßlichen Gebäcks, sogar dick mit Butter drauf, reichte mir Ernies Mutter. Es schmeckte einfach wunderbar. Da machte es auch nichts aus, dass sie sich das Recht nahm, ihre Schwester auf meine dünnen Arme aufmerksam zu machen, flüsternd zwar, aber deutlich von mir zu verstehen. Sie wird nicht geahnt und auch nicht gewollt haben, in mir einen Komplex wegen meiner mageren Gliedmaßen zu wecken. Fortan trug ich jahrelang Hemden mit langen Ärmeln, falls ich nicht gezwungen war, kurzärmelig zu gehen. Dann kreuzte ich eben meine Arme vor der Brust und suggerierte eine Überlegenheit, die ich im Innern wahrhaftig nicht empfand.

Klöben hatte es bei uns noch nie gegeben. Auch nicht etwas Ähnliches. Meiner Mutter fehlte es einfach an Mehl, an Eiern und Rosinen. Geeignete Ersatzstoffe vermochte sie auch nicht zu verwenden. Wir hatten einfach keine. Worüber wir verfügten, waren Marken mit genau berechneten Zuteilungen. Mit denen mussten wir auskommen. Aber sie deckten nicht unseren Bedarf und nicht alles, was auf einer Marke stand, gab es in einem Geschäft. Da musste man sich irgendwie behelfen, solange es eben ging. Die Alliierten hatten das Markensystem der Nazis beibehalten. Allerdings fehlte auf den Abschnitten für die verschiedenen Nahrungsmittel und sonstige Materialien jetzt das Hakenkreuz. Davon nahm aber kaum jemand Notiz. Eine magere Ration war ohne Hakenkreuz genauso mager wie mit dem Schreckenszeichen. In diesem Sommer steuerte unser Garten zu unserem Überleben bei. Als Kind lebt man Tag für Tag oder, wie man so sagt, von der Hand in den Mund. Wenn denn die Hand Essbares greifen kann. Die Zeit lag nicht so weit in der Zukunft, wo nur der Daumen blieb, um den Hunger zu stillen.

Internierte

Damals wusste ich noch nichts mit dem Wort „Personenchemie" anzufangen - und die Erwachsenen auch nicht. Aber natürlich merkten sie sehr wohl, mit wem sie gut oder weniger gut zurechtkamen. Mit der Nachbarin rechts von uns sprach meine Mutter selten. Sie grüßten sich, und das war es dann schon. So nahm ich auch kaum Notiz vom Nachbarssohn. Der war auch viel kleiner als ich, aber er konnte immerhin schon stehen. Allerdings hab ich ihn nie ohne Rotznase gesehen. Die war mindestens so auffällig wie der Schatten eines schwarzen Bartes auf der Oberlippe unserer Nachbarin. Dennoch standen einmal meine Mutter und die Nachbarin beieinander, und die Nachbarin war sichtlich aufgeregt und wedelte mit einem Brief in der Hand umher. Meine Mutter hatte mich oftmals ermahnt, nicht so neugierig zu sein, wenn Erwachsene sich unterhalten. Diesem Anspruch wurde ich gerecht, indem ich mich mal wieder am Rock meiner Mutter festhielt und scheinbar desinteressiert in die Gegend schaute. Wie mein Vater war auch ihr Mann Seemann, sogar Kapitän, und nun befand er sich in einem Internierungslager in England. Dann umarmten sich die Frauen zu meinem Erstaunen und ich sah auch ein paar Tränen. Ein Internierungslager, das war bestimmt wie das „Polackenlager", stellte ich mir vor. Von meinem Vater hatten wir nichts gehört. War er auch bei den Tommys? Vielleicht. Ob er wohl Sträflingskleider tragen musste? Meine Mutter antwortete etwas gereizt auf meine Fragen. Eigentlich wusste sie gar nichts. Auch bekamen wir keinen Brief.

Es wurde immer früher dunkel. Im Allgemeinen beeilte ich mich, dass ich auf die Eimer-Toilette im Schuppen ging, solange es noch hell war. Licht gab es da ja nicht, Kerzen hatten wir auch nicht. Meine Mutter sagte, dass ich mich nicht so anstellen sollte, wegen etwas Finsternis. Einmal aber, unsere Petroleumlampe hatte am Abend schon lange gebrannt und fing, wie gewöhnlich nach längerer Zeit, an zu qualmen, da konnte ich mich nicht mehr halten, und ich musste hinaus. Zum Glück war es fast Vollmond, aber ich erschreckte mich doch vor einem Schatten vorne im Garten. Aber dann erkannte ich, dass es nur der kleine Birnenbaum war, der mich so getäuscht hatte. Den Baum hatte noch mein Vater gepflanzt, bevor er wieder zur See gegangen war. Eine einzige Birne hatte der Baum im Sommer getragen. Als sie ganz reif und weich war, musste ich sie mit Anneliese teilen. Meine Schwester konnte mit ihren kleinen Fingern ihr Stück kaum halten, als sie daran nuckelte, während sie mal wieder lange auf ihrem Topf saß.

Das Holzbrett mit Loch über dem Eimer wackelte ein wenig; das hatte ja mein Vater noch montiert. Für ihn war es schon eine Leistung, einen Nagel gerade in die Wand zu schlagen, sagte meine Mutter immer säuerlich. Auf dem Brett an der Wand hinten in der Ecke, wo wir etwas Werkzeug und ein paar Nägel und Schrauben liegen hatten, kratzte wieder etwas. Meine Mutter hatte letztens gesagt, dass wir da eine Maus hätten. Vor der brauchte man aber keine Angst zu haben. Solange ich sie dahinten hörte, störte sie mich wenig. Bald würde bestimmt Mohrchen die Maus fangen. Mohrchen war unsere Katze, eine Halb-Angora, betonte meine Mutter nicht ohne Stolz. Ziemlich klein und etwas verwildert, hatte sie vor längerer Zeit beschlossen, bei uns einzuziehen. Die Katze liebten wir alle. Sie hatte ganz flauschiges, schwarzes Fell mit einem bräunlichen Unterton. Von Anneliese ließ sie sich alles gefallen. Und zum Schlafen kam sie zu mir ins Bett und schmiegte sich an mich. Wenn ich sie dann streichelte, schnurrte sie immer voller Behagen. Meine Mutter gab ihr zum Trinken Wasser in einer Schale unter dem Herd. Daneben stand ein Teller für ihr Fressen. Aber oft hatten wir nichts, was Mohrchen fressen konnte. Dann sagte meine Mutter zu ihr, dass sie sich draußen etwas fangen sollte und öffnete die Tür. Mohrchen gurrte kurz und verschwand. Nach längerer Zeit kratzte sie dann an der Tür. Drinnen legte sie sich meistens in die Sofaecke und schlief schnurrend ein. Sie wirkte sehr satt.

Meine Mutter hatte mich schon mehrfach ermahnt, ins Bett zu gehen. In der weißen Emailschüssel, die zwar ziemlich klein war und um deren Rand ein schöner, blauer Rand verlief, hatte ich mir gerade das Gesicht gewaschen. „Katzenwäsche", nannte meine Mutter meine spitzfingrigen Bemühungen, mein Gesicht nicht mit zu viel Wasser zu traktieren. Vorsichtig hatte ich eine graue Schicht geteilt, die auf dem Wasser schwamm und von der minderwertigen Schwimmseife herrührte, von der sich immer viele kleine Partikel lösten. Gerade als ich mich in dem Handtuch abtrocknete, das am Nagel zum allgemeinen Gebrauch an der Wand hing, hörten wir draußen Männerstimmen. Wir schauten uns erschrocken an. Es schienen zwei Männer zu sein. Dann hörten wir Schritte, die sich entfernten und gleichzeitig trampelte jemand auf die Gräting vor unserer Tür. Als die Innentür zur Küche aufgerissen wurde, schrie meine Mutter laut auf: „Hans!" Sofort schossen ihr Tränen aus den Augen. Nach einem ersten Schreck erkannte auch ich den Mann und lief meinem Vater in die Arme. Eine alte Steuermannsmütze klemmte ihm schräg auf dem Kopf. Als er sie abnahm, glänzte sein Schädel wie ein riesiges poliertes Ei. Kein Zweifel, das war mein Vater! Hektisch holte meine Mutter Anneliese aus dem Bett und reichte sie dem Heimkehrer. Der lachte laut und drückte und küsste sie herzlich, auch ich bekam einen Schmatzer. Anneliese fing an zu schreien, wurde aber von meiner Mutter beruhigt. Es dauerte nicht lange, da hob mein Vater einen prallen Seesack in die Küche. Auf einmal war es bei uns sehr eng. „Geh aufs Sofa", befahl meine Mutter mir. Mohrchen hatte sich aufgesetzt und stupste mir mit ihrem Kopf in die Seite. Sie wirkte ebenso erwartungsvoll wie ich.

Allmählich atmeten alle wieder fast normal und mein Vater öffnete den Seesack. Kleine und große Dosen holte er hervor, dicke und flache Päckchen, und auch ein paar Flaschen. Mit ausholenden Gesten stellte er alles auf den Tisch, ein Berg bildete sich, ich kam nicht aus dem Staunen. Laut las mein Vater jedes Etikett, aber ich konnte fast nichts verstehen. Bei einer sehr großen Dose klang es wie „Schmalz" und in den Flaschen befand sich wohl „Öl". Schließlich nahm er einige Tafeln zur Hand und sagte erlösende Worte: „Schockolett" und dies sogar dreimal! Meine Mutter schaute mir ins Gesicht, dann hielt ich etwas Braunes in der Hand. Ich lehnte mich zurück und war in anderen Sphären. Irgendwann spürte ich Mohrchens raue Zunge, die mit Hingabe Geschmolzenes von meinen Fingern schleckte, wobei ihre Schnurrhaare mir die Wangen kitzelten.

Die freudige Aufregung über die Heimkehr meines Vaters legte sich bald und der Alltag forderte sein Recht. Vor allem brauchte der „Ernährer der Familie" Arbeit und Verdienst. Aber Tausende andere Väter suchten auch verzweifelt nach Möglichkeiten, ihre Familien durchzubringen. Ebenso wie unser Nachbar zur Rechten, der Kapitän. Er war zusammen mit meinem Vater gekommen, auch seine Stimme hatte uns vor einigen Tagen so erschrocken. Mein Vater und er hatten sich schon im Zug getroffen, der von England Internierte transportierte. Dass sie sich trafen, war ein reiner Zufall.

Von Kohlen und Kalorien

Kalte Winde ließen unsere Bude im Gefüge knarren und morgens waren die Scheiben überfroren. Es begann eine ungemütliche Zeit. Alles deutete auf einen langen und sehr kalten Winter hin. Meine Mutter heizte den Herd gerade so viel, dass man sich in der Küche aufhalten konnte, ohne zu frieren. Die Tür zum Schlafraum wurde nur geöffnet, wenn es unumgänglich war und die Fensterläden schlossen wir frühzeitig, um so wenig Wärme wie möglich zu verlieren. Den Winter spürten nicht nur wir, sondern auch die Menschen am Elbhang in ihren Villen. Brenn- und Kaminholz brauchten sie, und in ihren weiten Gärten und Parks standen so viele Bäume. Da erinnerte sich ein findiger Kohlenhändler in Blankenese seiner alten Motorsäge, die mit Öl betrieben wurde. Zwei ehrliche Leute benötigte er für seinen neuen Erwerbszweig. Zwei, die nicht bei den Reichen klauen würden. Davon erfuhr unser Nachbar und fragte mal nach. So zogen dann alsbald zwei Nautiker, mein Vater und unser Nachbar, vielleicht eine Ahnung überqualifiziert, mit ihrer Säge durch Blankenese und fällten so manchen Baum. Wenn sie sich aufrichteten, um ihre Muskeln zu entspannen, schweifte ihr Blick auch über den breiten Strom, ans südliche Ufer nach Neuenfelde und ins Alte Land, wo sich riesige Plantagen von Kirsch- und Apfelbäumen ausdehnten. Ihr wirkliches Interesse aber fand das Wrack eines von Bomben getroffenen Frachtdampfers im

„Mühlenberger Loch". Das Schiff lag mit etwas Schlagseite am Rande des Fahrwassers. Von ihrem Arbeitgeber hörten sie, dass man bei Ebbe noch an Kohlen heran kommen könnte. Aber ganz ungefährlich sei das natürlich nicht. Doch die Seemänner hatten schon gefährlichere Situationen bestanden. Sie fassten einen Entschluss und organisierten das Nötige. Dabei unterstützte sie der Kohlenhändler. Er war in jungen Jahren auch Seemann gewesen und hatte als Heizer auf großen Schiffen die Welt bereist.

In einer kalten Nacht war es soweit. Mein Vater meinte, ich sollte mitkommen und ihm und dem Kapitän helfen. Meine Mutter zeterte etwas und wieder fiel dies alberne „Er ist ja noch so klein". Doch ich wollte unbedingt mit. Als meine Mutter endlich zustimmte, war ich über die Massen stolz, dass ich bei dem Abenteuer mitmachen durfte: Kohlen bergen aus einem Wrack! Zwar war mir etwas unheimlich zumute, als wir am Ufer ein Ruderboot klarmachten. Es war ziemlich dunkel, nur wenige Lampen von umliegenden Häusern boten etwas Licht. Als wir ins Boot kletterten schaukelte es hin und her. Ich klammerte mich am Bootsrand fest, bis ich achtern einen sicheren Platz hatte und die Ruderpinne packen konnte. Die beiden Seeleute legten sich kräftig in die Riemen. Mein Vater hatte mir erklärt, wie ich das Boot steuern sollte. Ich strengte mich mächtig an, auf den Schatten des Wracks zuzuhalten. Beide lobten mich und ich wuchs über mich selbst hinaus. Heute bin ich mir allerdings sicher, dass sie auch ohne meine Anstrengungen den Kurs gehalten hätten. Beim Wrack vertäuten sie das Boot längsseits. Das Wasser war ruhig, kein Schiff kam, das Wellen verursachte. Wenn ich nicht ab und zu aus dem Schiffsinneren die Stimmen der Männer gehört hätte, wären mir sicher manche phantasievolle Gedanken gekommen. Ich wurde schon ungeduldig und war durchgefroren, da kletterte mein Vater ins Boot und der Kapitän reichte mehrere Säcke voller Kohlen herunter. Das war eine richtig fette Beute. Mein Vater zeigte mir ein Licht an Land, auf das ich zuhalten sollte. Wir waren noch nicht weit gekommen, da näherte sich ein Boot, das hatte ein blaues Licht im Topp und strahlte uns mit einem Scheinwerfer an. Mein Vater sagte: „Scheiße, die Polizei!" Mein Herz wäre beinahe vor Schreck stehen geblieben, denn ich hatte ja gehört, dass das, was wir taten, streng verboten war. Das Polizeiboot hielt etwas Abstand, leuchtete aber genau auf die Säcke. Schließlich rief ein Polizist: „Sie zeigen kein Positionslicht! Sehen Sie zu, dass Sie unter Land kommen!" Die Staatsmacht drehte ab. Mein Vater meinte, dass die Polizisten wohl Mitleid mit uns hätten. Meine Besatzung ruderte, dass sich die Riemen bogen. An Land stand eine zweirädrige Karre mit Gummireifen bereit. Die Kohlen den steilen „Mühlenberg" hinauf zu ziehen und zu schieben, war für uns drei eine große Mühe. Ich strengte mich gewaltig an. Vor uns lagen noch einige Kilometer durch Straßen mit großen Gärten, bis wir endlich in Iserbrook ankamen. Da war es schon sehr spät. Wie ich von den Männern hörte, war deren größte Sorge gewesen, einer MP-Streife (Military Police) der Engländer in die Arme zu laufen. Aber wir kamen durch. Meine Mutter freute sich über die Kohlen und schimpfte mit meinem Vater, als wir von unserem Abenteuer berichteten. Das hätte ja auch schief gehen können, meinte sie.

Wenn keine Aufträge für Sägearbeiten vorlagen, mussten unser Nachbar und mein Vater Kohlen in Blankenese austragen. Dazu fuhr der Kohlenhändler mit einem klapprigen Kleinlaster soweit wie möglich an die Grundstücke der Kunden heran. Doch am steilen Elbhang kam das Auto nicht weit. Der Rest war harte Knochenarbeit über steile Treppen, und zwar bei großer Kälte. Das alles kostete Kalorien und zehrte an den Kräften. Leider waren die meisten Vorräte, die mein Vater aus England mitgebracht hatte, schon verbraucht. Hinzu kam, dass die Säcke den Rücken meines Vaters wund scheuerten. Abends reinigte sich mein Vater, indem er sich in eine kleine Zinkwanne stellte, in die meine Mutter warmes Wasser gefüllt hatte. Splitternackt seifte er sich mit der nicht besonders schäumenden Schwimmseife ab. Dazu bediente er sich eines großen Schweißtuches, wie es die Heizer früher auf den Schiffen anwendeten. Nach dem „Bad" strich meine Mutter ihm vorsichtig Öl, kostbares Öl, über die Wunden. Die ganze Familie war bei der Prozedur zugegen und keiner dachte sich etwas dabei. Wir wohnten eben beengt, da ist wenig Platz für Prüderie.

Nach der Reinigung war es Zeit fürs Essen. Aber die Militär-Regierung hatte immer wieder in Schritten die Zuteilung von Nahrungsmitteln verringert. In der Zeitung stand, dass die gruppenspezifischen Berechnungen (Angestellte, Schwerstarbeiter und so weiter) von einer Kalorienanzahl ausgingen, die in der der Regel der Hälfte des tatsächlichen Kalorienbedarfes eines Menschen entsprach, und nicht einmal dieses Minimum wurde in der Realität zugeteilt. Aber auch sonst gab es von allem zu wenig. Und vieles bekam man gar nicht. Wir standen frierend Schlange und bekamen doch nichts. Gelegentlich aber konnten wir Makkaroni, Kartoffeln oder Steckrüben kaufen, wenn man im rechten Moment auftauchte. Vor allem hatten wir auch viel zu wenig Brot, und meistens kaum einmal Fett. Eine sogenannte Fettlücke in der Versorgung wurde als katastrophal bezeichnet. Das war aber in Wirklichkeit kein Sonderfall; alles war schlicht und einfach schlimm. Außerdem waren Vitamine in den Berechnungen gar nicht vorgesehen. Das sei eine unsinnige Erfindung der Nazis gewesen, wurde behauptet. Nützliche Gartenfrüchte stillten im Sommer unseren Hunger und Kohl und Rüben bewahrten uns im Winter wohl vor dem Skorbut. Steckrüben gestampft und Kohlsuppe, alles meist ohne Fleisch und ohne Fett, zählten zu unserer Hauptnahrung. Alle nahmen ab, und zwar ohne Diät. Ernährungswissenschaftler verschonten auch damals nicht die Bevölkerung mit Ratschlägen. Aus einer Zeitung las mein Vater vor: „Früher schlafen gehen, besser kauen und sich nicht aufregen." Mein Vater haute mit der Faust auf den Tisch, dass die Teller tanzten und schrie: „Ich brauche Kalorien!" Anneliese fing an zu weinen. Meine Mutter blickte verzweifelt.

Um Weihnachten 1945

In der Weihnachtszeit '45 gab es ein Fest. Auf Plakaten stand es zu lesen. Ich konnte es kaum erwarten. Unbeirrt wie Lemminge auf der Suche nach neuer Nahrung, zog eines Samstags im Dezember eine endlos scheinende Schar von Kindern an der Hand ihrer Mütter zur Soldatenkaserne in Iserbrook. Englische Posten standen stramm, wo bis vor kurzem Wehrmachtssoldaten salutierten. Die Eltern übergaben bedenkenlos ihre Kinder denen, die noch vor Jahresfrist als Feinde gefürchtet waren und Bomben über sie hatten regnen lassen. Nun rannten wir aufgeregt und voller Erwartung über den Exerzierplatz ihnen freudig entgegen. Am Eingang zu einem großen Block wurden wir empfangen. Lächelnde Männer in Uniformhosen und weißen Hemden geleiteten uns zu langen Tafeln mit Kerzen und Tannengrün auf weißen Tüchern. Vorsichtig erst untersuchten wir unsere Weihnachtsteller. Ein helles Stimmengebraus füllte den Saal, als befänden wir uns in einer Riesenvoliere. Nur einen Moment, dann siegte Neugier und unser erregter Mitteilungsdrang übertönte bald die wunderbare Melodie „Jingle Bells" und andere weihnachtsfrohe Lieder, gespielt von einer großen Band. Soldaten servierten aus großen Kannen, was kaum einer kannte - Kakao. Soviel wir trinken konnten. Wir probierten, knabberten und zeigten uns, was wir hatten: Kuchen, Kekse und Konfekt, Bonbons in buntem Papier und sogar kleine Tafeln mit „Schockolett". Zwischendurch kauten wir „Schuinggamm". Die Kinderwangen glühten rot, viel intensiver als die Äpfel auf den Tischen. Schließlich kam auch noch an jede Tafel ein Weihnachtsmann. Feinfühlig drohten sie kein einziges Mal mit einer Rute. Sicher ahnten sie, dass ihre Gäste schon genügend Ängstigungen ausgestanden hatten in ihrem kurzen Leben. Zum Abschied beschenkten sie jedes Kind mit einer großen Tüte Naschereien.

Als die Mütter uns abholten, kamen sie nicht zu Wort, soviel hatten wir Kinder zu berichten. Am schwersten fiel den Müttern wohl, was den Kindern ein Leichtes war, nämlich die „Tommys" als Freunde zu betrachten.

Wahrscheinlich animiert durch meine Schwärmereien von der Weihnachtsfeier bei den „Tommys", hatte mein Vater sich wohl Gedanken darüber gemacht, wie unser Weihnachten gestaltet werden könnte. Man kann ja nicht behaupten, dass wir aus dem Vollen schöpfen konnten. Eigentlich hatten wir nur noch Kohl, Kartoffeln und Steckrüben. Meine Mutter hatte zwar gelernt, wie so viele Mütter im „neuen" Deutschland, mit einfachsten Mitteln etwas Essbares herzustellen, aber unter den Gegebenheiten überforderte die Besonderheit eines Weihnachtsessens sie denn doch. Da sprang mein Vater ein. Eines Sonnabends fragte er mich, ob ich mit ihm in die Stadt, nach Altona, fahren wollte. Ich weiß nicht mehr, was mir durch den Kopf ging, aber Altona schien mir nicht verlockend. Da war doch wohl alles kaputt, was sollten wir denn da? Meine Skepsis legte sich erst, als er sagte, wir würden etwas zu Weihnachten besorgen und mit einem Dampfzug fahren.

Der Weg zum Bahnhof über den endlos langen Sandweg zwischen Iserbrook und Sülldorf strengte mich ziemlich an. Mein Vater hielt mich an der Hand und redete mir zu, dass ich doch schon ein großer Junge sei. Beim Bauernhof „Ramcke" stank es sehr und Kühe muhten, die hatte ich im Sommer auf der Weide gesehen. Bei einem grauen Stein unter einer hohen Eiche lag ein Kranz mit verwelkten Blumen. Mein Vater sagte, dass das ein Denkmal für gefallene Soldaten sei. Erst verstand ich nicht, aber dann fiel mir mein Onkel ein. Ich machte mir aber keine weiteren Gedanken, als ich links die Bahnschranke erblickte, wo der Bahnhof lag und unser Abenteuer beginnen sollte.

Auf dem Bahnsteig brauchten wir nicht lange zu warten, dann lief dampfend und zischend eine schwarze Lokomotive mit riesigen Rädern ein. Mein Vater hob mich in einen Anhänger; wir setzten uns auf eine Holzbank. Es ruckte einige Male, als der Zug sich in Bewegung setzte. So ging das bei vielen Stationen. Aus dem Zugfenster sahen wir in große Gärten mit schönen Häusern, wovon kein einziges von einer Bombe getroffen war. Am Ende des Bahnsteigs in Altona mussten wir unsere Fahrkarten an der Bahnsteigsperre abgeben und ich staunte, wie hoch die Halle war. Durch die aufragenden Fenster konnte ich den Himmel sehen - alle Scheiben waren kaputt. Wir nahmen einen Seitenausgang, vorbei an einer zerbrochenen Wand. Bei einer Kreuzung mussten wir aufpassen, weil eine Straßenbahn kam. Am Anfang einer breiten Straße standen noch ziemlich viele Häuser, die nur wenig beschädigt waren. Da gingen wir in ein Lokal voller Menschen, die laut mit einander redeten. Mir fingen die Augen an zu tränen; ich konnte kaum etwas erkennen, weil Zigarettenrauch alles einnebelte. Mein Vater bestellte uns etwas zu trinken. Ich bekam ein großes Glas mit einer rötlichen Flüssigkeit, die ein magerer Kellner mir mit Schwung servierte. „Einmal Heißgetränk!" sagte er. Beinahe hätte ich mir den Mund verbrannt. Mein Vater drehte sich manchmal um und flüsterte mit verschiedenen Männern und auch mit Frauen. Dann sagte eine Frau, die eine schwarze Pelzjacke trug: „In zehn Minuten draußen." Als ich mein Getränk, das sehr süß schmeckte, ausgetrunken hatte, gingen wir vor die Tür. An der nächsten Ecke wartete die Frau. Mit ihren hochgesteckten Haaren, sah sie fast wie meine Mutter aus, aber meine Mutter hatte nicht so schöne Kleidung und Schuhe. Mein Vater und sie schauten sich um, ich glaube sie waren ängstlich, und dann gab mein Vater ihr eine Schachtel und er erhielt ein etwas größeres Päckchen, das er mit seinen Fingern untersuchte. Dann sagte er: "Okay!"

Anschließend gingen wir die Straße entlang, wo es keine Häuser mehr gab, man musste in der Mitte gehen, weil an den Seiten nur Trümmer lagen. Die waren viel höher als ich. Manchmal war noch ein Stück Mauer zu sehen mit einem leeren Fenster und quer in die Luft ragte ein Eisenträger. Mit uns bewegten sich Frauen und Männer, Kinder spielten auf den Schuttbergen. Ein Mann humpelte auf Krücken. Mein Vater schaute mich von oben herab an und fragte: „Weißt du, wo wir sind?" Ich schüttelte verwundert mit dem Kopf. „In der

Bergstraße", sagte er, „dahinten haben wir mal gewohnt." Dabei zeigte er mit ausgestrecktem Arm die Straße entlang. Ich erkannte nichts, ich sah nur Trümmer, soweit ich sehen konnte.

Unser Weihnachtsfest in der Bude entsprach nicht ganz dem britischen Standard, den ich in der Kaserne kennen gelernt hatte. Wir passten uns dem Hamburger Wetter an: graue Wolken und Regen, die Temperatur lag um fünf Grad Celsius; letzteres war, weil wir Kohlen und Holz sparen konnten, wie ein Geschenk des Himmels zu Weihnachten. Meine Mutter legte abends aber einige Kohlestücke extra nach und bemerkte dazu: „Wenigstens am Heiligen Abend wollen wir nicht frieren."

Als Festessen gab es Kartoffelsalat, den meine Mutter mit Öl und Zwiebelwürfeln bereitet hatte, dazu reichte sie ölige Heringsstücke, die hatte sie mit Zwiebelringen garniert. Alles schmeckte toll und ich wurde richtig satt. Meine Schwester bekam einen Brei, der ihr aber wohl nicht so gut zusagte. Eine Heringsprobe spuckte sie aus. Während wir aßen, schielte ich immer wieder zu dem kleinen Tannenbaum, den mein Vater vor einigen Tagen „organisiert" hatte. Über den Zweigen hingen silbern glänzende Streifen. Meine Mutter sagte mit gerührtem Blick, das sei „Engelshaar", aber mein Vater meinte: „Das ist Stanniol, das haben die Tommys im Krieg abgeworfen, um die Flak zu täuschen." „Ach was, sei bloß ruhig davon", antwortete meine Mutter und klang ziemlich streng. Mir war das egal, ich fand den Schmuck richtig schön, zumal der so gut zu den roten Kerzen passte. Sechs Stück zählte ich, sie ragten gerade in die Höhe. Als wir fertig waren mit der Mahlzeit, zündete mein Vater die Kerzen an. Meine Mutter ging mit Anneliese auf dem Arm nahe an den Baum heran. Meine Schwester machte ganz große Augen. Plötzlich herrschte in unserer Küche eine ganz feierliche Stimmung. Wir schwiegen alle und schauten auf den Baum.

Meine Mutter pustete die Kerzen aus, als sie zur Hälfte herab gebrannt waren. Dann meinte sie, wir sollten ein Weihnachtslied singen. Sie fing an mit „Oh, Tannenbaum…", aber mein Vater brummte unbestimmt und ich kannte nur den Anfang vom Text. Da hörte sie auf mit ihrem Gesang. Und dann kam das Beste. Sie hatte aus meiner „englischen" Tüte allerhand stibitzt und legte es nun auf einen Teller und ich durfte zulangen und lutschte und schmatzte. Großzügig schob ich den Teller auch meiner Mutter hin, aber sie gab sich erst entsagungsvoll. Erstmal wurde Anneliese ins Bett gebracht. Doch danach griff auch sie zu, aber nur mit spitzen Fingern. Mein Vater steckte sich eine Zigarette an und nahm einen langen Zug. Ich wurde schon unruhig, weil es so lange dauerte, bis er endlich Qualm aus seinem Mund schräg nach oben blies. „Ist ‚ne Aktive", sagte er mit wichtigem Gesicht. Meine Mutter nickte und ich auch, obwohl ich eigentlich nicht wusste warum. Erst dachte ich noch, dass alles in Ordnung sei, als mein Vater aufstand und den Kippen in den Ofen schmiss. Dann wendete er sich um und mit einem großen Schritt war er am Küchenschrank. Was dann kam, versetzte mir einen großen Schreck, denn unvermittelt kniete sich mein Vater nieder und öffnete die Türen. Er suchte aber nicht lange und stand wieder auf. Sein Gesicht war ganz rot geworden. In den Händen hielt er zwei Päckchen. Auf einmal fühlte ich mich wie ein schlechter Sohn, ich hatte gar nichts für meine Eltern. Doch sie rechneten wohl auch mit nichts. Etwas ganz Kleines reichte er meiner Mutter und gab ihr einen Kuss. Mir reichte er ein viel größeres, ein flaches Paket, dabei küsste er auch mich. Das graue Papier ließ sich leicht zerreißen. Meine Mutter hatte auf einmal Tränen in den Augen. „Oh, Hans", hauchte sie, „wo hast du denn den Lippenstift her?" Mein Vater lächelte verschmitzt: „An Bord hatte ich doch die Bordapotheke unter mir. Nun habe ich ein paar Ampullen eingetauscht. In Altona." „Na ja", antwortete meine Mutter nur. „Aha", dachte ich. Mir wurde ein buntes Brett mit vielen farbigen Steinen geschenkt. „Mensch ärgere Dich nicht. So heißt das Spiel", erklärte mein Vater. Ich freute mich und war sehr neugierig, wie es wohl gespielt werden sollte. Dann fingen wir drei an und es wurde spät. Beim Würfeln spitzte meine Mutter immer so komisch ihre roten Lippen. Erst als Mohrchen an der Tür gekratzt und viel Wasser unter dem Herd geschlappert hatte, war es Zeit für mich, nach nebenan zu gehen, wo Anneliese schon lange schlief.

Schwache Nerven

Kurz nach Weihnachten beeilte sich mein Vater, den Wasserhahn draußen vor Frost zu schützen. Um das senkrechte Rohr wickelte er einen dicken Strohsack. Würde unsere Wasserquelle einfrieren, hätten wir wirklich ein Problem. Dann müssten wir wieder weiter laufen und Wasser vom nächsten Wasserhahn holen. Falls der funktionieren würde. Besonders meine Mutter forderte Maßnahmen gegen das Einfrieren, schließlich benötigte sie viel Wasser, wenn sie „Große Wäsche" hatte. Das ereignete sich zwei- bis dreimal im Monat, egal ob im Winter oder bei angenehmen Temperaturen im Sommer. Bettwäsche und so weiter wurde erst auf dem Herd gekocht und dann draußen in einer kleineren Wanne von Hand über einem Waschbrett gerubbelt, bis ihr die Haut an den Fingergelenken dünn wurde und es häufiger sogar blutete. Damals konnte von schonenden Waschmitteln keine Rede sein. Dann wurde alles gründlich gespült und mit großer Anstrengung ausgewrungen. Zum Trocknen hängte meine Mutter die reine Wäsche auf eine Leine, die mein Vater zwischen unseren beiden Birken gespannt hatte.

Ganz anders als von vielen Leuten vorhergesagt, wurde es kein strenger Winter. Tauwetter und Frost wechselten und es fiel nur wenig Schnee. Zwar war es meistens feucht und ungemütlich, aber meine Mutter konnte immerhin an Kohlen und Holz sparen. Schlimmer war, dass nach und nach unsere Essensvorräte aufgebraucht wurden. Von all den Schätzen, die mein Vater aus England mitgebracht hatte, gab es eines Tages nichts mehr. Wie meine Mutter Anneliese ernährte und am Leben erhielt, ist mir schleierhaft. Natürlich wurden vorzugsweise ihre Bedürfnisse befriedigt. Es ging ja nicht nur darum, ihren Hunger zu stillen. Meine Mutter musste auch zusehen, dass die Kleine die Vitamine, Proteine und Kohlehydrate, aber auch Fett in jeder Form sowie Milch bekam, ohne die ein so kleines Kind nicht wachsen kann. Wachsen musste ich ja auch noch, daran dachte meine Mutter voller Sorge, und schob mir manchmal ein Stück Brot zu, das dick mit Margarine bestrichen war oder sie beträufelte mein Röstbrot mit viel Öl, jedenfalls solange noch Öl im Hause war.

Mein Vater musste natürlich weiterhin zur Arbeit. Seine Aufgaben wechselten zwischen Sägen und dem Tragen von Kohlen. Schwerstarbeit war es allemal. Und das bei immer weiter reduzierten Kalorienzuteilungen. Zusätzlich zur Arbeit an sechs Tagen in der Woche, nahmen die beiden Seeleute, sogar mit Einverständnis ihres Chefs, Sägeaufträge auf eigene Rechnung am Sonnabend oder Sonntag in Blankenese an. Sie wurden mit der neuen Reichsmark der Militärregierung bezahlt. Geld war wichtig, aber wertvoller waren Marken, vorausgesetzt natürlich, dass die Geschäfte lagerten, worauf wir Anspruch hatten.

Eine große Erleichterung bedeutete, gleich nach Weihnachten, dass mein Vater ein Herrenrad als Entlohnung von einem Kunden bekommen hatte. Somit sparte er Kalorien, weil er jetzt den langen Weg nach und von Blankenese nicht mehr zu Fuß zurück zu legen brauchte. Aber Radfahren kann natürlich nicht Nahrung ersetzen. Mein Vater wirkte immer verzweifelter im Konflikt, seine Aufgabe als Ernährer der Familie erfüllen zu wollen und einfach nicht mehr die erforderliche Kraft aufbringen zu können. Es häuften sich unangenehme Szenen. Einmal hatte meine Mutter etwas durchwachsenen Speck aufgetrieben und ausgebraten. Auf unseren Tellern dampften Makkaroni. Über den Teller meines Vaters goss sie Fett und Speckwürfel. Als sie auch mir von diesem Luxus etwas zuteilen wollte, schrie mein Vater, dass er alles haben wolle, schließlich sei er es, der schwer arbeiten müsse. Dabei griff er zur Pfanne und füllte alles auf seine Makkaroni. Ich hob die Hände und sagte etwa, dass ich ja auch gar nichts haben wolle. Aber meine Mutter entriss ihm die Bratpfanne und kratzte die letzten Tropfen Fett auf meine Portion und während sie laut schimpfte, machte sie eine Bewegung, als wolle sie meinem Vater einen Schlag versetzen. Da sprang er auf, die Pfanne scheppere über den Boden, und er schlug ihr ins Gesicht. Sie wehrte sich mit bloßen Händen und in dem Hin und Her, das nun folgte, gerieten sie nach nebenan in die Schlafkammer. Da schlug mein Vater meine Mutter nieder. Ich sprang hinzu. Meine Mutter lag am Boden und wimmerte ganz schrecklich, während mein Vater nach ihr trat. Mit rotem Kopf, übergroßen Augen und angespanntem Gesicht schien er nicht mehr zu merken, was seine Füße anrichteten. Da ging ich dazwischen und schrie mit erhobenen Ärmchen und weinte und schrie meinem Vater ins Gesicht. Dadurch wohl kam er zur Besinnung. Schwer atmend schaute er mich kurz an und es wirkte, als sei er aus einer anderen Welt zurückgekehrt. Er nickte mir zu und stapfte wortlos in die Küche, aufrecht - nicht gebeugt, nicht schlurfend oder schluchzend und weinend. Mit seinen stark behaarten Armen und der gedrungenen Gestalt wirkte er wie ein kraftvoller Bär, der in seinem Wüten gestört, plötzlich sein Interesse an seiner Beute verliert und einfach prestigelos davon trottet. Ich half meiner Mutter aufs Bett, und sie schluchzte leise in ihre Hände, die sie vor ihr Gesicht hielt. Ich streichelte sie und fühlte mich sehr hilflos. Langsam legte sich meine Erregung. „Geh´ und iss deine Makkaroni", sagte meine Mutter. Nach kurzem Zögern setzte ich mich wieder an den Tisch und begann zu essen. Ich war trotz des Streites hungrig, denn ich hatte an jenem Tag nur wie gewöhnlich gegessen: Auf der Herdplatte geröstetes Brot mit Sirup oder braunem Zucker oder Margarine. Meinen Vater beobachtete ich verstohlen aus den Augenwinkeln. Mit ruhiger Hand führte er den Löffel zum Mund. Seine Linke lag manierlich auf der Tischkante. Keineswegs schien ihm zu dämmern, dass soeben mein

Grundvertrauen zu ihm beschädigt worden war. Noch lange würde ich ihn nicht ansehen können, ohne gleichzeitig vor meinem inneren Auge ein blinkendes Warnschild zu sehen: Vorsicht! Als meine Mutter nicht kam, brachte ich ihr ihren Teller: kalte Makkaroni ohne Speck. Mein Vater setzte seine Mütze auf seinen kahlen Kopf und ging hinaus.

Die Auseinandersetzungen belasteten die Beziehung meiner Eltern. Mein Vater suchte kein Gespräch, auch dachte er wohl nicht im Geringsten daran, sich zu entschuldigen oder mir sein Handeln zu erklären. Vielleicht schämte er sich. Freude kam in der Bude nicht mehr auf. Schon gar nicht spielten wir noch „Mensch ärgere Dich nicht." Es herrschte einfach in der Enge unseres „Heims" eine bedrückende Atmosphäre, der sich keiner zu entziehen vermochte. Mein Ventil war, dass ich am Tage draußen spielen und toben und schreien konnte und dabei fast unser quälendes Leid vergaß.

Drinnen bestand notgedrungen weiterhin die alte Ordnung: Man saß und aß am selben Tisch, jeder an seinem gewohnten Platz. Schiefe Blicke, Einsilbigkeit. Meine Mutter und ich verband ein Gefühl zusammen zu gehören, ohne dass es Worte bedurft hätte. Mit kurzen Berührungen, einem Lächeln oder verständnisvollen Blicken versicherten wir uns unserer schützenden Parteilichkeit und stießen Mann und Vater in die Einsamkeit, eigentlich nicht boshaft und sicher auch nicht begreifend, was wir taten. Mein Vater zeigte sich äußerlich unberührt. Aber teilweise entwickelte sich bei mir auch für ihn Verständnis. Ich durchschaute, dass eigentlich die Ursachen für den Streit außerhalb unserer Bude lagen. Ausgezehrt vom schon viel zu langen Kampf, hatte er den Anforderungen seines Lebens nur noch wenig entgegen zu setzen. Überhand nahmen existentielle Mängel, für die weder mein Vater, noch meine Mutter verantwortlich waren: Markenmangel, Essenmangel, Kalorienmangel und, vor allem, Mangel an Hoffnung. Doch mit den Schlägen hatte mein Vater eine Grenze überschritten und offenbar seine Selbstachtung verloren. In kurzer Folge, als seien es unbeherrschbare Eruptionen eines erwachten Vulkans, häuften sich Geschimpfe, Schlägereien und Tritte, alles geschah wie ein Ritual, auch dass ich dazwischen ging. Aber nicht immer war ich zugegen. Dann sah ich betrübt die rot und blau verfärbten Arme meiner Mutter. Sie war so schwach und hilflos. Wie konnte ich ihr nur helfen? Versunken in meine Gedanken auf dem Sofa und abends im Bett, steigerte ich mich allmählich in eine Beschützerrolle hinein. Folgerichtig beeilte ich mich künftig, dass Spiel mit meinen Kumpels abzubrechen, wenn mein Vater von der Arbeit kommen sollte. Wenn er in die Küche trat, saß ich schon auf dem Sofa. Meistens badete mein Vater erst und dann kam das Essen, meist wässrige Suppen, selten mit etwas Fleisch oder Knochen. Gespannt beobachtete ich, wie sich die Lage entwickelte. Häufig ging es gut und manchmal nach bekanntem, schlimmem Muster. Dann griff ich ein, auch das reine Routine. Aber so wie Kinder heutzutage, die unter „normalen" Verhältnissen leben, in Rollen von „Superman", „Batman", „Pippi" oder „Potter" schlüpfen, phantasierte ich von meiner ureigenen Heldenrolle: ich wollte meine Mutter von ihrem Peiniger befreien! Aufrecht und ohne Furcht sollte sie durchs Leben gehen können. Ich dachte sogar an finale Lösungen mit Leine, Messer oder der Axt, die mein Vater vom Kohlenhändler mitgenommen hatte und die nun zur Anwendung bereit im Schuppen stand. Ganz realistisch bewertete ich meine körperliche Unterlegenheit, da blieb nur noch, meinen Vater im Schlaf zu überraschen, also zu erwürgen, zu erstechen oder zu erschlagen. Unrealistisch wie ein echter Krimineller, fürchtete ich keine Sekunde lang, entlarvt, überführt und gefangen zu werden. Meiner Erinnerung nach beschäftigten mich hauptsächlich praktische Fragen der Durchführung. Wann wäre eine passende Gelegenheit? Was war zu tun nach der ritterlichen Tat? Wie sollte ich Spuren beseitigen? Und wohin mit meinem toten Vater? Erst allmählich setzte sich bei mir der Gedanke fest, dass meine Mutter meinen Plan nicht gutheißen könnte. Meistens lag ich im Bett bei angestrengter Planungsarbeit, nur die Gnade meines Schlafbedürfnisses befreite mich von meinen Zwängen. Die Intensität meiner

Gedankenspiele nahm im Laufe der Zeit zum Glück ab. Tatsächlich habe ich niemals die Hand gegen meinen Vater erhoben, auch nicht die Axt. Ich glaube nicht, dass mein Vater auch nur eine Sekunde lang in der realen Gefahr stand, durch Sohneshand zu sterben. Doch ziemlich sicher bin ich, dass ich selbst der Phantasien bedurfte, um einigermaßen heil unter den obwaltenden Verhältnissen bestehen zu können.

Leicht frostig zog sich der Winter hin. Den Garten deckte etwas Schnee. Meine Mutter schaffte es, angestrengt mit Hacke und Spaten ein Loch im Garten zu graben, gleich neben dem Stachelbeerstrauch. Nach heftigem Klopfen und Stauchen rutschte der leicht angefrorene Inhalt unseres Toiletteneimers in seinen letzten Ruheplatz. Als meine Mutter Erde darüber kratzte, fluchte sie leise mit Worten, die ganz dem Medium ihres Handelns angepasst waren. So hatte ich sie noch nie gehört, sie fühlte sich nun erniedrigt und pfiff auf die feine Art.

Friedlich schliefen meine Mutter, Anneliese und ich in unseren Betten und ahnten nicht im Geringsten, dass unsere Familie einem Abgrund entgegen trieb. Nur dem resoluten Zugriff unserer Mutter ist es zu danken, dass unsere Familie einer Tragödie entging. Erst Jahre später erzählte meine Mutter, was sich Anfang März 1946 abgespielt hatte: Nachts erwachte meine Mutter eigentlich ohne erkennbaren Grund, aber sie hatte ein merkwürdiges Gefühl. Durch den Spalt der angelehnten Tür zur Küche sah sie, dass dort noch Licht brannte. Leise stand sie auf und blickte vorsichtig um die Ecke. Am Tisch saß mein Vater und stierte vor sich in eine Tasse. Zwei schnelle Schritte an den Tisch und schon hatte sie die Situation erfasst. Auf der Tischplatte lagen mehrere zerbrochene Glasampullen. Sie ergriff die Tasse und rief: „Selbstmord? Das kommt nicht in Frage!" Ohne zu zögern goss sie das Gift in den Aschkasten. Energisch nahm sie einige Ringe von der Kochstelle, wickelte die Reste der Ampullen in eine Zeitung und steckte alles in den Herd, wo eine helle Flamme aufloderte, als sei es ein Fanal zu neuem Leben! Schnell fragte sie meinen Vater aus. Zum Glück hatte er noch nichts davon getrunken. Er sagte, die Flüssigkeit in der Tasse sei Morphin aus der Schiffsapotheke seines letzten Schiffes. Monatelang hatte er das giftige Schmerzmittel geschmuggelt, behütet und versteckt, wie ein Flüchtling aus dem Orient seine letzte Goldreserve. Auf dem schwarzen Markt hätte er sonst was dafür bekommen können, bemerkte er mit resigniertem Gesicht. Aber die Chance war nun verpasst. „Hast du denn gar nicht an die Kinder gedacht?" fragte meine Mutter und dachte auch ‚Und an mich?´ Dabei blickte sie ihn vorwurfsvoll an. Stumm schüttelte er nur mit dem Kopf und blickte sie von unten an mit seinem Hundeblick und langsam überschwemmten Tränen seine Augen. Da schmolz ihr Zorn und sie nahm ihn in die Arme. Morgens schliefen wir alle länger als sonst. Erst Anneliese weckte uns, weil sie rief: „Happa hab´n!" Sie hatte natürlich Hunger, wie wir alle.

Zuversicht

Später beim Röstbrotfrühstück sprachen meine Eltern tatsächlich wieder miteinander, und zwar freundlich. Meine Mutter hatte sogar ihre Lippen angemalt, nicht sehr dick, aber deutlich. Ich konnte mir nicht den Wandel erklären, fühlte mich aber doch erleichtert. Freilich traute ich dem Frieden nicht so recht, aber in mir regte sich Hoffnung. Die nächsten Tage hielt sich die Stimmung immer noch und ich wagte sogar zu lachen, als meine Mutter gestampfte Steckrüben auf den Tisch stellte und dabei meinem Vater einen Kuss auf die Glatze drückte, wo ein roter Lippenabdruck blieb, als sei er ein Siegel neuer Liebe – geprüft und für gut befunden. Endlich, seit langer Zeit, sah mein Vater mich offen an, dann drückte er zwinkernd ein Auge zu. Vorsichtig wagte ich ihn anzulächeln und deutlich spürte ich mein Herz in der Brust.

Auf jede Portion Rübenbrei legte meine Mutter sogar eine kleine

Wurst; es wurde gerecht geteilt. Meine Mutter war für diese Zulage nach Sülldorf zum Schlachter gelaufen, weil sie gehört hatte, dass er Würstchen verkaufte, ohne Marken zu verlangen. Meine Wurst duftete wirklich sehr gut, sie war wohl geräuchert. Aber sie zu essen fiel mir schwer. Sie bestand nur aus harten Schwarten. Ich kaute und kaute, ich wollte nicht aufgeben, denn Würstchen waren eine Seltenheit, ich konnte mich kaum an so etwas erinnern. Über die Hälfte schließlich gab ich meinem Vater; er nahm sie nach kurzem Zögern. Meine Mutter legte fast ihre ganze Wurst zurück in den Topf mit der Bemerkung, sie morgen noch mal ordentlich zu kochen. Da gab auch mein Vater ein Stück zurück.

Bei uns wurden am Tisch zu meiner Freude weiterhin Gespräche geführt. Natürlich drehten sie sich vielfach ums Essen. Die Märzensonne hatte den Schnee geschmolzen und pünktlich zum Frühlingsanfang stiegen die Temperaturen und auch Nachtfröste blieben aus. Das beflügelte offenbar die Kreativität meines Vaters, und meine Mutter unterstützte ihn mit Worten und aufmunterndem Lächeln. Ein Hühnerstall sollte her! Auf dem Fischmarkt an der Elbe würde er bald an einem Sonntagmorgen Eintagsküken kaufen. Die würden schnell wachsen und nach ein paar Wochen Eier legen. Hatte man Glück, legte jedes Huhn jeden Tag ein Ei. Das Futter wäre überhaupt kein Problem, wenn draußen erstmal alles wachsen würde. Vogelmiere gibt es hier dann massenhaft und Abfälle fressen Hühner auch, und Regenwürmer und Engerlinge suchten die sich selbst. Und für die Eierproduktion muss man den Hühnern nur zerhackten Muschelkalk geben, für die Eierschalen. In der Gärtnerei an der Landstraße gab es den billig und in Mengen. Kein Mangel herrschte daran, Menschen konnten so etwas ja nicht essen. Den gab es sogar ohne Marken. Eier seien unglaublich wichtig zur Ernährung, es seien richtige Wunderwerke der Natur, voller Eiweiß, mit vielen Vitaminen und Fett und Mineralstoffen. Das wusste mein Vater alles, das hatte er in der Zeitung gelesen.

Eines Tages hielt ein Lastwagen vor dem Haus. Der Fahrer war der

Kohlenhändler. Mein Vater und er luden Rohre, Bretter, ein Tarnnetz und Maschendraht ab. Meine Mutter stand lächelnd in der Tür. Als die Männer fertig waren, bat sie den Mann aus Blankenese in die Küche. Er setzte sich auf einen Stuhl und musterte verstohlen unsere Einrichtung. Viel gab es ja nicht zu gucken. Es schien, als wolle er etwas sagen, brachte aber nur ein Räuspern hervor. Meine Mutter hatte ihre Hände ineinander verschränkt, wie sie es „in Stellung" bei der Dame des Hauses gesehen hatte, und sagte etwas verlegen: „Ich würde ihnen ja gerne etwas anbieten, aber…" „Ist schon gut", beendete der Chef meines Vaters die peinliche Situation. Doch darauf sagte mein Vater triumphierend: „Aber ich habe was!" und stellte eine kleine Flasche Korn auf den Tisch. Des Kohlenhändlers Gesicht leuchtete auf, und er sagte nicht nein; zu der Zeit war das Verkehrsaufkommen zwischen Iserbrook und Blankenese gleich Null, ebenso wie Nüchternheitskontrollen durch die MP.

Der Hunger hatte uns zwar nach wie vor in seinen Krallen, aber ich fühlte mich erleichtert und froh. Allmählich erst erfasste ich, was die Wandlung meines Vaters für mich und die Beziehung zwischen meinen Eltern bedeutete. Es herrschte ziemliche Harmonie, sie überdeckte fast den Hunger. Recht unbeschwert lebte ich die letzten Wochen vor meiner Einschulung, die ich mit Spannung erwartete. Am meisten lockte die Schwedenspeisung. Von Ernie, der schon ein Jahr zur Schule ging, wusste ich, dass es jeden Tag am Mittag ein Essgeschirr voll prima Essen geben sollte. Unvorstellbar!

Die folgenden Wochen waren für mich eine spannende Zeit. Mein Vater brauchte Hilfe, meine Hilfe. Nach Feierabend und an Wochenenden ging es voran. Alles ohne Zeichnung, aber gründlich durchdacht. Manchmal zogen wir doch lieber den Nachbarn zu Rate. Direkt im Anschluss an unsere Hauswand, links von der Tür, stand ein kleiner fester Stall mit einem „Eingang" für die Hühner, zu dem eine Hühnerleiter führte. An der Seite hatten wir eine größere Klappe montiert, durch die man den Stall säubern und, das war ja der Zweck des gesamten Unternehmens, Eier entnehmen konnte. Weil ich so klein war, hatte mein Vater mir die Aufgabe zugeteilt, die Wände von innen zu kalken. Dafür sollte ich dann auch das erste Ei bekommen. An den Stall schloss sich ein Auslauf von mehreren Quadratmetern mit gutem Mutterboden an. Da würde es bestimmt viele Regenwürmer und sonstiges Getier geben. Als Schutz vor Raubvögeln hatten wir etwas Draht und ein Netz von der Wehrmacht gespannt. Eines Tages befand mein Vater, dass nun alles fertig wäre. Die ganze Familie versammelte sich und bestaunte unsere Stätte eigener Eierproduktion. Mein Vater und ich waren sehr stolz und meine Mutter lobte uns und lobte und lobte, was ich dann doch allmählich übertrieben fand.

Der Frühling 1946

Fast unbemerkt, wie auf leisen Sohlen, hatte sich der Frühling genähert. Plötzlich zwitscherte es in den Zweigen der zwei Birken, Knospen an Büschen und Sträuchern wurden prall zum Platzen, grüner Schimmer überall, in den Hecken wuchsen erste Rispen. In allen Gärten wurde gegraben, gesät und geackert. Auch meine Eltern legten sich ins Zeug, wobei es meine Mutter mehr um eine Ergänzung der Speisekarte für ihre Kinder ging, während mein Vater sich Informationen über den Anbau von Tabak beschafft hatte und ein Stück Erde für seine Pflanzen beanspruchte. Immerhin konnte meine Mutter ihren Mann überreden, ihr wenigstens beim Umgraben zu helfen. Er sah wohl selbst, dass es ihr wirklich an Kraft fehlte. Ab und an setzte sie sich in die Mittagssonne auf die Gräting aus Holzlatten, um sich auszuruhen und Anneliese zu beobachten, die mit einer kleinen Schaufel ihrer ersten Gartenarbeit nachging.

Ostern sollte dieses Jahr genau einen Monat nach Frühlingsanfang auf den 21. April fallen. Das hatte ich gehört und mir gemerkt, denn einige Tage danach sollte ich in der Sülldorfer Schule einen neuen

Lebensabschnitt beginnen. Immer häufiger wurde an unserem Esstisch meine Einschulung diskutiert. Darauf war ich sehr gespannt und dies nicht nur, weil es täglich eine warme Mahlzeit geben sollte. Meiner Mutter schien besonderen Kummer zu bereiten, was ich anziehen könnte. Ein weiteres Problem war eine Schultüte. Davon hatte ich nur eine äußerst vage Vorstellung. Meine Mutter erklärte mir, wie es früher war, vor der Ausbombung. Das hörte sich ja alles sehr verlockend an. Eine große Tüte voller Süßigkeiten und Obst hatte jedes Kind am Tag der Einschulung bekommen – früher. Aber jetzt herrschten eben andere Zeiten. Beim Schlange stehen bildeten sich Trauben von Müttern, die einschulungspflichtige Kinder hatten. Ich lauschte gespannt und hörte ratlose, bekümmerte, klagende und auch resolute Töne. Es gab ja nichts, und man hatte nichts, weder Tüten, noch Leckereien. Irgendwann, wie zu urdemokratischen Stammeszeiten, bildete sich ein allgemeiner Wille heraus: Kein Kind sollte eine Tüte bekommen! Kein Kind sollte sich benachteiligt fühlen!

Eine Woche vor Ostern, es war ein sonniger Tag, war ich schon früh draußen zum Spielen. Mein Vater war beim Frühstück nicht zugegen, weil er auf dem Fischmarkt etwas besorgen wollte. Meine Mutter wollte mich rufen, wenn er käme, denn da würde ich staunen. So war es dann in der Tat. Als ich in die Küche kam, hörte ich ein lautes Gepiepe. Auf dem Tisch stand ein Karton mit gelbem, flauschigem Gewusel. Mohrchen lag zusammengerollt auf dem Sofa und hörte wohl lieblichste Laute, aber sie ließ sich nicht ihr hohes Interesse anmerken. Doch ihr vegetatives Nervensystem versetzte ihre Ohren in ein aufgeregtes Spiel und verriet ihre Gelüste. Meine Mutter hatte sie beobachtet und sagte drohend: „Mohrchen, dass du mir ja die Küken in Ruhe lässt!" Die Katze hatte verstanden und fühlte sich offenbar beleidigt. Sie sprang vom Sofa und verließ mit steifer Würde dieses Haus.

Die Küken in der kleinen Küche groß zu kriegen, war ein enormes Experiment, das immerhin schließlich gelang. Mein Vater hatte sich besonders engagiert, aber auch meine Mutter. Sie wusste am besten mit dem Herd umzugehen und gerade in den wichtigen, ersten Tagen im Backofen eine angenehme Temperatur zu halten, ohne dass die gelben Leichtgewichte unter Luftmangel litten oder vorzeitig gebraten wurden. Mein Vater mühte sich wochenlang, die schnell wachsenden Küken vom Herd auf den Tisch und auch schon mal in den Stall zu transportieren. Dabei sprach er mit seinen „Putties" und allmählich schienen sie ihm zuzuhören. Er setzte sich nach der Arbeit zu ihnen auf eine Stange im Auslauf und sie nahmen seine Knie, Schultern und sogar den Kopf in Beschlag, den er aber wegen seiner Glatze mit einer Mütze schützte. Er wirkte zufrieden, Anneliese und ich fanden das Schauspiel lustig; ebenso wie anfangs unsere Mutter, die aber zunehmend besorgt mit dem Kopf schüttelte, wenn sie ihren Mann betrachtete. Tatsächlich bekam ich eines Tages mein Ei, das Eigelb wunderbar cremig, dazu Maisbrot mit etwas Margarine. Das würde ich nun öfter bekommen, welch tolle Aussichten! Aber nicht nur mir wurde ein Frühstücksei kredenzt; ich glaube meine Mutter hat hier regelnd eingegriffen und heimlich Eier aufgespart, bis es für uns alle reichte. Meine Mutter fütterte Anneliese und wir kommentierten ihren Appetit und wie eine schwarze Krähe zog mir ganz kurz ein missgünstiger Gedanke durchs Hirn. Alsbald zeigte sich, was zu erwarten war, nicht alles Federvieh waren Hühnchen. Fünf oder sechs Stück versuchten zu krähen, den Hals in die Höhe gestreckt. Nach und nach wurde es an der Zeit, sie zu schlachten. Meine Mutter weigerte sich und ich natürlich auch, da blieb die Vollstreckung an meinem Vater hängen. Doch auch hierbei, wie gewohnt, handelte er nicht sehr geschickt. Zwar schlug er mit der Axt, bei deren Anblick schämte ich mich für meine früheren Pläne, kräftig zu, und der Hahn war einen Kopf kürzer. Nach dieser Tat ließ mein Vater das Tier los und plötzlich schrien meine Mutter und ich erschrocken los, nur Anneliese fing an zu lachen. Der Vogel flog hoch in die Luft, zog Blut vertropfend einen eleganten Bogen und landete klaglos diesseits unserer Hecke. Wieder einmal zeigte sich, dass meine Mutter bei den früheren „Herrschaften" wirklich etwas fürs Leben gelernt hatte. Die Zubereitung war für sie kein Problem. Suppe und Gebratenes schmeckten vorzüglich. Allmählich folgten weitere Hähnchen. Das Schlachten erledigte fortan der Kapitän von nebenan.

Einschulung

Meine Mutter, mit Anneliese auf dem Arm, und ich standen an meinem ersten Schultag unter grauen Wolken auf dem Schulhof zusammen mit einer größeren Schar Kinder. Rechts erhoben sich große Eichen an einem langen Zaun, der schwarz-weiße Kühe von uns trennte. Die Tiere hatten sich stramm in einer Reihe aufgestellt, als wäre die Nazizeit noch nicht vorbei, und wirkten sehr verwundert. Links von uns stand zur Straße hin ein zweistöckiges Klinkergebäude mit großen Fenstern. Im rechten Winkel dazu schloss sich ein gleichartiger Bau an. Im Hintergrund ahnte man den Feuerlöschteich, auf dem wir vorher schon Enten gesehen hatten. Vor uns war ein Tisch aufgestellt und auch ein kleines Podium. Eine ältere Frau in einem grauen Mantel und straff gescheiteltem Haar, wahrscheinlich eine Lehrerin, winkte alle Kinder, die eingeschult werden sollten, etwas weiter heran. Meine Mutter gab mir einen leichten Knuff und unsicher trat ich einige Schritte vor. Alle Neuanfänger schienen von Erwachsenen begleitet zu sein, die nun im Hintergrund blieben. Es knisterte beinahe in der Luft vor Neugier und Erwartung. In der vordersten Reihe überragte die Köpfe der Kinder eine große, bunte Schultüte, die ein kleiner Junge mühsam senkrecht hielt. Kein anderes Kind musste sich mit dergleichen plagen. Einige Kinder tuschelten und zeigten auf das Wunderwerk. In den hinteren Reihen entstand Unruhe, ich hörte sogar Geschimpfe, das immer stärker wurde. Eine fein gekleidete Frau, offenbar die Mutter des Tütenknaben, sprach mit hochrotem Kopf mit der Lehrerin. Die nahm dem Jungen das Einschulungssymbol wenig freundlich weg und verschwand damit durch eine Tür des Schulgebäudes.

Bald darauf erschienen zwei grauhaarige Männer, beide mit Schlips und Kragen. Zunächst hieß uns der eine herzlich willkommen und sagte etwas von Fleiß und besserer Zukunft. Dann blickte er zum Himmel, als es zu Nieseln begann, und zeigte uns mit zackiger Bewegung, in welchen Bau wir gehen sollten. Wir folgten dem anderen Mann und der Lehrerin. Nach einigem Durcheinander wurden die Kinder auf zwei Klassenräume verteilt. Ich hatte von da an einen Lehrer. Der Junge mit der Tüte gehörte nicht zu meiner Klasse. Überhaupt habe ich ihn nie wieder gesehen. Eine Gruppe größerer Mädchen sang etwas für uns und es wurde auch noch mehr geredet, bis wir gehen durften.

Den Heimweg traten wir zusammen mit Klaus und seiner Mutter an. Klaus gehörte auch zu unserer Spielgruppe auf dem Platz. Sein Bruder hatte sehr häufig mit uns Fußball und Baumkriegen gespielt. Er ging jetzt in Blankenese auf eine höhere Schule. Die Mutter von Klaus hatte lange allein mit ihren Söhnen in einer Bude bei den Buchen gelebt. Erst vor einigen Wochen war deren Mann und Vater heimgekehrt. Er war zunächst in Amerika gefangen, und dann wurde er nach Frankreich geschickt, um dort Minen zu räumen. Klaus sagt, dass man vorsichtig mit ihm umgehen müsse, weil er sich so leicht aufregen würde. Der Heimweg führte über die befestigte Dorfstraße und dann nach links fast immer geradeaus über den sandigen und unendlich langen „Hainholt". Das war also unser Schulweg. Beim Abschied verabredeten wir uns für morgenfrüh unten am Buchenwald.

Zu Hause aßen wir eine Festmahlzeit: Bratkartoffeln in Öl gebraten mit je einem Spiegelei.

Schwedenspeisung

Am nächsten Morgen wurde ich schon geweckt, obwohl ich noch müde war. Nach einem Frühstück mit Röstbrot vom Herd und einem Glas Magermilch machte ich mich auf den Weg. In einem Beutel trug ich eine Stulle mit Margarine sowie eine Schiefertafel mit Griffel und einem Lappen. Außerdem befand sich darin das wichtigste überhaupt: mein Essentopf und ein Löffel. Das war ein typisches Essensgeschirr aus Metall, etwas nierenförmig gebogen, von der Wehrmacht. Der Behälter hatte einige Beulen. Auch viele andere Schüler hatten solche Töpfe, die alles andere als neu wirkten. Vorherige Besitzer hatten wohl keinen Bedarf mehr daran und wir hätten uns durchaus nach deren Schicksal fragen können, aber das taten wir nicht. Wir waren sehr jung und lebten in der Gegenwart, und in der dominierte unser Hungergefühl; dieses inspirierte unsere Sinne.

Am verabredeten Platz wartete Klaus bereits auf mich, und wir stapften los. Während des langen Marsches redeten wir über die Einschulung und was es heute wohl zu essen geben würde.

In der Schule saßen wir beide in derselben Bank, es war reichlich Platz zwischen uns. Den Bankdeckel zierten Geritztes und Gekritzeltes, hinterlassen von vielen Schülergenerationen, die diese Sitze gedrückt hatten. Es waren Kinder von Knechten, Mägden, Bauern, Handwerkern und wohl auch manchem Händler, eben von Menschen, die dieses Dorf bewohnten. Namen, Herzen durchbohrt von Pfeilen, Initialen, Haken- und auch Christenkreuz, hingeschmiert oder ziseliert, bezeugten entspannte Muße während dörflichen Frontalunterrichts. Man kann nur ahnen, was dabei in den Köpfen vor sich ging. Sicher hofften alle auf Liebe und ein langes Leben und wollten nichts wissen von Not und Tod. Doch in Krieg und Hungerszeiten bleibt von vielen Menschen nur ein Zeichen auf einer Schulbank. Darüber machte ich mir aber keine Gedanken. Ich untersuchte die Bank und entdeckte, dass man die Tischplatte anheben konnte. Ich legte mein

Brot hinein und meine Tafel und den Griffel. Der alte Lehrer hatte wieder Schlips und Kragen an und sein Anzug war abgetragen. Er redete ziemlich freundlich mit uns und las auch Geschichten vor. Da ich direkt am Fenster an der Teichseite saß, konnte ich beim Zuhören gut die Enten beobachten. Es waren zwei Stück. Ab und zu knurrte mir der Magen. Endlich klingelte die Schulglocke und wir durften hinaus auf den Schulhof zum Spielen. Ich aß aber erst mein Brot, weil ich so hungrig war. Zum Trinken ging ich ans Waschbecken in der Toilette. Dann mussten wir wieder in den Klassenraum. Dort entrollte der Lehrer eine Karte und hängte sie über die Tafel. Er erklärte uns, wie man ein „A" malt. Die eine Seite meiner Tafel war mit Reihen versehen, da sollten wir ganz sorgfältig viele „A" malen. Das brachte Spaß, wenn bloß nicht der Griffel immer so gequietscht hätte. Irgendwann, mir war als wäre eine Ewigkeit vergangen, kam der mit Spannung erwartete Höhepunkt des Tages: Schwedenspeisung, richtiges Essen. Wir mussten uns zu zweit mit unserem Henkeltopf und einem Löffel in der Hand aufstellen. Keiner durfte laufen, aber dennoch wurden wir immer schneller. Zwei andere Lehrer versuchten, uns unter Kontrolle zu halten. Ein Sondereinsatz des Kollegiums. Sie drohten, dass man nichts zu essen bekommen würde, wenn man so undiszipliniert wäre. Das wirkte.

Auf dem Podium, wo gestern der Redner gestanden hatte, thronte jetzt verheißungsvoll ein grüner Riesenkübel mit einem Deckel darauf. Auf dem Tisch lag eine große Suppenkelle, daneben standen verschiedene Töpfe. Ich drängte mich ziemlich weit vorne mit den anderen. Als der Deckel vom Kübel gehoben wurde, stieg Dampf auf und mich erreichte eine Wolke, die so wunderbar nach gutem Essen duftete, dass ich weiche Knie bekam. Aber ich konnte mich aufrecht halten, ich durfte einfach nicht schlapp machen, nicht jetzt, nicht so kurz vor dem Ziel. Gespannt verfolgte ich jeden Handgriff des Lehrers. Konzentriert wie ein Alchimist in sein Zaubergebräu, senkte er die Kelle in den Kübel und vollführte bedächtig einige rotierende Bewegungen, um dann plötzlich den Schöpflöffel gegen den „Strom" zu halten und gefüllt zu heben. Was zutage kam, war wertvoller als Gold, denn Gold konnte man nicht essen. Einer der Lehrer assistierte und reichte dem Schöpfer einen Topf, der sorgfältig mit Suppe gefüllt wurde. Diese Prozedur wiederholte sich mit etlichen Gefäßen. Fasziniert verfolgten wir Kinder den Akt kollegialer Solidarität. Mit aufgewühltem Gedärm übten wir uns in Geduld. Dann waren endlich wir Schüler dran. Zügig wurde geschöpft, doch ohne Kreiselwirkung. Mein Geschirr wurde fast bis zum Rand gefüllt. Ich ging einige Schritte zur Seite, dann konnte ich mich nicht mehr beherrschen. Beinahe hätte ich mir den Mund verbrannt. Es schmeckte und duftete unbeschreiblich: Graupen und Gemüse, alles etwas dicklich, sogar einige Stücke richtiges und zartes Fleisch fand ich noch – trotz Rotation. Nach dem ersten Hunger ging ich zu den anderen in die Klasse und aß dort weiter. Aber ich schaffte nicht alles, mein Magen mochte sich nicht dehnen. Vorsichtig drückte ich den Deckel auf das Essgeschirr hinunter.

Als ich die Küche in unserer Bude betrat, reichte ich wortlos den Topf meiner Mutter. Sie schaute hinein und sog mit verklärtem Gesicht tief den Wohlgeruch der Suppe ein, wie in Erinnerung an eine gute Zeit. „Das ist für dich", sagte ich, „ich konnte nicht mehr." „Aber Junge, das brauchst du doch selber." Ich schüttelte nur heftig den Kopf. Ich konnte förmlich sehen, wie sie unter dem Ansturm von Suppenduft und Magensaft schwach wurde wie das Eis auf dem Ententeich im milden Frühlingswind. Sie aß einen Löffel, dann setzte sie sich und nahm meine Schwester auf den Schoss, um sie zu füttern. Nach einigen Löffeln wollte Anneliese aber nichts mehr, machte sich steif und rutschte auf den Boden hinab. So bekam meine Mutter doch noch etwas vom Essen ab und froh sah ich ihr zu, wie sie jeden Löffel genoss.

So nutzlos es ist, leeres Stroh zu dreschen, sowenig macht es Sinn, wenn Lehrer abgenutzte Phrasen deklamieren, um das Motivationsniveau der ihnen Anvertrauten zu heben. Nicht für die Schule, sondern für das Leben würde man lernen, zitiert man Uraltes und behauptet wohlfeil, dass der Schulunterricht kein Selbstzweck sei, sondern auf das spätere Leben vorbereiten solle. Das mag so sein - in seltenen Zeiten. Doch hungern die Kinder, da wirkt alles profaner; das spätere Leben rückt in recht weite Ferne. Lockt da der Schulunterricht mit einer warmen, kräftigenden Mahlzeit, dann geht man in die Schule, um zu überleben. Lernerfolge und Wissenszuwächse sind Nebenprodukte. Doch eine Mahlzeit garantiert nicht alles, was das Wachstum eines Kindes fordert. Es bedurfte einer Ergänzung. In der Hungerszeit bekamen wir darum Lebertran, reich an überlebenswichtigen Vitaminen. Sie waren bezeichnet mit den Buchstaben A, D und E, eben jenen Zeichen, die ich so akkurat wie möglich mit dem widerspenstigen Griffel malte. Doch nichts wusste ich vom Wert dieser Buchstaben-Kombination, als wir Schüler in der Essensschlange standen und uns gegenseitig mit viel Theater ausmalten, wie schlecht der Tran schmeckte, der sich gleich in unseren Mündern vervielfältigen würde und nur unter Würgen geschluckt werden konnte. Ein Löffel voll davon war obligatorisch, mochte der Geschmack als noch so penetrant empfunden werden. Ohne pädagogischen Schnickschnack wirkte die Drohung der Lehrer: kein Lebertran, keine Schwedenspeisung! Also blieb uns nur eines: Nase zuhalten, schlucken, stöhnen und kurz grimassieren, und schon ging es ran an die Suppe. Bereits der zweite Löffel war nur noch Behagen, ein Genuss ohne Nachgeschmack. Sorgfältig achtete ich darauf, einen Rest für meine Mutter übrig zu lassen. Kam ich nach Hause, spielte sich täglich die gewohnte Zeremonie ab, wenn ich das Essen überreichte. Neu war nur, dass ich bei der Begrüßung dezent nach Lebertran aufstieß.

Sommerzeit 1946

Der erste Jahrestag nach der Kapitulation, offiziell der achte Mai, ging unbeachtet vorüber. Doch war es die Zeit, wo die Sonne unbeirrt ihrem höchsten Stand zustrebte und sich die Lufttemperaturen endgültig ins Plus erhöhten. Meine Eltern sahen darin positive Indikationen. Es wurde weniger Brennholz und Kohle und nur leichte Kleidung benötigt sowie, das war wohl am wichtigsten, bald würde man schon etwas ernten können. Längst dominierte draußen wieder das Grün. Erste Pflanzen schauten hervor und verhießen zusätzliche Nahrung. Auch in der Stadt ging es voran, berichtete mein Vater, als er mal wieder versucht hatte, auf dem schwarzen Markt etwas zu organisieren. In Altona arbeiteten überall Trümmerfrauen, sammelten, putzten und stapelten Mauersteine, um sie für erste Bauten zu verwenden. Auf vielen Straßen konnte man schon wieder gehen, ohne ständig über angekohltes Hausgerät, Steine und Eisenträger zu stolpern. Doch auf unserem Platz war jedenfalls äußerlich nichts mehr vom Krieg und seinen Folgen zu spüren, wenn man davon absah, dass die ganze Ansiedlung selbst als Resultat und Relikt des Krieges betrachtet werden musste. Traumata der Menschen konnte man nur gelegentlich ahnen. Der leichteste Fall war vielleicht der Träger des Ritterkreuzes. Sein Stolz und „Halsschmerz" vertrugen sich nicht mit der Wärme. Als ab Mitte Mai die Thermometersäule auf über zwanzig Grad kletterte, zierten stets Schweißperlen seine Stirn, denn der Orden erforderte einen zugeknöpften Kragen. So musste auch er ein Opfer bringen, während seine gefallenen Untergebenen schon seit langem in kalter Erde oder auf dem Meeresgrund ruhten.

Nach der Schule, gestärkt vom Essen, hatten wir Jungen nun bei zunehmender Wärme ein neues Ziel, mindestens zwei Kilometer entfernt. Barfuß, nur mit Badehose und einem Hemd bekleidet, liefen wir johlend zu einem See, dem „Osdorfer Born". Mit verschlammtem Boden und Schilfbewuchs an drei Seiten genügte er sicher nicht höheren Ansprüchen an die Wasserqualität. Aber das kümmerte uns nicht und trotzdem trugen wir keine Infektionen davon. Schon lange bevor es wieder kalt wurde, konnten wir alle schwimmen und waren sehr stolz auf uns selbst.

Unsere größten Abenteuer inszenierten wir in der Feldmark, gar nicht so weit von unserem Zuhause entfernt. Bei unseren Streifzügen hatten wir zu unserer Freude unvermutet rechteckige Seen entdeckt. Natürlich untersuchten wir diese geometrische Anlage, deren Zweck wir uns nicht erklären konnten. Hundert Meter lang und zehn Meter breit waren sie, sie wirkten höchst eigentümlich und sinnlos zwischen den Wiesen und Feldern. Von hier aus konnten wir die Schweinemästerei sehen, deren Dach die Hecken der Knicks überragte. Aber sie konnte einfach nichts mit den rechteckigen Wasserflächen zu tun haben. Wir rätselten lange hin und her, doch endlich erfuhren wir von einer Gruppe älterer Jungen, die vorbeikamen, was es mit unserer Entdeckung auf sich hatte. Sie spielten sich als „Experten" auf, weil sie schließlich noch in der Hitlerjugend ausgebildet worden waren. Deren Erklärung wirkte jedenfalls ziemlich plausibel. Bei den Wasserflächen handelte es sich um sogenannte „Panzerfallen". Ihr Zweck war schlicht und einfach gewesen, dass feindliche Panzer in sie hineinfuhren und stecken blieben. So der böse Gedanke. Allein, wie sich zeigte und wir selbst im Mai 1945 beobachtet hatten, fuhren die Tommys mit ihren Schwergewichten nicht durch unsere Feldmark und blieben stecken, sondern sie benutzten einfach die Landstraße und eilten bequem und ungehindert bis an die Grenze Dänemarks. In die „Fallen" war allmählich Wasser gesickert und wir fühlten uns eingeladen, die Überbleibsel des Krieges sinnvoll zu nutzen. Da traf es sich sehr gut, dass wir zwei Auftriebskörper eines Schwimmflugzeuges fanden. Wie die nun in die Feldmark kamen, wussten wir auch nicht. Aber das war uns schließlich egal. Sie bestanden aus Sperrholz, waren aerodynamisch wie breite Tropfen geformt und hatten etwa eine Oberfläche wie die Platte unseres Tisches in der Bude. Mehrere

Jungen gleichzeitig fanden darauf sitzend oder stehend Platz und mit einigen selbst gebastelten Rudern starteten wir mit viel Geschrei unsere Seeräuberschlachten. Dabei kamen uns unsere neu erworbenen Schwimmkünste sehr zugute.

Während wir Kinder in unseren Abenteuern lebten und bei Bedarf dem Vegetationszyklus folgend Erdbeeren, Tomaten, Kirschen, Wurzeln, Stachelbeeren, Pfirsiche, Äpfel und Birnen aus den Gärten der Einheimischen klauten, was bei ihnen keine Sympathien für uns weckte, sorgten sich meine Eltern, wie unsere Familie den Winter überleben sollte. Die Rationen auf Marken waren immer noch minimalistisch. Meinen Eltern war klar, dass es so nicht weiter gehen könne, und sie wunderten sich, ob die Alliierten das Ziel hätten, ein ganzes Volk verhungern zu lassen. Mein Vater hatte gelesen, dass deutsche Ärzte meinten, die Rationen für einen „Normalverbraucher" seien so niedrig, dass sie nur ein Drittel des tatsächlichen Bedarfs decken und in wenigen Monaten zum Tode führen würden. In der Sozialstelle in Iserbrook war vor kurzem eine Essensausgabe für Kinder im Vorschulalter begonnen worden. Während der Sommerferien bekam auch ich dort meine Mahlzeit. Stets herrschte großer Andrang. Ich fand es bequemer, in der Schule mein Essen zu bekommen. Der Weg zur Essensausgabe zerstörte fast die Sommerferien. Insofern sah ich ihrem Ende mit einem lachenden Auge entgegen. Meine Mutter ging weiterhin jeden Tag mit Anneliese zur Sozialstelle. Die kleinen Kinder mussten dann dort essen oder gefüttert werden. Auf diese Weise wollte man sicherstellen, dass es auch wirklich die Kinder waren, die das Essen bekamen. Nur Reste durfte meine Mutter mit nach Hause nehmen, um sie später Anneliese zu geben. Unsere Eltern waren sehr froh, dass wir Kinder wenigstens ein Minimum an Nahrung bekamen. Allerdings war mein Vater auch manchmal richtig wütend und schimpfte: „Das Rote Kreuz und die normalen Menschen in Schweden, Dänemark, Amerika, England und sogar in Chile sammeln und spenden, damit unsere Kinder etwas zu essen bekommen. Aber die

Politiker der Siegermächte setzen uns auf Rationen, bei denen man vor die Hunde geht. Ich verstehe die Herrschenden nicht."

Und weiterhin mussten wir an den Geschäften Schlange stehen, häufig vergeblich, es war unsere tägliche Übung. Manchmal fühlte ich mich schwach und es wurde mir schwarz vor Augen. Dann setzte ich mich einfach auf den Boden – es genügte ein kurzer Augenblick, und es ging mir besser.

Wie bei Eichhörnchen und anderem Getier, brachen auch bei den Menschen Urinstinkte sich Bahn und weckten zwanghaft den Gedanken, Vorräte deponieren zu müssen. Nicht alles was der Garten bot, wanderte sofort auf den Tisch. Das Hauptproblem war die sachgerechte Verwahrung oder Konservierung. Offenbar fehlte es an Kenntnissen und Mitteln. Kartoffeln und Wurzeln, wahrhaftig keine bedeutenden Mengen, fanden ihren Platz in einer Kiste im Schuppen. Dem Imperativ: "Wir brauchen Vorräte!" stellte sich die simple Frage entgegen: „Woher denn nehmen?" Mein Vater war nicht erfinderisch und pflegte immer noch einen unzeitgemäßen Stolz. Er wollte einfach nicht stehlen gehen. Fast vor unserer Haustür lagen die weiten Felder mit Kartoffeln, Kohl und Rüben. Die Schätze wurden natürlich bewacht. Doch der Bauer und seine Wächter konnten nicht immer überall gleichzeitig sein. Andere Familienväter gingen schon auf Tour und schafften einen Vorrat an. Davon hatte ich bereits gehört. Nicht mal mit dem Zug wollte mein Vater zum Hamstern zu weiter entfernt lebenden Bauern fahren. Diese Weigerung war eigentlich ganz vernünftig, denn es war bekannt, dass Bauern nichts umsonst gaben und wir hatten ja nichts, was angeboten werden könnte.

Mein Vater begab sich auf einen anderen Weg, waghalsig und wirr: er wollte gewinnen. Immer öfter, wenn Lohntag war, fuhr er nach Altona in ein Wettbüro. Natürlich verlor er und kam heim mit nur einem kleinen Rest Geld, für das er ja so schwer hatte arbeiten müssen. Dann war der Krach vorprogrammiert und ich bezog meinen Posten, um meine Mutter zu schützen. Tatsächlich blieb es bei lautstarken Vorwürfen seitens meiner Mutter und lahmen Erwiderungen meines Vaters und zum Glück ging alles ab ohne Exzesse. Leider übte sich mein Vater bald in einer anderen Variante, den Problemen zu entfliehen. Es geschah nicht häufig, aber angesichts unserer angespannten Lage zu oft, so dass es die Versorgung unserer Familie doch einschränkte: Er hatte begonnen, ab und zu, nach zweifellos schwerer Arbeit, sich ein Schlückchen am Stand beim Blankeneser Bahnhof zu gönnen. Sein Arbeitskamerad, der Kapitän, hatte offenbar nicht dieses Bedürfnis und kam pünktlich nach Hause. Es war wohl ein glücklicher Umstand, dass mein Vater auf Grund seiner schlechten physischen Verfassung nicht besonders viel Alkohol vertrug, weshalb noch ein Rest von seinem Wochenlohn der Familie erhalten blieb. Wenn Lohntag war, wurde meine Mutter schon nachmittags unruhig. Selbständig machte ich mich dann auf den Weg und ging meinem Vater entgegen. Manchmal begleitete mich Mohrchen, als sei auch sie in Alarm versetzt. Wir warteten am Anfang des Platzes, wo mein Vater kommen musste. Da hatte ich einen guten Einblick über eine längere Strecke. Während ich geduldig wartete, strich Mohrchen um meine Beine und antwortete mir gurrend, wenn ich mit ihr sprach. Sahen wir dann endlich meinen Vater, dann erkannte ich an seiner aufrechten Haltung und wie er konzentriert schnurgerade fuhr, dass er keineswegs nüchtern war. Kurz bevor er uns erreichte, sprang Mohrchen ihm maunzend in den Weg und ich sagte: „Hallo, Vati." Doch mein Vater reagierte nicht und trat weiter stoisch in die Pedale. Mohrchen und ich eilten ihm nach. An unserem Wasserhahn lehnte sein Rad. Als ich um die Hausecke bog, saß er schon auf der Stange im Hühnerauslauf. Meine Mutter redete auf ihn ein, auch ich sagte etwas, wir sprachen eindringlich, aber wegen der Nachbarn leise. Er reagierte nicht. Auch nicht auf die Hühner, die um ihn herum friedlich pickten. Wenn es dann schon lange dunkel war, kam er ins Haus mit seinem Hundeblick und legte sich ins Bett in der Kammer. Meine Mutter versuchte, auf dem Sofa in der Küche Schlaf zu finden.

Als mein Vater am nächsten Tag nüchtern war, redete sie ihm zu, gütlich, und sie appellierte an seine Vernunft und erinnerte ihn an seine Verantwortung für seine Kinder. Dann nickte er einsichtsvoll und gelobte Besserung.

Seinem Arbeitskollegen war selbstverständlich nicht entgangen, dass mein Vater auf eine schiefe Ebene geraten war. Meine Mutter hatte dem Kapitän ihr und unser Leid geklagt. Eines Tages kamen er und mein Vater verspätet heim. Mein Vater schob sein Rad und neben ihm schritt der Kapitän. Beim Wasserhahn schüttelten sich beide die Hand. Wir haben nie erfahren, wo sie gewesen waren und was sie miteinander geredet hatten. Aber bei diesem Gespräch zwischen beiden Männern ist mit meinem Vater etwas Entscheidendes geschehen. Er hatte wieder zu sich gefunden. Es war, als hätte mein Vater wieder Land in Sicht, als würde für ihn, zwar noch fern am Horizont, ein Leuchtfeuer der Hoffnung strahlen. Die beiden Seeleute waren überzeugt davon, wieder auf der Kommandobrücke eines Schiffes zu stehen – irgendwann, Deutschland ohne Schifffahrt war für sie auf die Dauer nicht denkbar.

Was vor den Sommerferien begonnen hatte, setzte sich danach in allmählich gewohnter Form fort. Zu den großen Buchstaben fügten wir die kleinen und allmählich lernten wir auch, Buchstaben zusammenzufügen und kleine und längere Worte zu bilden. Lesen zu lernen, bereitete mir Spaß. Während der ersten Tage in der Schule beobachtete ich immer wieder die beiden Enten auf dem Teich. Aber nach einigen Wochen waren sie fort. Als ich zu Hause davon erzählte, reagierten meine Eltern verschieden. Meine Mutter meinte tröstend, sie seien wohl wegen des nahenden Winters nach Süden gezogen, während mein Vater nur lakonisch sagte, es seien keine Zugvögel gewesen. Ich ahnte ihr Schicksal in diesen Hungerszeiten, mochte das Thema aber nicht weiter erörtern.

Das Gespräch lenkte ich dagegen vorsichtig auf einen besonderen Tag, nämlich den siebten September. An diesem Datum, einem Sonnabend, würde ich sieben Jahre alt werden. Meine Mutter sah mich traurig an; sie verstand sofort, was ich dachte und machte nicht viele Worte. Vielmehr appellierte sie an meine Vernunft und dass ich doch schon groß genug sei, um zu verstehen… Kurzum: Eine Feier zu meinem Ehrentag war schlicht und einfach nicht denkbar. Es fehlte dazu an so ziemlich allem und schon gar nicht hätten wir etwas über, um meine Freunde zu bewirten. Mein Vater meinte, dass es vielleicht im nächsten Jahr besser sei. Schließlich sah ich ein, dass es keine Geburtstagsfeier geben könnte. Als es dann soweit war, gratulierten mir meine Eltern und sogar Anneliese gab mir einen Kuss. Immerhin hat meine Mutter extra viel Zucker auf mein Röstbrot gestreut und ein gekochtes Ei bekam ich dazu. Und einen Blumenstrauß hatte sie auch auf meinen Platz gestellt. Darüber habe ich mich gefreut, aber das war es dann auch. Meine Kumpane erwarteten wohl auch nicht, eingeladen zu werden, denn natürlich kannten sie die Verhältnisse bei uns. Sie gratulierten mir mit einem kräftigen Handschlag und unsere Spiele draußen verliefen, wie mir schien, besonders harmonisch.

Dagegen war Ernies achter Geburtstag Anfang November von ganz anderer Art. Er versprach ein Höhepunkt zu werden. Die ganze Jungengruppe war eingeladen. Ich freute mich auf die Feier. Aber ohne ein Geschenk wollte ich nicht hingehen. Meine Mutter redete und redete, dass sie nichts hätte, was man schenken könnte. Aber auch ohne Mitbringsel würde ich bestimmt willkommen sein. Bockig erklärte ich, dass ich mich schämen würde, dort mit leeren Händen zu erscheinen. Schließlich fing ich an zu weinen, während meine Mutter immer verzweifelter wirkte. Plötzlich hellte sich ihr Gesicht auf. Enthusiastisch sagte sie: „Du kannst ihm ein Ei schenken!" „Ein Ei? Da schäme ich mich auch", schluchzte ich. Hin- und hergerissen zwischen zwei Optionen kämpfte ich mit mir: Peinlichkeit oder Entsagung. Die Peinlichkeit obsiegte. Schnell stellte sich heraus, dass meine Mutter morgens unser letztes Ei meinem Vater mit zur Arbeit gegeben hatte. Wir hatten kein Ei! Ein Blick bei den Hühnern: sie hatten nichts gelegt, kein einziges Ei. „Wir warten, du hast ja noch Zeit", versuchte meine Mutter mich zu trösten. Die Zeit verging. Meine Mutter schaute immer mal wieder im Stall nach, leider vergeblich. Endlich, kurz vor dem Beginn der Feier, krähte ein Huhn. Strahlend kam meine Mutter mit einem Ei in der Hand herein. Kurz darauf drückte ich mich durch die Hecke und hielt dabei eine graue Papiertüte mit dem Ei hoch über meinen Kopf. In Ernies Bude waren seine Eltern und die Tante und sein Onkel sowie unsere Spielkumpane versammelt. Eng war es, aber irgendwie gemütlich. Mit meinem ganzen Mut reichte ich Ernie sein Geschenk. Er schaute eigentlich ganz gefasst hinein. Vorsichtig nahm ihm seine Mutter die Tüte aus der Hand. Überschwänglich bedankte sie sich und zeigte den anderen Erwachsenen das Produkt einer Henne. Alle schienen begeistert zu sein. Aber sie waren schlechte Schauspieler. Ich war wirklich froh, als ich mich endlich zu den anderen an den Tisch setzen konnte. Ein riesiger Klöben, zu verlockend dicken Scheiben geschnitten, stand in der Mitte des Tisches. Wir sollten alle zulangen. Ich nahm mir ein Stück und aß es hastig, aber dennoch voller Genuss. Zum Gebäck wurde uns süßer, sahniger Kakao eingeschenkt. Im Ohr hatte ich noch, wie meine Mutter mich eindringlich ermahnt hatte, mich anständig zu benehmen und nicht so gierig zu sein. Aber ich war gierig. Und ich hatte Hunger. Ernies Mutter ahnte wohl mein Problem. Ohne mich zu fragen, legte sie mehrmals nach. Auch vom Kakao bekam ich mehrere Tassen. Ich fühlte mich wie im Schlaraffenland. Ich war rundum satt und zufrieden. Alle Peinlichkeit war vergessen

Familienzusammenführung

Gleichmäßig und leise, mit beinahe beruhigender Wirkung prasselten die Tropfen eines ermüdeten Tiefs auf die Teerpappe unseres Häuschens. Um zu sparen, hatte meine Mutter keine Kohlen mehr im Ofen nachgelegt, bevor sie losging zu einem weiteren Versuch, Essen zu kaufen. Allmählich war es in der Küche kühl geworden und ich hatte mich vom Sofa erhoben, um Anneliese, die auf ihrem Töpfchen fröstelte, eine kleine Wolljacke um die Schultern zu legen. Als ich mich aufrichtete, sah ich durch die regennassen Scheiben einen großen Burschen draußen beim Wasserhahn. Er trug einen Rucksack auf dem Rücken und betrachtete forschend unter seiner Schirmmütze hervor unsere Bude und die Umgebung. Dann gab er sich einen Ruck und trat auf unseren Gartenweg. Kurz darauf klopfte es und der Junge trat ohne zu zögern durch unseren „Korridor" in die Küche. Ich erkannte sofort in ihm meinen Bruder Hans. Es war uns mitgeteilt worden, dass er kommen würde, weil unser Großvater im Krankenhaus lag und seine Frau sich nicht um Hans kümmern wollte. Er war viel größer als ich. Wir gaben uns die Hand, ohne viele Worte zu machen. Anneliese beobachtete uns mit ihren wasserblauen Augen, die sie weit aufriss. Ich sagte zu ihr: „Das ist Hans, unser Bruder." Hans beugte sich nieder zu ihr und ergriff vorsichtig ihre kleinen Finger und sagte in etwa: „Na, du, ich bleib jetzt hier." Sie verzog das Gesicht, als wollte sie zu weinen beginnen. Da griff ich schnell Mohrchen, die den Rucksack beschnupperte, den Hans auf den Boden abgesetzt hatte, und setzte sie der Kleinen auf den Schoss. Mohrchen hatte stets eine unendliche Geduld, wenn sie in die Hände von Anneliese geriet, benutzte nie Zähne oder Krallen, war nur ein schnurrender, schmiegsamer schwarzer Trost. Das funktionierte auch jetzt. Hans nahm den Rucksack auf, der im Wege stand und schaute sich suchend um. Mit einer stummen Geste zeigte ich auf die offene Tür zur Schlafkammer. Hans deponierte sein Gepäck auf einem Bett und musterte kurz die Einrichtung. Zwei Betten und ein Schrank forderten nicht viel Aufmerksamkeit, ebenso wenig wie das Ausmaß und die Ausstattung unserer Wohnküche. Das Gesicht unseres Bruders wirkte sehr angespannt. Jahrzehnte später schreibt er: „…dieser Anblick war sehr bedrückend. War ich doch ein ‚normales' Leben in einer gut möblierten Zweieinhalbzimmer-Wohnung gewöhnt." Sein Rundblick blieb an dem Bild von Onkel Richard in

Uniform hängen, das meine Mutter an einem Nagel neben dem Fenster aufgehängt hatte. Es war das einzige Andenken meiner Mutter an ihren Bruder, alles andere war ja verbrannt. Seine Frau hatte es vor längerer Zeit mit einem Brief geschickt. Hans trat dicht an das Foto heran. Ich stellte mich neben ihn. Als ich sah, dass ihm Tränen leise über die Wangen kullerten, legte ich ihm meinen Arm um die Schulter und weinte auch ein bisschen.

Die „Zusammenführung" unserer Familie verursachte wohl bei keinem Mitglied erhöhte Ausschüttungen von Endorphinen. Als meine Mutter vom Einkaufen und später mein Vater von der Arbeit zurück kamen, erfolgten die konventionellen Begrüßungsrituale mit Umarmungen, aber ohne Küsse, obwohl zumindest meine Mutter ernsthaft solche Geste emotionaler Nähe versuchte. Hans schien sich jedoch dagegen zu sperren. Das war wohl typisch für das Alter meines Bruders, immerhin würde er in sechs Wochen schon vierzehn Jahre alt werden; vielleicht auch spielte allseits eine gewisse Fremdheit dabei mit, dass die Zuneigungsbekundungen etwas verhalten ausfielen.

Abends saßen wir nach dem Abendbrot noch um den Tisch, der uns allen ausreichend Platz bot. Sogar Anneliese, die auf dem Sofa kniete, fand eine Lücke, um ihre Ellbogen auf dem Tisch aufzustützen. Man erkundigte sich natürlich nach dem Großvater. Dem ging es immerhin besser, er musste aber noch im Krankenhaus verbleiben. Erörtert wurden die Umstände der Reise, die sich auf Grund beschädigter Gleisanlagen und vieler Zwischenhalte sowie einem Umweg über Hannover etwas kompliziert gestaltet hatte. Hannover hatte Hans wegen seiner schweren Bombenschäden stark beeindruckt. Doch hatte er die Strecke von über dreihundert Kilometern zwischen Hannover und Hamburg, die ohne Krieg ein unnötiger Umweg gewesen wäre, als sehr interessant empfunden, weil weite Landschaften und viele kleinere Orte unbeschädigt und richtig friedlich gewirkt hatten. Vom Einmarsch der Russen in Genthin mochte er nicht ausführlich erzählen. Ein Freund von ihm wurde beim Spielen mit einer Handgranate getötet. Die Großeltern und er mussten ihre Wohnung für eine russische Einheit räumen und in eine Notunterkunft ziehen. Als sie nach Monaten zurück durften, hatte sich ein Russe im Keller aufgehängt, wofür unser Großvater zunächst, aber nicht endgültig, verantwortlich gemacht wurde. Die Toiletten im Haus waren „nicht sachgerecht" benutzt worden und verstopften, was die russischen Besatzer veranlasst hatte, ihre Notdurft im Keller zu verrichten, als sei man im Felde. Die Zustände sollen unbeschreiblich gewesen sein. Natürlich konnte Hans auch über Frauen berichten, von deren schrecklichen Schicksalen er gehört hatte.

Allmählich war die Zeit fortgeschritten und einige praktische Fragen harrten der Beantwortung. Hans musste sich bei den Behörden anmelden, eine Schule finden, Essenmarken bekommen und so weiter. Seine Sachen konnte Hans im Kleiderschrank unterbringen, da war ja genügend Platz. Die Schlafplätze wurden zum Vorteil der Kinder verteilt. Anneliese hatte ihren Kinderwagen, der würde wohl noch eine Weile ausreichen, sie war ja für ihr Alter ziemlich klein. Hans bekam das Bett unter dem Fenster in der Schlafkammer; ich durfte mein Bett behalten, das dort quer aufgestellt war. Unsere Eltern würden sich mit dem Sofa behelfen; sie meinten, es würde schon gehen, man müsse sich eben anpassen. Die wichtigste Frage wurde nicht laut gestellt, beschäftigte aber ganz sicher zumindest meine Mutter außerordentlich. Wie sollte sie die nun fünfköpfige Familie hinreichend mit Essen versorgen? Hans war schließlich ein Junge, der sich voll im Wachstum befand, der brauchte doch ordentlich was „in die Knochen". Außerdem stand der Winter vor der Tür und der Garten würde keine Zuschüsse mehr liefern. Wahrscheinlich dachte sie, was sie in aussichtslos scheinenden Lagen zu sagen pflegte: „Das kann ja heiter werden."

Der Hungerwinter 1946/47

Schon im Oktober tanzten vereinzelt Schneeflocken vor unserem Küchenfenster. Anneliese stellte sich auf die Fußspitzen und staunte über das, was sie in ihrem Leben noch nie bewusst wahrgenommen hatte. Als dann nachts sogar leichter Frost die Dächer der Buden überzuckerte, sah ich erwartungsvoll einer spannenden Jahreszeit entgegen. Da Ernie, Klaus und ich nun ja schon groß waren und nicht mehr ständig von unseren Eltern gezwungen wurden, in der Nähe des Platzes zu bleiben, würden wir ganz neue Spielmöglichkeiten entwickeln können. Irgendwie müssten wir uns Schlitten oder ähnliche Geräte bauen und wenn das Eis auf den Panzersperren erst einmal gefroren war, könnten wir da lange Glitschen anlegen. Ein Problem waren natürlich meine Schuhe, ein Paar richtige Stiefel aus Leder waren das. Die boten meinen Füssen viel Platz, beinahe zu viel; die würde ich bestimmt sehr lange tragen können.

Doch Schnee und Frost wichen bald unter einer Welle von Plusgraden zurück und überließen einer Serie von starken Winden, was noch an die Sommerzeit erinnern könnte. Bald waren auch die letzten Blätter von Bäumen und Büschen verweht, und verdeckten als Laub Lücken in den Hecken und legten sich schützend über den verbliebenen Bewuchs der Beete, so als wüsste die Natur von dem nahenden Winter und seiner beißenden Kälte.

Abgesehen von Anneliese, empfanden wir alle in der Familie eine gewisse Spannung vor der neuen Jahreszeit. Allerdings betrachtete ich wohl deren Ankunft aus einer vergleichsweise angenehmen Perspektive. Mein Vater machte sich am meisten Sorgen um die Verpflegung seiner Hühner und darüber, ob der Stall auch wirklich winterfest wäre. Mein Bruder neigte wohl wegen seiner kräftigen Statur und weil er sportlich durchtrainiert war, zu Aktivitäten. Ich selbst hatte zwar keinen richtigen Durchblick, aber die anderen waren nach einer

Besichtigung unserer ziemlich spärlichen Vorräte an Holz, Kohlen, Kohl, Kartoffeln, Steckrüben und Wurzeln zum Schluss gekommen, dass wir ziemlich schnell in Engpässe geraten würden. Mein Vater hatte außerdem in der Zeitung gelesen, dass die Kalorien noch einmal reduziert werden sollten und außerdem noch schlimmere Versorgungsschwierigkeiten zu erwarten seien, weil es wegen des heißen Sommers in den Nachbarstaaten und sogar bei den Siegermächten vorne und hinten nicht reichen würde.

Die Beurteilung der Lage forderte Konsequenzen. Ich bemerkte jedoch kaum, dass etwas im Gange war. Mir fiel nur auf, dass der Holzstapel in der Schuppenecke langsam in die Höhe wuchs. Auch wurde ab und zu am Tisch geredet und als ich neugierig nachfragte, wurde ich eingeweiht und gleichzeitig zu strengster Verschwiegenheit vergattert. Unser Vater und Hans, also die zwei, die sich in ihrem bisherigen Leben nicht besonders nahe gestanden hatten, fanden unter dem Eindruck der sich entwickelnden Notlage zu gemeinsamem Handeln. Und wahrscheinlich entwickelten sich auch ihre Empfindungen auf positive Art füreinander. Vorzugsweise in besonders dunklen Nächten mit kräftigem Wind gingen sie auf Tour. Sie wollten nicht gesehen und auch nicht gehört werden. Sie wussten, dass sie Verbotenes taten. Sie schlichen in die Feldmark, wo sie vorher bei Spaziergängen die Objekte ihrer nächtlichen Aktionen gründlich unter den Aspekten von Durchführbarkeit, Gefährlichkeit und Ergiebigkeit studiert hatten. In Vater und Sohn vereinigten sich ihre verschiedenen Fähigkeiten zu einem Optimum an Fürsorge für die Familie: Holz gegen die Kälte. Unser Vater hantierte als gelernter Seemann gekonnt mit einer Leine, während Hans seine jugendliche Gewandtheit und seine bereits beachtliche Kraft einsetzte. Gelegentlich sägte Hans alleine einen armdicken Ast von einer Eiche ab, manchmal kletterte auch mein Vater in den Baum. Den gefallenen Ast schleppten sie dann gemeinsam, wobei sie darauf achten mussten, keine Schleifspuren zu hinterlassen, die direkt zu den Missetätern führen würden. Da ich nun ohnehin eingeweiht war, berichteten sie künftig auch in meiner Gegenwart von ihren Abenteuern, wobei sie meiner Bewunderung sicher sein konnten. Für mich gab es nichts, was spannender hätte sein können. Zumal das Szenario sehr an die Erlebnisse unseres Großvaters erinnerte, als er zwei Diebe erschoss – allerdings in Notwehr -, die, wie nun auch mein Vater und mein Bruder, zum Wohle ihrer Angehörigen unterwegs gewesen waren.

Ende November, es lag immer noch kein Schnee, kam Hans abends in die Küche und sagte, er wolle uns etwas zeigen. Neben dem Hühnerstall stand eine Karre, die aus einem Metallrahmen mit einer kleinen Ladefläche und gebogener Deichsel bestand, und auf Fahrradrädern fuhr. Hans sagte, er habe das Gefährt günstig erworben, wollte aber keine näheren Umstände des Erwerbs preisgeben. Natürlich hatten unsere Eltern sofort den unschätzbaren Wert dieses Beförderungsmittels erkannt und unterdrückten jede Neigung, die ganze Wahrheit erfahren zu wollen. Schon kurz darauf merkte ich eines Abends, dass mal wieder etwas im Gange war. Vater und Hans machten sich klar für eine Exkursion. Meine Mutter hatte ihnen einige Scheiben mit goldgelbem Maisbrot eingepackt. Dann ermahnte sie ihre „Männer", bloß gut auf sich aufzupassen. Nachts wurde ich davon wach, dass mein Bruder in sein Bett kroch. Morgens bemerkte ich im Schuppen einen Berg mit tiefschwarzer, fettig glänzender Kohle. Man sah ihr förmlich an, dass sie gut zum Heizen taugte.

Nach dem Nikolaustag am sechsten Dezember begann eine Periode, in der die Temperaturen zwar noch erträglich, aber doch schon unter den Gefrierpunkt gesunken waren. Mein Vater und mein Bruder hatten die Karre ausgiebig genutzt und sowohl Kohlen, als auch Brennholz heran geschafft. „Kohlenklau" von Güterzugwaggons war in der Bevölkerung verbreitet und wurde jedenfalls in unserer Familie nicht als unrecht angesehen, ebenso wenig wie das „Ausdünnen" von den Kronen kräftiger Eichen. Vater und Sohn waren dabei an die Grenze ihrer Leistungsfähigkeit gegangen, denn „nebenbei" mussten Hans ja zur Schule und mein Vater zur Arbeit in Blankenese. Der kleine Vorrat an Heizmaterialien war natürlich sehr bedeutend für die Zukunftsaussichten der Familie, aber beinahe noch bedenklicher war unsere Ernährungssituation. Wir hatten einfach nicht genug zu essen!

Mein Vater verdiente mit seiner ehrlichen und harten Arbeit etwa 130,- Mark pro Woche oder wie mein Vater es nach der damals auf dem schwarzen Markt geltenden Zigarettenwährung ausdrückte: ein Paket (zwanzig Stück) Amerikanische oder fünfundzwanzig frische Heringe oder einen Liter Fischtran oder zwanzig Kilogramm Kartoffeln. Wohlgemerkt: immer „oder". Natürlich zehrten die Sorgen an den Nerven unserer Eltern und Streitereien blieben nicht aus, aber unsere Mutter wurde nicht mehr geschlagen. Vielleicht wirkte auch die Anwesenheit von Hans mäßigend auf unseren Vater. Mein Vater ging seiner Arbeit nach, manchmal „gönnte" er sich einen Kneipenbesuch, was natürlich wieder zu Auseinandersetzungen führte. Soweit ich das beurteilen konnte, hatte er wohl auch den Part übernommen, auf dem schwarzen Markt mal Öl oder sonst etwas Nützliches zu besorgen, zu kaufen oder zu tauschen. Mit den Einzelheiten bin ich nicht vertraut.

Ab und zu jedenfalls machte unsere Mutter sich auf zum Hamstern. Sie war dann einen ganzen Tag fort. Wenn sie spät abends zurückkam, stellte sie mit letzter Kraft ihren Rucksack auf den Tisch. Für Anneliese und mich war es wie Weihnachten, ein Tag der Bescherung. Während die Hamsterin ihre meist eher armselige Beute auspackte, hörte ich aus Bemerkungen, was sie eigentlich erlebt hatte. Stets war die Rede von völlig überfüllten Zügen auf der Fahrt nach Ortschaften, die südlich der Elbe lagen und „Bevensen", „Uelzen" und „Lüchow-Dannenberg" hießen. Gehamstert wurde bei den Bauern auf dem Land, was bedeutete, dass unsere Mutter, oftmals im Tross und in Konkurrenz mit Dutzenden anderer Menschen, die ausgehungert versuchten, für ihre Angehörigen Essbares gegen etwas einzutauschen, was eine Bauernfamilie noch nicht oder vielleicht schon im Überfluss hatte. Meine Mutter erzählte von Hunden, die auf sie gehetzt worden waren oder von dicken Bauern, die nur kurz auf das Stück Seife schauten, dass sie vor sich hielt, und mit einer unfreundlichen Bemerkung ihr die Tür vor der Nase zuknallten. Meistens versuchte unsere Mutter mit Seife und manchmal wohl auch mit Rasierklingen oder Feuersteinen ihr Glück. Auf der Rückfahrt waren die Züge wieder überfüllt, wobei die Menschen darum kämpften, nicht ihr Gehamstertes im Gedränge zu verlieren. Menschen saßen sogar auf den Puffern der Waggons oder auf den Dächern, wobei immer wieder tödliche Unfälle passierten, wenn ein Mensch sich bei einer Fahrt unter einer Brücke hindurch nicht tief genug duckte. Natürlich freuten auch Anneliese und ich uns mit den anderen in unserer Familie über einige Kilo Kartoffeln, die unsere Mutter ergattert hatte. Die konnte unsere Mutter wirklich so zubereiten, dass man in den nächsten Tagen wenigstens halbwegs satt wurde. Und Geschmacksvariationen verstand sie auch hervorzurufen, indem sie einfach mal einige Wurzeln oder Steckrüben zusetzte oder geriebene Knollen zu kross angebratenen Puffern verarbeitete. Weniger populär war die von ihr kreierte sogenannte Kartoffelsuppe, deren Clou Klöße aus geriebenen Kartoffeln waren, die sich als grünliche, glitschige und penetrant nach roher Kartoffel schmeckende Monster erwiesen. Das gesamte Produkt war kaum genießbar. Aber ich muss die gute Absicht unserer Mutter anerkennen, auch einmal „Suppe mit Einlage" servieren zu wollen. Vor diesem Hintergrund wirkten Freudenrufe und lobende Worte für unsere Mutter mehr als begreiflich, wenn sie, was leider allzu selten geschah, ein Stückchen Räucherspeck aus ihrem Gabensack hervorzauberte, also ein Stück Bauchfleisch vom Schwein mit dicken Streifen weißen Fettes und rötlichen Fleisches und einer festen tiefbraunen Schwarte, von dem ein betörender Duft nach Rauch ausging und unmittelbar unsere Nasenflügel weitete. So ein Meisterwerk der Fleischverarbeitung wurde natürlich nicht einfach auf den Tisch gelegt, sondern unsere Mutter hielt es jedem einen Augenblick zum Beschnuppern unter die Nase, was verzückte Seufzer auslöste. Diese Prozedur erzwang natürlich Konsequenzen. So machte sich unsere Mutter sogleich ans Werk und versorgte uns mit einem ordentlichen Schnippel zum Auslutschen und Kauen. Am tollsten war aber, wenn ein Glas mit dickflüssigem Sirup auftauchte; auch das geschah selten, aber es passierte tatsächlich gelegentlich. Auch für diese „Beute" erntete unsere Mutter höchste Anerkennung, und sie pflegte dann unmittelbar einige Scheiben unseres sägemehlartigen Maisbrotes zu rösten und in wundervolles Gebäck zu verwandeln, indem sie sie mit dem goldenen Erzeugnis aus Zuckerrüben bestrich.

Die Lebensumstände des Winters 1946/47 lassen sich verallgemeinern zu imponierenden Statistiken über Frostperioden und Erfrorene, Kohlemengen und Kalorienmängel, Verhungerte und Verzweiflungstaten. Was unsere Familie erlebte, ist eigentlich nur eine Variante zu dem, was zigtausende andere Menschen durchmachen mussten. Dennoch ragen wie kantige Felsen aus einem eisigen Bergsee ganz individuelle Schicksalseindrücke aus der kollektiven Zeit des Frierens und Hungerns hervor.

Unvergesslich ist mir der Tag, an dem ich mich morgens so matt fühlte, dass ich nur mit Hilfe meiner Mutter aufstehen konnte. Selbst Jahrzehnte später behauptete sie noch, ich hätte vor Hunger „ohnmächtig" im Bett gelegen. Dies scheint mir aber etwas übertrieben zu sein. Wegen des seit Tagen besonders prekären Nahrungsmangels, hatte sich wohl bei ihr eine besorgte Erwartung entwickelt, die sich nun angesichts meiner tatsächlichen Energielosigkeit scheinbar bestätigte. Aber sehr schwach fühlte ich mich tatsächlich. Außer für meine kleine Schwester, fand sich einfach nichts mehr zu essen im Haus. Zum Frühstück bekam ich Wasser, wir hatten nichts Anderes. Gegen den Willen meiner Mutter machte ich mich dennoch mit meinem Henkeltopf auf den Weg zur Schule. Wie eine Fata Morgana einen Durstenden in der Wüste, trieb mich, innerlich vor Mattheit zitternd, die Vision einer dampfenden Mahlzeit voran.

In der Schule saßen wir mit all unserer Kleidung und mit Handschuhen an den Händen, denn geheizt wurde schon lange nicht mehr. Ich glaube nicht, dem Unterricht besonders aufmerksam gefolgt zu haben. Meine Gedanken konzentrierten sich auf die Schwedenspeisung und sonst gar nichts. Als etwa der halbe Vormittag vergangen war, holte mich plötzlich meine Mutter nach einem kurzen Gespräch mit dem Lehrer aus dem Klassenzimmer. Ich war sehr verwundert und beunruhigt. Meine Mutter ging mit mir hinter einen Mauervorsprung im Schulkorridor. Dort wickelte sie aus einem Stück Papier zwei Scheiben Brot, die in der Mitte geteilt waren. Ich traute kaum meinen Augen. Es waren große, dick mit Schweineschmalz geschmierte Bauernbrotschnitten. Das Fett war mit vielen, herrlichen Grieben angereichert. „Iss mal schön, mein Junge", sagte meine Mutter. Diese Formulierung hörte ich noch sehr häufig in meinem Leben, allerdings nach den Hungerszeiten, dann aber mit dem aufmunternden Zusatz: "Es ist genug da." Immer wieder wurde in allen folgenden Jahrzehnten deutlich, wie außerordentlich wichtig ihr war, genug zu essen „da" zu haben und anbieten zu können. Mich verwundert nicht, dass auch ich nicht ganz frei bin von derartigen manischen Zwängen. Nach den ersten hastigen Bissen aß ich ruhiger. Da „beichtete" mir meine Mutter mit stockender Stimme, dass sie vorher noch ein weiteres Schmalzbrot gehabt hatte, aber sie hätte einfach nicht widerstehen können, es zu essen. Mit vollen Backen grummelte ich, was sie als Absolution verstehen konnte. Dann erzählte sie ihre Geschichte: Nachdem ich die Bude morgens verlassen und meine Mutter meine Schwester versorgt hatte, überlegte sie verzweifelt, was sie tun könnte, um etwas für mich und sie selbst zu essen zu bekommen. Sie hatte nur eine Idee. Trotz der herrschenden Kälte machte sie sich mit ihrer viel zu dünnen Kleidung und ihren Schuhen, die an den Spitzen und Hacken offen waren, auf den Weg in die Feldmark. Wie unter einer Eingebung ging sie einfach geradewegs zur Schweinemästerei, die ja nicht so weit von uns entfernt lag, und zwar „mit leeren Händen", betonte meine Mutter, denn sie hatte weder Geld, noch etwas zum Tauschen. Doch sie war bereit, einen hohen Preis zu bezahlen. Seit ihrer Kindheit war sie gewohnt und sich nie zu schade gewesen, schwere und gegebenenfalls schmutzige Arbeit zu leisten, um Naturalien oder Geld zum Leben zu erhalten. Dabei hatte sie aber immer ihre Selbstachtung bewahrt. „Wir betteln nicht!" war ihre Direktive gewesen, als ich zum Beispiel bei Ernies Familie auf köstlichen Klöben aus war. Betteln war unter ihrer Würde. Das hatte sie in ihrem Elternhaus gelernt, und das hatte sie auch an mich weiter zu geben versucht. Doch ihr Stolz zerrann unter dem Eindruck unserer Hungersymptome wie eine prachtvolle Sandburg am Strand durch Wellenschlag. Die Frau des Schweinemästers, natürlich wohlgenährt, war nicht unfreundlich, aber wohl vorsichtig, denn sie ließ die Bittstellerin draußen vor der Tür warten, nachdem sie sich von deren Verzweiflung überzeugt hatte. Meine Mutter brauchte nicht viele Worte zu machen. Ihr Anblick war wohl kläglich genug. Aus Mitleid, ohne jede Gegenleistung, gab sie meiner Mutter die Brotscheiben mit Schweineschmalz. Als meine Mutter nicht mehr von der Schweinemästerei aus gesehen werden konnte, lehnte sie sich gegen eine Eiche und verzehrte heißhungrig eine Schnitte – mit schlechtem Gewissen.

Als es noch kälter wurde und auch viel Schnee gefallen war, brauchte ich nicht mehr zur Schule, weil aus einsichtigen Gründen „kältefrei" verkündet worden war. Damit ergaben sich für mich einige paradoxale Umstände. Schulfrei mitten im Winter weckte natürlich meine Begeisterung. Doch die Freude über die neugewonnene Freizeit legte sich bald. Dazu trug die zunehmende Kälte bei. Unzureichend gekleidet, erwies sich der Aufenthalt im Freien als äußerst unangenehm. Es reichte mir schon, jeden Tag versuchen zu müssen, rechtzeitig bei der Essensausgabe in Iserbrook präsent zu sein, denn zu Hause hatten wir permanent zu wenig bis gar nichts zu essen. Hungrig in kraftzehrender Kälte zu spielen, war auch wenig reizvoll. Hinzu kam, wie ich es damals empfand, die ewige „Meckerei" meiner Mutter, ich solle meine schönen Lederschuhe schonen. Doch im Grunde sah ich ja ein, dass es unakzeptabel war, diese wertvollen Stücke beim Glitschen und sonstigen Aktivitäten in Schnee und Eis zu strapazieren. Der Aufenthalt in der Bude barg auch seine Probleme, denn selbst wenn mein Bruder, in dessen Schule noch geheizt wurde, und mein Vater ihren Tätigkeiten nachgingen, war es doch für Anneliese, meine Mutter und mich etwas eng in der Wohnküche, denn die Tür zur Schlafkammer musste geschlossen bleiben, um Heizmaterial zu sparen. Aber auch in unserer Küche war es die meiste Zeit zu kalt. Nur zum Bereiten von Essen oder wenn Waschwasser für meinen Vater erwärmt werden musste, wurde mal ordentlich durchgeheizt. Die Schlafkammer öffneten wir erst ziemlich spät am Abend, damit die Luft dort „verschlagen" war, wie meine Mutter sich ausdrückte, wenn wir zu Bett sollten. Das war in der Tat eine gute Idee, denn die Wand, an der mein Bett stand, glitzerte von Eiskristallen. Ohne die Erfindungsgabe unserer Mutter hätten mein Bruder und ich wohl kaum in dem wahrlich untertemperierten Raum und den mehr als kühlen Betten einschlafen können. Sie verteilte nämlich unter unseren Bettdecken in alte Tücher gewickelte Mauersteine, die sie im Backofen unseres Herdes sehr heiß erwärmt hatte. Heiße Mauersteine sind mindestens so effizient wie Wärmflaschen. Mit der Zeit verfärbten sich die Wickel unter der Hitze von heller Farbe bis tiefbraun; schließlich zerfielen sie. Aber irgendwie gelang es unserer Mutter, Ersatzstoff zu beschaffen.

Nichts als der Not gehorchend, erweiterten unser Vater und Hans ihre Nebentätigkeit „Kohlenklau und Holzbeschaffung" um die Sparte „Basisnahrung". Im Wesentlichen ging es bei Letzterem um die Beschaffung von Steckrüben. Diese schweren runden Rüben hatte meine Mutter häufiger nach Hause gebracht. Auch ich musste mich ab und zu mit ein oder zwei Exemplaren abschleppen, wenn ich beim Einkaufen welche erhalten hatte. Von den aus dem Osten stammenden Flüchtlingsfrauen hörte ich beim Schlangestehen, dass sie die Rüben „Wruken" nannten und als Schweinefutter bezeichneten. Meine Mutter erzählte, dass sie schon im Ersten Weltkrieg und in den Notzeiten danach Steckrüben zu essen bekommen hatte. Ihr Vorteil war, dass man ihren eigenen, recht feinen Geschmack durch geringe Zusätze von Wurzeln oder Sellerie oder anderen Gemüsen variieren konnte. Falls man mal einen Suppenwürfel hätte, könnte der wahre Wunder wirken. Natürlich ließen sich diese Gemüseknollen selbst mit angefrorenen Kartoffeln zu einem Brei stampfen, ohne dass der Geschmack unerträglich wurde. Tatsächlich hatte einmal ein nicht allzu stolzer Bauer meiner Mutter frostgeschädigte Knollen angedreht. Als mein Vater dann noch irgendwo las, dass diese gewichtigen Feldfrüchte viele nützliche Vitamine und Mineralstoffe enthielten, wurde der strategische Beschluss gefasst, in unserer Familie Steckrüben bewusst als Hauptnahrungsmittel zu verwenden. Da passte es ausgezeichnet, dass unser Vater und Hans auf einem Feld in unserer Nähe eine Miete, also eine langestreckte Grube mit gegen Frost geschützten Steckrüben, ausfindig gemacht hatten. Sicherlich mussten sie häufiger nachts auf Tour gehen, aber sie wurden nie von einem Wächter erwischt. Somit kamen wir durch den Winter, keineswegs wohlgenährt, aber immerhin blieben wir alle am Leben.

Mochte man auch die Steckrübe geschmacklich mannigfaltig verändern können, so ließ sich doch nicht überspielen, dass ebenso wie zum Irish-Stew Hammelfleisch gehört, diese Wunderrübe ohne jegliches Fett oder Fleisch auf die Dauer selbst den Hungrigsten überfordert. Das brachte wohl unseren Vater soweit, selbst auf Hamstertour zu fahren. Auf dem schwarzen Markt hatte er Rasierklingen zum Tauschen organisiert. Abends warteten wir auf seine Heimkunft und voller Spannung auf seine Mitbringsel. Schließlich, es war schon spät, kam er in die Küche. Als er die Rasierklingen sachte auf den Tisch legte, war sein Gesicht ausdruckslos und leer, wie auch sein Rucksack leer war. Wortlos setzte er sich an den Tisch, während unsere Mutter ihm einen Teller mit fett- und fleischlosen, aber immerhin gestampften Steckrüben vorsetzte. Mein Bruder und ich zogen uns still und leise in unsere Kammer zurück.

In der Folgezeit war es die Aufgabe unserer Mutter, zum Hamstern zu fahren, was sie mit wechselndem Erfolg und unter strapaziösen Umständen erledigte. Im Laufe des Winters hatte sie allerdings an den Fußspitzen und den Hacken Frostbeulen bekommen, die ihr offenbar erhebliche Schmerzen bereiteten. Irgendwann verschrieb ihr ein Arzt gegen die Frostschäden „Schwarze Salbe", die sie viele Jahre lang zur Behandlung anwenden musste. Das hinderte sie aber nicht daran, weiterhin ihr Glück zu versuchen. Allerdings zog sie nun dazu die Stiefel von Hans an, was ihn natürlich zwang, in der Bude zu bleiben, weil es keine weiteren Schuhe gab.

Einmal geschah ein großes Wunder. Unsere Mutter hatte in Iserbrook von irgendeiner amtlichen Stelle Teile eines Care-Paketes erhalten. Für mich verbindet sich damit eine Geschmackssensation: weiße, weiche Bohnen in Tomatensoße, die sich in einer kleineren Dose befanden. So etwas hatte ich noch nie probieren können. An ihren feinen Geschmack entsinne ich mich immer noch. Ebenfalls unvergesslich sind mir einige in Folie eingeschweißte Kekse, die wahrscheinlich ursprünglich als energiereiche Nahrung für amerikanische Soldaten gedacht waren. Diese Spende von Amerikanern für notleidende Deutsche bot reichlich Anlass zu Gesprächen an unserem Tisch, wenn die eine oder andere Herrlichkeit probiert wurde. Meine Mutter und mich inspirierten diese Gaben über eine längere Zeit zu Phantasien. Meistens saß sie auf dem Schemel unterm Fenster und ich hockte bei ihr auf dem Schoss. Wir malten uns aus, wie es wohl in Amerika sei, wo es so wunderbare Lebensmittel gab. Wir kamen sogar soweit, Auswanderungspläne zu erörtern, erreichten aber freilich nie ein Realisierungsstadium. Aber ganz sicher halfen mir unsere Träumereien, die bittere Realität zu bewältigen, selbst noch, nachdem alle Köstlichkeiten aus Amerika schon lange verbraucht waren.

In unserer Familie gab es lediglich ein Wesen, das nicht von Nahrung phantasierte. Mohrchen verlangte von uns nur Wasser, im Übrigen war sie Selbstversorger. Und stubenrein war sie auch. Mit Gestik, Mimik und kehligen Lauten bedeutete sie uns, dass sie hinaus wollte. Wie weit ihr Revier reichte, haben wir nie in Erfahrung gebracht. Gerne hielt sie sich unter unserer Bude auf, die ja auf Pfählen stand. Dort pflegte sie einen Kater mit getigertem Fell zu empfangen. Wenn sie wieder zu uns in die relative Wärme wollte, kratzte sie an der Außentür. Eines Vormittags lag ich auf dem Sofa in der Küche. Meine Mutter ließ Mohrchen auf ihr Zeichen hin herein. Unsere Hauskatze ließ eine Maus laufen und trank dann in aller Ruhe aus ihrer Schale unter dem Herd. Wenig später spürte ich, wie etwas unangenehm huschend innerhalb meines Jackenärmels in meinen Nacken hetzte. Ich sprang auf, meine Mutter riss meine Jacke auf, das Nagetier machte artgerecht einen angstvollen Sprung und kroch unter den Küchenschrank, meine Mutter erklomm behände wie nie den Hocker und Mohrchen ließ sich durch nichts beeindrucken. Die Frage des Mäuseasyls erledigte sich irgendwie. Ich pflege seither meine Mäusephobie.

Die familiäre Notlage ging auch an unseren Hühnern nicht wirkungslos vorbei. Während der Wintermonate reduzierte sich ihr Bestand auf null. Denn selbst Fischmehl, das wir weitgehend als Hühnerfutter verwendet hatten, war nicht mehr zu bekommen. Andererseits benötigten wir Fett und tierische Proteine zu unserer eigenen Ernährung, was immer mal wieder zu Festessen an unserem Tisch führte. Mir ist bis heute schleierhaft, wie es meiner Mutter gelang, aus einem mageren Hühnchen so viel Suppe, Brühe und Braten zu produzieren. Auch mein Vater aß von diesen Delikatessen, trotz seiner Betrübnis über das Schicksal seiner Putties. Jedes Federvieh im Topf bedeutete immer weniger Eier für die Familie, was wirklich uns alle betrübte.

Eines Tages war mein Vater mit seinem Fahrrad nach Eidelstedt gefahren. Die Entfernung betrug weniger als zehn Kilometer. Auf den Eidelstedter Abstellgleisen lagerten die Engländer ihre Kohlenvorräte, was natürlich nicht der frierenden Bevölkerung entgangen war. Nun wollte auch mein Vater, ausgerüstet mit Säcken, für uns Brennmaterial beschaffen. Das misslang ihm. Denn als er gerade einen Waggon erklommen hatte, stürmten englische MP und deutsche Polizisten heran, um das schwarze Gold zu schützen und potentielle Diebe zu verjagen. Wie alle anderen sprang auch mein Vater auf die Gleise. Dabei brach er sich den rechten Fersenknochen. Unter Schmerzen und humpelnd erreichte er sein Rad und gelangte allmählich nach Hause. Irgendwie wurde organisiert, dass mein Vater ein Gipsbein erhielt. Somit würde er eine Zeitlang nicht zur Arbeit können. Also hatte sich unsere familiäre Lage „sprunghaft" verschlechtert. Besonders meine Mutter machte sich ernste Gedanken - weniger Geld im Portemonnaie und permanent ein misslauniger Mann in der Bude; wie sollte das bloß weiter gehen? Ein kluger Schachzug war, dass der Patient mein Bett verordnet bekam. Mein Vater konnte sich auf diese Weise richtig erholen, er verbrauchte weniger Kalorien und die Tür zwischen Küche und Schlafkammer konnte geschlossen werden, was dem allgemeinen Frieden nur dienlich war. Ich kroch während der Rekonvaleszenz zum Schlafen am Fußende bei Hans unter. Unausgesprochen wurde ihm eine große Verantwortung aufgebürdet, die er wie selbstverständlich übernahm; immerhin war er erst vierzehn Jahre alt. Hauptsächlich ist es ihm zu verdanken, dass die Familie vollzählig durch den Winter kam, indem er immer mal wieder Holz und Kohlen sowie Steckrüben „besorgte". Aus eigenem Antrieb entleerte er auch den völlig eingefrorenen Toiletteneimer, wozu er erst einmal ein größeres Feuer entfachen musste, um ihn hinreichend anzuwärmen. Auch als unser Wasserhahn draußen eingefroren war, unterstützte er einen Nachbarn tatkräftig dabei, die Leitung aufzutauen. Neben all dem musste er auch noch zur Schule und danach Schularbeiten erledigen. Er erwies sich als außerordentlich tüchtig, aber ich fürchte, dass er nicht ausreichend erhielt, was er wohl am meisten brauchte und anstrebte, nämlich mütterliche und väterliche Zuwendung und Liebe. Doch ich war ihm zugetan. Vor allem aber bewunderte ich ihn. Er war so tatkräftig und er konnte so viel. Freilich konnte ich mit ihm nicht mithalten. Ein

Grund war natürlich, dass er sieben Jahre älter war. Also im wahrsten Sinne des Wortes war er mein großer Bruder. Nicht nur praktisch und organisatorisch war er für die Familie so wertvoll. Er hatte außerdem beachtliche sportliche Talente, die sich schon vielfach bei Diebestouren als nützlich erwiesen hatten. Mich hatte er schon im Sommer mit besonderen Fähigkeiten beeindruckt. Beispielsweise konnte er aus dem Stand heraus einen Salto machen. Mir ist das nie gelungen, obwohl Hans mir geduldig erklärte, was ich doch nur „ganz einfach" zu tun brauchte. Er gab mir Hilfestellung. Aber ob ich nun mit Anlauf oder aus dem Stand mein Glück versuchte, landete ich zwar stets im Sand, aber nie auf den Füssen.

Mein Vater wurde bald ungeduldig. Bei klirrender Kälte machte er auch draußen Gehversuche, um zu prüfen, ob er nicht mit dem Gips zur Arbeit könnte. Doch die Gefahr für Erfrierungen war zu groß. So standen wir dann eines Tages alle um ihn herum. Meine Mutter legte sogar selbst mit Hand an, als er versuchte, den Gips zu entfernen. Das war eine schwierige Prozedur, die den Einsatz von Schere, Messer und Rasierklinge erforderte. Danach strengte mein Vater sich wirklich an, wieder seine Muskulatur aufzubauen. Während dieser Zeit schwoll Mohrchens Bauch immer mehr an. Schließlich brachte sie einige Kätzchen zur Welt, wobei mein Vater sie unterstützte. Eines war schwarz wie die Mutter, die anderen (es waren vier, wenn ich nicht irre) konnten eindeutig dem getigerten Kater zugeordnet werden. Mohrchen verstand wohl, dass wir sie als junge Mutter nicht ordentlich zu ernähren vermochten und schritt alsbald wieder zur Selbsthilfe. Dazu überantwortete sie meinem Vater die Obhut ihrer Kinder, indem sie ihm Sprung für Sprung die zunächst noch blinden Geschöpfe auf seine behaarte Brust legte.

Die ganze Familie litt sehr, aber besonders mein Vater, als er die „Überzähligen" nach einigen Tagen töten musste.

Man hatte es schon beinahe gar nicht mehr für möglich gehalten, aber in der Natur ging schließlich doch alles seinen geordneten

Gang. Unter der Kraft der Märzensonne klopften schwere Tropfen auf das Dach des Hühnerstalles und mahnten, dass es Zeit war für die Aufzucht einer neuen Generation von Hühnchen. Hans entwickelte weitere praktische Talente und organisierte Holzbretter, Dachpappe, Drahtgitter und Nägel. Nicht lange dauerte es, bis er uns stolz einen Stall für Kaninchen vorführte. Unsentimental und realistisch sah er dem nächsten Winter entgegen. Keiner wusste, wie sich die Zukunft gestalten würde und keiner wagte nach den bisherigen Erfahrungen, auf eine verbesserte politische und ökonomische Lage zu hoffen. Aber der bevorstehende Frühling und Sommer konnten immerhin eine Pause zur Erholung bedeuten. Doch in der darauf zu erwartenden Phase war es gut, die familiäre Versorgung außer mit Eiern und gelegentlich einem Hühnchen auch mit Kaninchenfleisch qualitativ zu heben.

Endlich schmolz der Schnee. Lange hatte man darauf gewartet, dass sich erträglichere Zeiten ankündigen würden. Aber Schneematsch auf den Wegen stellte erhöhte Anforderungen an die Qualität des Schuhzeugs – und die war allgemein mangelhaft. Eines Tages musste ich wieder zur Schule und stapfte den langen Hainholt und die Dorfstraße in Sülldorf entlang. Unausweichlich bekam auch ich die Durchlässigkeit meiner Stiefel zu spüren. Aber was bedeuteten schon feuchte Füße gegen schwedische Suppe. Eine besondere Überraschung war, dass neuerdings ab und zu Kakao oder Schokoladensuppe an uns Schulkinder ausgegeben wurde. Menschen in Dänemark spendeten bewusst für deutsche Kinder in Not, obwohl Deutschland noch vor kurzem das kleine Land im Norden besetzt gehalten hatte. Die Dänen setzten damit wahrlich ein Zeichen menschlicher Größe.

Zeitig beschafften meine Eltern und Hans vom Fischmarkt oder dem schwarzen Markt Tiere heran - unsere künftigen „Lieferanten" von Eiern, Fett und Proteinen. In unseren Ställen pickte, gackerte und mümmelte es schon bald, was uns zuversichtlich in die nähere Zukunft blicken ließ.

Stellte sich der vergangene Winter sehr kalt dar, so erfüllte der Sommer ein Übersoll an Sonnenschein und Hitze. Pflanzen und Büsche gediehen und setzten ordentlich Früchte an, wozu sicherlich die Nähe zum Wasserhahn vor unserem Haus beitrug, weil unser Garten ohne größere Anstrengung optimal mit der notwendigen Mengen Flüssigkeit versorgt werden konnte. Auch die Tiere litten keinen Durst.

Der Mangel an Nahrung und Brennmaterial, den wir im letzten Winter erfahren hatten, motivierte jetzt die ganze Familie, soviel Vorräte wie möglich zu beschaffen und zu lagern. Das kurzfristige Hamstern der Winterszeit wurde abgelöst von einer langfristig geplanten Vorsorge. Sogar unsere dreijährige Anneliese konnte oder mochte sich diesem Drang nicht entziehen und schleppte mühselig kurz vor Herbstbeginn eine riesige Zuckerrübe vom nächsten Acker heran, die halb so groß war, wie sie selbst. Dieser Beitrag von meiner Schwester wurde sogleich verarbeitet, weil unsere Mutter sowieso gerade dabei war, in einem großen Kessel Sirup herzustellen.

An dieser Stelle ist wohl eine Bemerkung über den Wert eines großen Kessels für Familien in Notzeiten angebracht. In diesem weiten und hochwandigen Metallgefäß, das mehrere Eimer Wasser aufnehmen konnte, wurde das Wasch- oder Badewasser für meinen Vater und den Rest der Familie erwärmt, Wäsche gekocht, Obst und Gemüse eingeweckt, Vorrat an Rübenbrei bereitet, Sirup und Marmelade hergestellt. So unscheinbar ein derartiges Gerät auch aussieht, so wichtig ist es fürs Überleben.

Weniger der Nahrungsverschaffung, als eher einem Vergnügen dienten die Fahrten mit dem Fahrrad in den etwa fünf Kilometer entfernten Wald „Klövensteen" hinter der Feldmark. Ich saß auf der Fahrradstange und mein Vater trat in die Pedale, während wir uns unterhielten. Wir fühlten uns nahe und waren gespannt, ob wir größere

Mengen Pilze finden würden. Der Wald war nicht allzu dicht mit meist hochstämmigen Kiefern und Tannen bestanden. Abgesehen von einigen Gebüschen war es einfach, auf dem leicht federnden Nadelboden zu suchen. Vor allem fanden wir damals noch meistens ohne besondere Mühe Maronen, Butter- und sogar Steinpilze. Pfifferlinge gab es selten. Dagegen waren wir zeitweise ungeheuer erfolgreich, wenn wir einen Bogen über Wiesen machten, auf denen Kühe geweidet hatten. Hier fanden wir gelegentlich so große Mengen Champignons, dass ich meine weite Jacke als Korbersatz anwenden musste. Wenn wir dann nach Hause kamen, wurde natürlich die Ausbeute von allen bestaunt und über uns Sammler ergoss sich Lob und Bewunderung. Für mich bedeuteten unsere Sammelerfolge und die folgenden Lobpreisungen neben dem physischen Nährwert wahrscheinlich auch viel für die Entwicklung meines Selbstbewusstseins. Weniger sicher hinsichtlich eines positiven Effektes bin ich über die Neigung meines Vaters, tief im Walde plötzlich zu verschwinden und dann, wohl inspiriert durch die Gebrüder Grimm, mit verstellter Stimme zu rufen: „Bist du denn auch schon schön fett?" Das verneinte ich freilich in dünner Tonlage - und wahrheitsgemäß. Und die Futterkrippe, aus deren Richtung die neugierige Nachfrage erfolgte, sah natürlich nur wegen der zunehmenden Dämmerung so merkwürdig schemenhaft aus. Wenn dann nach einigen weiteren Rufen, die aus verschiedenen Richtungen zu ertönen schienen, locker laufend mein Vater daher kam, erleichterte mich sein Anblick durchaus. Äußerlich pflegte ich mich bei diesen Einlagen ziemlich mannhaft zu verhalten und wenn mein Vater später am Küchentisch beim Reinigen der Pilze belustigt von unserem Abenteuer erzählte und alle lachten und meine Mutter meinen Vater kopfschüttelnd, aber nicht allzu ernsthaft tadelte, lächelte ich selbstverständlich nur gelassen. Angst hatte ich überhaupt nicht gehabt, wieso denn auch?

Meine Mutter bereitete wundervoll schmackhafte Gerichte aus den Wald- und Wiesenfrüchten, manchmal notgedrungen sogar ohne Fett und Zwiebel; etwas Pfeffer und Salz oder gar eine kleine Tüte mit rotem Paprikapulver vom Schwarzmarkt wirkten Wunder.

Gerade solche Höhepunkte aktualisierten schleichend die Erinnerung an die Härten des letzten Winters und insgeheim stellte sich wohl jeder die Frage, wie wir durch den bevorstehenden Winter kommen könnten. Gelegentlich wurden bei den Mahlzeiten diese Probleme offen erörtert. Unsere Eltern versuchten – wenn auch keineswegs übertrieben – sich zuversichtlich zu geben, obwohl sie momentan noch nicht so genau absehen konnten, wie es konkret gelingen könnte, einigermaßen satt zu werden und nicht zu sehr frieren zu müssen. Mein Bruder, nun fast fünfzehn Jahre alt, hatte offenbar eine deutlichere Erinnerung als ich an den Hunger vor Jahresfrist. Er erklärte, „sowas" nicht noch mal mitmachen zu wollen. Ihn drängte es, aktiv zu werden.

Bald schon plante er einen Einsatz, in dem auch ich eine wichtige Rolle übernehmen sollte. Meine Mutter protestierte entsprechend ihrer Fürsorgerolle zunächst, um dann schließlich doch nachzugeben – wie meistens.

An einem grauen Tag im Oktober fuhren Hans und ich von Iserbrook in die Gegend von Holm in Schleswig-Holstein. Vor uns lag eine Strecke von über zehn Kilometern, die Hans an Hand einer Karte ausgekundschaftet hatte. Wir würden uns auf Landstraßen und Feldwegen bewegen können. Hans lenkte das Fahrrad unseres Vaters und ich saß auf leeren Säcken auf unserer Karre, die Hans am Rad angebunden hatte. Unser Vorsatz war von vornherein strafbar: Wir wollten Kartoffeln von einem Acker „ernten". Hans hatte gehört, dass es in der Umgebung von Holm nur wenige Gehöfte oder Häuser gab und man gute Chancen hatte, auf den Feldern unentdeckt zu bleiben. Anfangs war ich noch guten Mutes gewesen und hatte sogar gedacht, dass ich ja einen angenehmen Part zu spielen hatte. Allmählich änderte sich doch meine Meinung. Ich saß zwar unter einer Dreiecksplane der Wehrmacht, die Hans beschafft hatte. Sie war auch wasserdicht, bot aber wegen ihrer Form keinen optimalen Schutz, nicht gegen den inzwischen begonnenen Nieselregen und schon gar nicht gegen das Schmutzwasser, das unablässig in hohem Bogen vom Hinterrad auf mich sprühte. Auch erwies sich meine erzwungenermaßen sitzende Stellung auf der Ladefläche als sehr anstrengend. Bei unebenem Straßenbelag hatte ich Mühe, mich am Rahmen festzuhalten, während Hans kräftig in die Pedale trat. Nur manchmal wendete er sich um. Dann lächelte ich tapfer, als sei alles in Ordnung, und Hans trampelte munter weiter. Irgendwann hielt Hans am Rande eines Kartoffelackers, der neben einem kleinen Wäldchen lag. Wir schoben unser Gefährt zwischen die Bäume. Dann nahm Hans einen Klappspaten vom Gepäckträger und fing an wie wild zu graben. Ich sollte derweil die Straße beobachten, ob sich jemand nähern würde. Nichts Gefährliches war zu sehen. Kein Wächter weit und breit, der uns hätte bedrohen können, wie einst unser Großvater die Felddiebe aus seinem Dorf. Schließlich gab Hans mir ein Zeichen und ich eilte mit den Säcken zu ihm, die wir, so schnell es ging, mit Kartoffeln füllten, an denen feuchte Erde anhaftete. Nach geraumer Zeit lagen drei Säcke auf unserer Karre. Auf dem Heimweg musste Hans sich sehr anstrengen, um uns mit der schweren Last voran zu bringen. Ich saß ziemlich bequem auf den Säcken und vor allem erhöht, wodurch ich mich nun außerhalb des Sprühbereiches des Hinterrades befand. Bei steileren Partien des Weges musste ich von meinem Thron absteigen und hinten schieben. Als wir schließlich bei Einbruch der Dunkelheit bei unserer Bude hielten, hatten wir insgesamt eine Strecke von ungefähr fünfundzwanzig Kilometern zurückgelegt. Hans war von der Anstrengung durchschwitzt und wir beide vom Regen durchnässt. Aber das Unternehmen hatte sich gelohnt. Während Hans und ich uns draußen unterm Wasserhahn zu reinigen versuchten, brutzelte unsere Mutter für die ganze Familie eine große Portion Bratkartoffeln, die sie sogar mit einigen Würfeln Speck verfeinert hatte. Mit diesem aufgesparten Rest von einer Hamstertour zollte sie uns ihre ganz besondere Anerkennung. Mein Vater lobte Hans ausdrücklich in einer Art, als würde er ihn mit viel mehr Respekt als sonst betrachten. Ich merkte Hans an, dass ihm der Zuspruch des Vaters besonders gut tat. Mich erfüllte mit besonderem Stolz, dass Hans bei der Schilderung unseres Abenteuers meine Leistung hervorhob.

Geschichte wiederholt sich - fast

Im Winter 1947/48 war die Kälte jedoch nicht ganz so streng und anhaltend wie im Jahr davor. Ansonsten wanderten wir wieder mehr oder minder am Abgrund entlang, als seien wir gelernte Hochgebirgswanderer, allerdings schlecht gerüstete. Mein Vater arbeitete zusammen mit dem Kapitän von nebenan. Gemeinsam fuhren sie Extraschichten auf eigene Rechnung an Wochenenden und nach dem offiziellen Feierabend. Häufig spannten sie Hans mit ein. Er war sehr willig und tüchtig und bekam einen vergleichsweisen fairen Lohn von 15,- Mark pro Tag. Kohlen klauen musste er jedoch alleine, weil mein Vater nach seinem Fersenbruch dieses Risiko nicht mehr eingehen wollte. Dagegen sägten unser Vater und mein Bruder weiterhin Äste aus Eichen – inzwischen sehr sachkundig. Meine Mutter fuhr immer mal wieder zum Hamstern in übervollen Zügen; jetzt aber mit Schuhen an den Füssen, die etwas besser für solche Exkursionen in Schnee und Eis geeignet waren. Tauschobjekte besorgte mein Vater auf dem schwarzen Markt. Seine Ausflüge nutzte er zu manchem erfolglosen Besuch im Wettbüro, ohne klüger zu werden, auch betäubte er sich bei der einen oder anderen Gelegenheit mit Alkohol an Kiosken oder in einfachen Kneipen. Meine Mutter machte ihm von der Sache her nur allzu berechtigte Vorwürfe, wobei sie oftmals argumentativ begann, dann an seine Würde, Verantwortung, Ehre und sonst was appellierte und sich allmählich zu einem schwer erträglichen Keifen steigerte. Ich hielt mir dann die Ohren zu oder legte mich nebenan auf mein Bett, oder ich ging einfach hinaus und versuchte zu kontrollieren, ob der Krach in eine Schlägerei, die meinen Eingriff erfordern würde, ausartete. Tatsächlich brauchte ich nie mehr meine Beschützerrolle zu spielen, denn mein Vater wagte wohl einfach nicht länger, seine Ehefrau zu schlagen.

Maisbrot - dessen fader Geruch und unangenehm gelblicher Farbton sowie die krümelnde Trockenheit, wurde mir allmählich zur Plage. Die Scheiben, oftmals auf dem Herd angeröstet, ansonsten aber meistens ohne alles – weder irgendein Aufstrich wie Sirup, noch Tomate oder Beeren oder etwas Braunzucker - konnte ich nur noch mit Widerwillen herab würgen.

Hülsenfrüchte, Wurzeln, Rüben, Kartoffeln und auch mal Zwiebeln boten eine Grundnahrung, die heute von Nutritionisten emphatisch empfohlen wird. Damals aber empfand ich diese Lebensmittel zwar als lebensnotwendig, aber kulinarisch konnte ich ihnen kaum etwas abgewinnen. Unter Herz- oder Kreislaufbeschwerden litt damals immerhin keiner in unserer Familie. Jedoch weckte noch nach Jahrzehnten der Geruch gekochter Steckrüben regelrecht Ekel in mir.

Wenn unser Nachbar, der Fischer, von See gekommen war, tauschten wir einige Eier und einmal sogar ein Huhn gegen Heringe und Fischtran. Heringe braten und in Essig einlegen, gehörte auch zu den Künsten meiner Mutter. Sicher sehr gesund, aber geschmacklich nicht gewöhnungsfähig waren etwa in Fischtran gebratene Kartoffelpuffer. Aber wenn meine Mutter nur Tran hatte, blieb ihr ja gelegentlich nichts anderes übrig, als etwas verwegen anmutende Kombinationen zu versuchen. Unser Tierbestand verminderte sich allmählich und trug so zu gelegentlichen Höhepunkten auf dem Esstisch bei. Das galt sogar auch für die allerliebsten Kaninchen, die ein Mann, der in einer etwas entfernteren Bude wohnte, „fachmännisch" mit Genickschlag tötete, um dann seinen Opfern das Fell über die Ohren zu ziehen, das er dann als „Lohn" behalten durfte. Ich aß vom Fleisch, aber ohne Genuss.

Von der Schule ins Leben

Die schulischen Leistungen von Hans waren zwar seit seinem Umzug zu uns gesunken, hielten sich aber, was also kein Grund zur Panik sein konnte, noch zwischen befriedigend und ausreichend, Leibesübungen wurden sogar „gut" bewertet. Mehrere Aspekte wirkten sich negativ aus. Natürlich vermisste er seinen Großvater. Dazu kam, dass er einen weiten Schulweg nach Flottbek hatte und mit einem Bus dorthin fahren musste. Ferner musste er sich in eine neue Schule und Klassengemeinschaft integrieren. Sein Klassenlehrer lehnte ihn aus unbekannten Gründen ab. Und als ob das nicht schon genug wäre, war mein Bruder voll damit beschäftigt, uns alle mit seinen außerschulischen „Nebenbeschäftigungen" über die Runden zu bringen. Eine wirkliche Herkulesaufgabe. Ferner erinnere ich mich deutlich daran, dass mein Vater ihm ab und zu in Mathematik zu helfen versuchte, aber ihn sehr ungeduldig auf verletzende Art und Weise beschimpfte, wenn er etwas nicht sogleich begriff. Das muss sehr demotivierend auf Hans gewirkt haben. Schließlich entschloss er sich, die Schule zwei Jahre vor dem offiziellen Abschluss ohne die angestrebte „Mittlere Reife" zu Ostern Ende März 1948 zu verlassen. Dazu trug die nüchterne und auf die Zukunft gerichtete Überlegung bei, zwei Jahre lang schon Geld verdienen und sparen zu können, dass er in seine berufliche Entwicklung investieren könnte, anstatt mit zweifelhaftem Erfolg in der Schule zu sitzen. Zeitgemäß wollte er am liebsten Koch und Konditor werden. Aber das planten sehr viele andere junge Leute auch, die wohl ebenfalls eine ausgeprägte Hungerszeit hinter sich hatten. Er fand keine Anstellung. So entschloss Hans sich dann, in die Fußstapfen seines Vaters zu treten und zur See zu fahren. Tatsächlich konnte er schon nach wenigen Wochen, nämlich am 19. Mai 1948 in Hamburg auf einem sehr kleinen Motorsegler von etwa 250 Tonnen anmustern, der als Heimathafen ein Dorf an der Südseite der Elbe hatte. Mein Vater erklärte, dass das Schiff wohl ein richtiger „Klütenewer" sei, wo traditionell Pflaumen mit Klößen, Klüten genannt, und geräuchertem Speck die Hauptnahrung seien. Meine Eltern wünschten ihrem „Großen" alles Gute. Vielleicht fragten sie sich auch im Stillen, wie sie und die ganze Familie ohne seine Unterstützung zurechtkommen sollten. Vorläufig versuchten meine Eltern und Hans selbst, mit Schwarzmarktgeschäften und Näharbeit für ihn eine halbwegs seetaugliche Ausrüstung zu beschaffen.

Schließlich begleitete mein Vater seinen Sohn zum Hamburger Hafen und an Bord des Schiffes, das nun seine neue Heimat sein sollte. Hans hatte anderthalb Jahre voll integriert in unserer Familie gelebt. Jetzt hinterließ er eine deutliche Lücke. Ich vermisste Hans. Einige Wochen nachdem Hans uns verlassen hatte, bekamen wir eine Postkarte von ihm, mit der er kurz mitteilte, dass er immer genug zu essen habe. Als Schiffsjunge musste er nicht nur an Deck arbeiten, sondern auch für den Kapitän und einen Matrosen kochen; hauptsächlich Pflaumensuppe mit Klüten.

Neues Geld ab Mittsommer 1948

Schon seit Tagen gab mein Vater Geld für eine Zeitung aus. Da berichtete man über eine Reform, die bald kommen sollte. Bei uns in der Bude diskutierten meine Eltern, obwohl sie offenbar nicht so genau wussten, was geschehen sollte. Überall war eine angespannte Stimmung spürbar. Selbst wir Jungen ließen uns anstecken und rätselten, was denn wohl passieren könnte. Am Freitag, es muss der 18. Juli 1948 gewesen sein, war im Radio eine Rede von einem deutschen Politiker gehalten worden. Danach sprachen meine Eltern aufgeregt miteinander beim Abendbrot. Am nächsten Vormittag gingen sie vor die Tür und redeten nach links und rechts über die Hecken hinweg mit den Nachbarn. Alle wirkten irgendwie verunsichert, manchmal scherzte jemand und alle lachten übertrieben laut. Ich verstand nur, dass es um Geld ging, um neues Geld, das alte sollte nichts mehr wert sein. Die Erwachsenen schienen viel mehr Fragen als Antworten zu haben. Immer wieder hofften sie, dass es nun besser werden würde. Meine Mutter sagte mal wieder, dass es ja nicht schlimmer als jetzt werden könnte. Ich wünschte mir, dass sie diesmal Recht haben würde. Immer wieder suchten die Erwachsenen im Radio, ob etwas Neues mitgeteilt wurde. Als meine Mutter noch schnell versuchen wollte, etwas bei unserem Lebensmittelhändler zu kaufen, kam sie sehr aufgebracht zurück und erzählte, der Laden sei geschlossen, angeblich wegen „Umbau". Aber nichts sei von einem Umbau zu bemerken, sagte sie. Was hatte das denn zu bedeuten? Am nächsten Tag, also am Sonntag sollte es das neue Geld geben. Die Aufregung der Erwachsenen hatte sich auf mich übertragen, so dass ich abends kaum einschlafen konnte. Zum Frühstück am Sonntagmorgen hatte meine Mutter Maisbrot auf dem Herd geröstet. Dazu servierte sie Sirup. Danach machte sich unsere ganze Familie gegen die Mittagszeit auf den Weg. Bei aufgelockerter Bewölkung war es schon angenehm warm. Viele Menschen strebten mit uns offenbar dem gleichen Ziel entgegen. Wir mussten nach Iserbrook zu einem sogenannten Wirtschaftsamt gehen, das in einem Park gegenüber der Kaserne lag, in der ich ja die schönste Weihnachtsfeier meines bisherigen Lebens gefeiert hatte. Uns kamen Gruppen von Menschen entgegen, die alle einen aufgedrehten Eindruck machten und dabei guter Laune zu sein schienen. In einer Schalterhalle hatten sich lange Schlangen gebildet. Ich musste in einem Vorraum auf Anneliese aufpassen. Schließlich kamen unsere Eltern. Sie zeigten mir Papierscheine, die ich sogar anfassen durfte. Sie waren ganz sauber und glatt und bunt. „Vierzig Mark pro Kopf", sagte mein Vater, „nur gut, dass wir kein Sparkonto haben, das wäre jetzt nur noch ein Zehntel wert." Ich freute mich, dass wir nichts zu verlieren hatten.

Auf dem Rückweg kamen wir an unserem Lebensmittelgeschäft vorbei. Da stand nichts mehr von „Umbau". In der Ecke klebte nun ein großes Schild mit dicken Buchstaben. "Wir haben nicht gehortet!", konnte ich etwas mühsam entziffern. Ich wusste aber nicht, was „gehortet" bedeutete. Meine Mutter erklärte mit erregter Stimme, dass bestimmt viele Geschäfte schon lange von der Währungsreform wussten, und vorher einfach nichts mehr verkauft hatten, um ab jetzt einfach mehr Geld zu verdienen. Während wir umsonst Schlange gestanden hatten, stapelten sich bei denen die Waren, die wir so dringend benötigt hätten. Sie fügte dann noch einige unfreundliche Bemerkungen über Geschäftsleute an. Jedenfalls kam mir das Schaufenster vor, als würde ich ins Schlaraffenland blicken. Neben Mengen von Fisch- und Obstkonserven lagen verschiedene Sorten Käse, etliche Schwarz- sowie Graubrote, aber kein Maisbrot. Besonders staunte ich über dicke, halbierte Mettwürste, die wie kleine Pyramiden gestapelt waren, sowie dekorativ ausgebreitete Scheiben von Räucherspeck. An einer Seite bildeten etliche Tafeln Schokolade eine Art Wendeltreppe. Überall waren Preisschilder angeheftet. „Weit kommen wir nicht mit unserem Geld bei den Preisen", sagte meine Mutter, „aber egal, morgen gibt es jedenfalls was Anständiges zu essen." Am nächsten Tag staunte ich beim Mittagessen, dass Steckrüben mit ausgebratenem Speck und wunderbaren Knackwürsten ein so gutes Essen sein konnten. Das Abendbrot gestaltete sich unvergesslich. Reichlich Schwarz-und Mischbrot, Butter, Tomaten, Käsestücke, Leberwurst und Mettwurstscheiben. Alles war auf Tellern appetitlich angerichtet, was eine beinahe überflüssige Mühe meiner Mutter war. Ich hätte auch so ordentlich zugelangt. „Heute ist ja Mittsommer", belehrte uns mein Vater, „das wird in Schweden ganz groß gefeiert, das habe ich dort mal mitgemacht. Da wurde viel und gut gegessen und dann um einen geschmückten Baum getanzt, aber vor allem wurde viel getrunken." Mit diesen Worten stellte er eine kleine Flasche Schnaps auf den Tisch und goss in seine Tasse ein. Meine Mutter wollte nur einige Tropfen haben. Anneliese und ich hatten Milch in unseren Gläsern. Dann stießen wir alle miteinander an. „Auf eine gute Zukunft", sagte mein Vater, „ja, vor allem für die Kinder", fügte meine Mutter an und mir war, als würde es in ihren Augen feucht schimmern. Ich fragte, ob es in der Schule wohl weiterhin Schwedenspeisung geben würde. Das glaubten meine Eltern. So war es dann auch, zeigte sich in den nächsten Tagen.

Unsere Jungengruppe hatte eine neue Tätigkeit entdeckt. Wir machten lange Wanderungen, nicht nur nach Iserbrook und Sülldorf, sondern auch nach Blankenese, um Schaufenster zu bestaunen. Was es doch alles gab, wovon wir kaum eine Ahnung hatten. Nicht nur verschiedenste Esswaren, Weine und Spirituosen forderten unsere Aufmerksamkeit, sondern auch Spielsachen wie Autos und Eisenbahnen sowie Kleidung aller Art, Bettwäsche, Tischdecken und Bestecke. Bei einem Uhrenladen zeigte Ernie auf eine Uhr, die wie Gold glänzte und ein schönes Lederarmband hatte. „Solche Uhr haben meine Großeltern für meine Mutter gekauft. Schließlich kann man das schöne neue Geld ja nicht einfach verfressen", sagte er und hörte sich dabei wie sein eigener Großvater an. „Aber was soll man denn machen, wenn man nichts zu essen hat?" wandte ich ein. „Wir haben genug zu essen – immer", sagte Ernie sehr bestimmt.

Bei unseren weiteren Schaufensterbummeln stellten wir allmählich steigende Preise bei den meisten Artikeln fest. Aber das störte uns nicht besonders, denn vorerst reichte uns, alle Schätze bestaunen zu können. Von einem irgendwie gearteten Konsumzwang waren wir noch nicht betroffen.

Unmittelbar vor den Sommerferien wurde in Sülldorf ein großes Fest gefeiert. „Kindergrün" nannte man das, was seit langem Tradition hatte, aber im Krieg und in der schlechten Zeit ausgefallen war. Durch das Dorf fand ein großer Umzug mit Traktoren und Pferdewagen statt, die mit bunten Bändern und Birkengrün sowie Eichenlaubzweigen geschmückt waren. Alle Kinder aus der Schule, vom Platz und aus dem Dorf waren auf den Beinen. Auch die Erwachsenen. Alle waren so festlich wie möglich gekleidet, trugen Blumensträuße in den Händen oder hielten begrünte Halbbögen aus Weidenzweigen über den Köpfen. Während des Umzugs und anschließend auf dem Dorfplatz spielten eine Blaskapelle sowie Trommler und Pfeifer zur Unterhaltung und zum Tanz auf. Wir Kinder bekamen kostenlos Brause und Kakao und man konnte sogar Würstchen kaufen. Man bezahlte mit ganz kleinen Scheinen der neuen D-Mark-Währung, die fünf oder zehn Pfennige wert waren. Die Papierscheinchen waren wie für Kinderhände gemacht.

Aufbauen

Schon um die Währungsreform herum hatten sich spannende Veränderungen angekündigt. Die erste neue Schule, die nach dem Krieg in Deutschland gebaut wurde, sollte direkt neben unserem Platz entstehen. Sie sollte aus drei Pavillons bestehen, die mit langen Korridoren verbunden sein würden.

Plötzlich wurde überall gebaggert und gegraben. Und vieles geschah quasi vor unserer Nase. Parallel zum Schulneubau wurden auf dem Platz zwischen den Buden Elektrokabel und neue Wasserleitungen verlegt.

Mehr als ein Jahr liefen die Arbeiten an der Schule. Erst kamen am laufenden Band mehr oder minder klapprige Lastwagen mit Trümmerschutt angefahren und füllten langsam die Kiesgrube vor unserem Haus. An Füllmaterial bestand ja wirklich kein Mangel. Dicke Kabel wurden von riesigen Rollen gezogen und unzählige Wasserrohre verlegt, Dampfwalzen rollten behäbig ihre Bahnen, wo bisher die große Grube existiert hatte. Schließlich begannen etliche Maurer, Zimmerleute und Elektriker die Gebäude zu errichten. Die großen Schilder „Betreten verboten" empfanden wir natürlich als Einladung, so dass wir viele Stunden unserer freien Zeit auf der Baustelle verbrachten, die etwa der Fläche eines Fußballplatzes entsprach. Mit einem alten Herrn und seinem Schäferhund, die beide nachts und an Wochenenden Wache hielten, hatten wir uns bald angefreundet. Wir mussten nur versprechen, keinen Unfug anzustellen. Daran hielten wir uns auch. Wir wussten bereits, dass wir binnen Jahresfrist ab September 1949 in diese Schule gehen durften. Wir waren stolz und hatten einfach kein Interesse, etwas zu zerstören. Aber wir untersuchten alles und wussten bald sicher besser auf der Baustelle Bescheid als der Oberpolier. Unsere Neugierde ging jedoch nicht spurlos an uns vorbei. In dem guten halben Jahr vor der Fertigstellung des Neubaus mussten wir ausgiebig den Wasserhahn vor unserer Bude benutzen, um unsere Arme und Beine von Kalk und Staub zu reinigen. Sonst hätten wir wohl Ärger mit unseren Müttern bekommen.

Es dauerte gar nicht so lange, bis die Arbeiten auf unserem Platz fertig waren. Dabei lernte ich schon allerhand über die Bedeutung des Geldes. Ernies Familie war gut daran, die hatte offenbar genug Geld, um bezahlen zu können, was das Leben erleichtern konnte. Unsere Familie hatte zu wenig Geld. Wir hatten darum noch Träume. Wollte man einen Wasseranschluss im Haus haben, musste man dafür „Anschlusskosten" bezahlen. Ohne Geld für einen Anschluss, kein Wasser im Haus, ganz klar. Ebenso verhielt es sich bezüglich elektrischen Stroms. Hier war das Hauptproblem ein teurer Zähler für den Stromverbrauch. Ohne Geld kein Zähler, ohne Zähler kein Strom. Alles sehr einfach zu begreifen. Ernies Mutter hatte nun einen Wasserhahn neben ihrem Herd und außerdem hingen in ihrer Wohnküche und in der Schlafkammer Lampen von der Decke, die einfach mit einem kleinen Schalter an und aus geknipst werden konnten. Wir saßen abends immer noch bei Petroleumlicht, was eigentlich recht gemütlich wirkte. Meine Mutter machte gelegentlich eine abfällige Bemerkung über Ernies Familie, weil sie eine über der Haustür installierte Kuppellampe vom Einbruch der Dämmerung bis in die Nacht hinein brennen ließ, während wir immer noch im Dunkeln zur Toilette stolperten. Sie meinte, dass die ehemaligen Stewards da drüben uns zeigen wollten, dass sie es weiter gebracht hatten als wir. Damals konnte eine einfache Lampe tatsächlich als „Statussymbol" dienen.

Aber an unsere „dunkle" Vergangenheit denke ich eigentlich ganz gerne zurück. Längst nicht jeden Freitagabend kam unser Vater angetrunken nach Hause. Häufig sogar war er ganz klar im Kopf, manchmal wirkte er nur etwas benebelt. So ergab es sich ziemlich oft, dass die ganze Familie an langen Winterabenden im Schein der Petroleumlampe um unseren Tisch saß, um zu spielen. Obwohl Anneliese erst etwa vier oder fünf Jahre alt war, spielte sie sehr lebhaft und strengte sich äußerst temperamentvoll an zu gewinnen. Besonders unser Vater war von ihrem Engagement angetan und förderte die Spielstimmung durch kleine Preise, die er stiftete. Oft brachte er Schokoladenriegel, Bonbons oder exotische Früchte mit, wenn er von der Arbeit kam. Unsere Mutter steuerte oft Mandarinen bei, wobei sie fast immer ihre Freude über das Ende der schlechten Zeiten ausdrückte.

Die fast unbemerkte Staatsgründung

Während vor meiner Nase die neue Schule entstand, verbrachte ich mein letztes Jahr in der Dorfschule in Sülldorf. Der Schulalltag verlief normal, obwohl ich im Rückblick etwas Aufgeregtheit, vielleicht sogar Freude, für angemessen halten würde. Aber nein, nichts ist passiert, was in meiner Erinnerung als herausragendes Ereignis haften geblieben wäre. Dabei hat nichts Geringeres als die Gründung der Bundesrepublik Deutschland (BRD) stattgefunden, und zwar am 23. Mai 1949. Natürlich hatten die Medien über Beratungen und Konferenzen verschiedenster Gremien und schließlich den entscheidenden Ab- und Zustimmungen der westlichen Landtage berichtet. Aber wahrscheinlich notierten die Erwachsenen bei uns auf dem

Platz wie auch das Personal in der Schule gar nicht die Besonderheit der Ereignisse und schließlich des Gründungstages. Auch verstanden sie wohl kaum, was es bedeutete, dass wir alle nun plötzlich in einem freiheitlich-demokratischen System lebten. Die hanseatische Schulverwaltung hat wohl auch keinerlei angemessene Aufmerksamkeiten in den Schulen initiiert. Und die Leitung meiner alten Dorfschule sowie unsere Lehrer waren vermutlich selbst allesamt zu ratlos oder zweifelnd, als dass sie etwas Erinnerungswürdiges veranstaltet hätten. Sicherlich waren alle von der Entwicklung überfordert. Sechzehn Jahre nach dem Scheitern der Weimarer Republik, also des ersten deutschen Demokratieversuchs, und vier Jahre nach dem Ende der Nazi-Diktatur sowie nach vier Jahren Waffenstillstand unter fremder Herrschaft, begriffen wahrscheinlich nur sehr wenige Menschen die Großartigkeit der neuen Staatsform. Zweifelhaft ist, ob sie schon reif waren für die Demokratie. Denkbar ist, dass Inhalt und Bedeutung des Grundgesetzes anfangs die meisten Pädagogen und sonstige Erwachsene überfordert hatten. Wer nahm sich schon Zeit für ein Studium der neuen Texte? Natürlich wird es Informierte und politisch Bewusste gegeben haben, aber die Gestaltung des täglichen Lebens und der eigenen Zukunft beschränkten wohl zu sehr den Blick in die politische Landschaft. Die neue Republik ist nach dem Krieg der erste Staat auf deutschem Boden, welcher den Begriff „Deutschland" in seinem Namen trägt. Nicht wenige fürchteten, dass sich damit eine endgültige Teilung Deutschlands manifestieren würde, weswegen ein „Weststaat" abzulehnen sei. Vielleicht aber lehnten einige bewusst eine Demokratie westlichen Musters mit einem entsprechenden Wirtschaftssystem ab. Eventuell wurde sogar favorisiert, was Monate später als DDR (Deutsche Demokratische Republik) gebildet wurde. Ich lebte nun in einer aus den drei westlichen Besatzungszonen gebildeten Republik. Das politische Ziel war bis zur Realisierung im Jahre 1990 die Vereinigung mit dem Teil Deutschlands, der DDR genannt wurde.

Es brauchte seine Zeit, bis gutwillige und lernfähige Lehrer sich der Aufgabe stellten, uns heranwachsende Schüler in demokratischem Geist zu erziehen.

Neue Schule und moderne Pädagogik

Endlich, am 20.9.1949, erfolgte mit einer fröhlichen Feier im Stil von „Kindergrün" die Einweihung der neuen Schule. Nachdem ich bisher einen schrecklich langen Schulweg hatte, war ich jetzt plötzlich sehr privilegiert. Die mit kleinen Bäumen bepflanzten Rabatten des Schulhofes grenzten direkt an den Weg vor unserem Haus. Das Beste an der Schule waren die hellen Klassenräume mit ihren großen Fenstern, die zu ebener Erde lagen. Aber fast noch toller fanden wir die Klassenmöbel, denn es gab keine altertümlichen Schulbänke mehr, sondern gelackte Holztische und bequeme Stühle. Vier Schüler oder Schülerinnen bildeten jeweils eine Gruppe. Wir durften meistens miteinander reden und sollten uns gegenseitig helfen. Wie wir hörten, wurde hier ein modernes und demokratisches Modell durchgeführt. Frontal unterrichtete der Lehrer nur selten. Meistens wanderte er zwischen den Gruppen umher, und er beantwortete individuell oder auch in der Gruppe Fragen der Schüler. Der einzige Nachteil war vielleicht, dass wir Schichtunterricht hatten, aber das war ja normal in jener Zeit.

In diese Schule ging ich gerne. Die Lehrer hier strahlten Wohlwollen und frohe Zuversicht aus. In der Klasse waren keine Diskriminierungen spürbar. Nur zu deutlich erinnerte ich mich daran, wie noch vor kurzem Polen, Flüchtlinge oder Ausgebombte behandelt und beschimpft worden waren. Nun saßen beispielsweise an meinem Tisch ein Flüchtlingsmädchen, zwei „alteingesessene" Jungen und ich als Ausgebombter, und wir alle gingen weitgehend freundlich miteinander um. Das Flüchtlingsmädchen lebte in einer Notunterkunft, ich in meiner Bude und die beiden anderen Jungen wohnten weiterhin wie eh und je zwei Straßen weiter in ihren von Gärten umgebenen, unbeschädigten Zweifamilienhäusern – voll möbliert, mit allen Kleidern, Spielsachen sowie fließend Wasser, Badewanne und Wasserklosett. Uns allen gemeinsam war, dass unsere Eltern uns sauber und ordentlich kleideten, wobei man beim Mädchen und mir vielleicht bei genauem Hinsehen feststellen konnte, dass die Kleidung an manchen Stellen nachgebessert war und auch etwas abgetragen wirkte.

Der ohnehin gute Zusammenhalt in der Klasse verfestigte sich noch mehr, als wir im Herbst 1950 eine Klassenreise - mit öffentlichen Verkehrsmitteln - ins nördliche Randgebiet von Hamburg machten, wo Wald und Wiesen sowie ein schmaler Flusslauf zu Spiel, Spaß und Badevergnügen einluden. Außerdem wurden wir gut und reichlich verpflegt. Unsere Unterkunft, mehrere Gebäude aus gebrannten Ziegelsteinen, hatte in der Weimarer Republik als Jugendherberge gedient. In der Nazizeit wurden dann hier Angehörige der „Hitlerjugend" und des „Bundes Deutscher Mädchen" im Sinne der Nazis erzogen. Von all dem merkten wir nichts mehr. Mit uns war nun ein neuer Geist eingezogen. Wir fühlten uns frei.

Beinahe hätte ich die Reise nicht mitmachen können. Angesichts dessen, dass meine Eltern mir zunächst die Teilnahme an der Klassenfahrt verweigern wollten, gab sich unser Klassenlehrer viel Mühe, sie zu einem Besseren zu beeinflussen. Objektiv herrschte in unserer Familie ja tatsächlich Geldmangel. Als dann Unterstützung vom Schulverein angeboten wurde, kam der aufrechte Stolz ins Spiel, sich nichts schenken lassen zu wollen; und „betteln", indem man etwa einen Antrag ausfüllte und seine Zahlungsunfähigkeit glaubhaft darstellte, käme schon gar nicht in Frage. Mein Lehrer setzte sich wirklich für mich ein. Einmal besuchte er uns sogar in der Bude, wobei es leider nicht allzu freundlich seitens meines Vaters zuging. Doch mich ließ der Lehrer nie eine mögliche Aversion, die er vielleicht gegen meinen Vater hegte, spüren. Tatsächlich wünschte ich mir sehr, an der Reise teilnehmen zu können und war sehr bedrückt, weil es schlecht um die Sache stand.

Umso glücklicher war ich, als unvermutet eines Tages feststand, dass ich an der Reise teilnehmen konnte. Wie das geregelt wurde, ob das Budget oder die Würde meiner Eltern belastet wurde, weiß ich nicht. Ich war einfach nur froh.

Die Schwierigkeiten durch die Kosten meiner Klassenreise, welche in den meisten anderen Familien wohl weniger bedeutsam zu sein schienen, beleuchteten grell unsere ärmlichen Lebensverhältnisse. Für meine Mutter war wohl eine Schamgrenze überschritten, für eine solche tatsächliche Kleinigkeit wie die Klassenreise ihres Sohnes um eine direkte oder indirekte Unterstützung durch andere Menschen hoffen zu müssen. Vermehrt entstand Streit zwischen meinen Eltern. Meine Mutter forderte von meinem Vater, nicht mehr in die Kneipe und auch nicht mehr wetten zu gehen; vor allem verlangte sie von ihm, sich endlich ein Schiff zu suchen, schließlich könne er sich ja nicht ewig damit zufrieden geben, den Blankenesern Kohlen in die Keller zu kippen und bei seinen Hühnern im Stall zu sitzen. Immerhin sei er ja Steuermann und Patentinhaber! Die Schifffahrt käme ja in Deutschland gerade wieder in Gang, da benötigte man doch natürlich Nautiker wie ihn. Er könne sich doch ein Beispiel an unserem Nachbarn nehmen. Der sei ja auch wieder bei seiner alten Reederei angefangen und vor Wochen schon als 1. Offizier angemustert. Dessen Frau hätte sich gerade neulich von der ersten Heuer einen neuen Mantel gekauft.

Die Argumentation meiner Mutter wirkte auf meinen Vater nicht sofort überzeugend. Und schon gar nicht unmittelbar aktivierend. Er saß in milder Sommerluft viele Abende im Hühnerstall umgeben von seinen Putties auf der Stange und schien nachzudenken. Oder er pflegte sein Phlegma. Ich selbst wusste nicht so recht, was ich mir wünschte. Einerseits wäre es ja wirklich gut, wenn er wieder zur See fahren würde und nicht mehr so schwer arbeiten müsste und gleichzeitig die Familie mehr Geld zum Leben hätte. Andererseits hatte ich mich doch sehr an meinen Vater gewöhnt; er würde mir bestimmt sehr fehlen.

Streitereien zwischen meinen Eltern waren an der Tagesordnung und sie waren für uns alle schwer erträglich. Allmählich ergriff ich innerlich für meine Mutter Partei. Ich konnte nicht begreifen, dass er sich nicht einfach eine Anstellung bei einer Reederei suchte. Man redete doch überall, dass die Seefahrt wieder begonnen habe. Meine Mutter hielt so gut es ging den Haushalt und die tägliche Versorgung der Familie in Gang. Mein Vater verschaffte uns mit schwerer Lohnarbeit zwar ein Existenzminimum, verwandte aber für seine „Extras", was eigentlich Frau und Kinder nötig brauchten. Mit existentiellen Fragen waren im Grunde wir alle konfrontiert.

Für mein seelisches Befinden waren meine Kontakte in der Schule sowie zu meinen Kameraden außerhalb der Bude wahrscheinlich von gar nicht zu überschätzender Bedeutung. Allmählich hatten sich Krieg und die Hungerszeit aus unserem Bewusstsein gelöst. Wenn das Wetter es zuließ, drängte es uns Jungen sehr, unseren alten Spielen in der Feldmark oder Fußball oder Baumkriegen nachzugehen. Außerdem wanderten wir nach Möglichkeit den langen Weg zum „Osdorfer Born", wo wir einigen kichernden Mädchen vorführten, dass wir elegant wie Seehunde im nassen Element schwimmen und tauchen konnten. Hier imponierte ich besonders. Denn dank der früheren Tauchübungen mit meinem Vater im Bismarckbad, war ich meisterlich darin, Badmützen, die Erwachsene beim Kopfsprung von der Mauer im tiefen, undurchsichtigen Wasser verloren hatten, am Grunde zu ertasten und nach oben zu fördern. Farbige Badmützen aus Stoff waren zu jener Zeit Mode, wohl als ein Reflex auf die Jahre, als Stahlhelme allgemein en vogue waren. So „verdiente" ich als Belohnung so manchen zerknitterten „Fünf-Pfennig-Schein". Mein erstes D-Mark-Geld.

Außerdem war jetzt viel in Bewegung geraten, was unserer Kontrolle bedurfte. Einige Tage im Sommer 1950 konzentrierten wir unser Interesse auf zwei Familien, die am südlichen Rand des Platzes in zwei Buden gewohnt hatten. Man erzählte, dass sie verwandt seien. Eines Tages räumten sie ihre Habseligkeiten auf zwei Lastwagen und fuhren davon. Es hieß, sie hätten irgendwo ein Haus geerbt. Wirklich verblüfft waren wir, wie schnell die Buden abgerissen und auch mit Lastwagen abtransportiert wurden. Sie sollten irgendwo als Gartenlauben aufgestellt werden. Einige Arbeiter und ein kleiner Kranwagen hatten nur wenig Mühe, die Buden in ihre breiten Segmente zu zerlegen. So schnell könnten also auch unsere Unterkünfte nahezu spurlos verschwinden, wenn wir mal eine richtige Wohnung erhalten würden.

Familiär ergaben sich Höhepunkte, wenn Hans mal nach Hamburg kam und uns besuchte. Er fuhr schon lange nicht mehr auf alten Kähnen. Zügig hielt er mit der Entwicklung der Seefahrt nach der Währungsreform Schritt. Er musterte bei angesehenen Reedereien an, deren Schiffe zu den größten und neuesten Frachtern gehörten, die jetzt unter deutscher Flagge fuhren. In langen zeitlichen Abständen wechselte er seine Schiffe. Verhältnismäßig rasch wurde er zum Matrosen befördert. Im Laufe der Jahre erstreckten sich seine Fahrtgebiete in den Golf von Mexiko, später auch nach Indonesien. Manchmal durfte ich ihn, gelegentlich zusammen mit Anneliese, an Bord besuchen, wenn sein Schiff in Hamburg lag. Es war immer ein spannendes Abenteuer, etwas vom Bordleben, den Gerüchen nach Farbe, Tauwerk und Ladungsgütern sowie der hektischen Atmosphäre im Hafen mitzubekommen. Natürlich konnte Hans der Bewunderung seiner jüngeren Geschwister gewiss sein, die sich noch steigerte, wenn er mir zum Beispiel aus Texas einen prächtigen Colt mit Platzpatronen oder Anneliese eine große Puppe mit Schlafaugen mitbrachte und dazu noch zwanzig D-Mark legte, was damals einen ungeheuren Reichtum für uns Kinder bedeutete.

Wir machen Fahrt voraus

Immer wieder brachte meine Mutter klar zum Ausdruck, dass es so nicht weitergehen könne. Mein Vater nickte zustimmend, tat aber nichts. Schließlich war es meine Mutter, die zur Tat schritt. Sie zog sich so gut und adrett an, wie es ihr möglich war angesichts der sehr begrenzten Auswahl und Qualität ihrer Kleidung. Wie ein Signal der Zuversicht leuchtete das Rot ihrer Lippen, nachdem sie sorgfältig den vor einigen Jahren zu Weihnachten geschenkten Stift angewendet hatte. Sie suchte eine traditionsreiche Reederei am Hafen auf, bei der mein Vater früher auf einem Dampfer als Matrose gefahren war. Als sie ihn damals an Bord besuchte, wenn sein Schiff in Hamburg lag, hatte sie den Reedereiinspektor kennen gelernt, der nun nach dem Krieg seine ganze Energie daran setzte, den Reedereibetrieb wieder aufzubauen. Die Reederei verfügte nur über alte Kohlendampfer, die selbst den Engländern, sonst nicht zimperlich, nicht als Kriegsbeute taugte. Das Fahrtgebiet würde wie ehedem die Nord- und Ostsee sein. Der alte Reedereivertreter versprach, sich für den früheren Matrosen zu verwenden und möglichst bald als Steuermann einzustellen.

Und so geschah es. Alsbald saß meine Mutter mit vom Weinen geröteten Augen auf dem Hocker in der Küche und ließ so manches Schniefen vernehmen, während sie Nähte und Knöpfe an den Kleidungsstücken meines Vaters kontrollierte. Tagelang stand dessen Seesack im Korridor. Nach und nach füllte er sich mit Kleidung und sonstigen Utensilien für die erste Reise nach dem Krieg. Sogar eine Uniformjacke aus Khaki, die mein Vater von seinem letzten Schiff 1945 mitgebracht hatte, sollte wieder zu Ehren kommen.

Die Vegetation in den Gärten sowie die sich ins Braune verfärbenden Blätter in unserem Kletter-Buchenwald wiesen eindeutig, dass der Sommer des Jahres 1950 dabei war, sein Dasein aufzugeben. Die Erwachsenen sprachen ab und zu davon, dass wir einen schönen Altweibersommer hätten. Wir Jungs fanden den Ausdruck zum Kichern. An einem sonnigen, aber schon etwas kühlen Tag, zogen meine Mutter und ich unsere zweirädrige Karre über den sandigen Hainholt zum Sülldorfer Bahnhof. Mein Vater schritt neben uns her. Das Gefährt war bepackt mit dem Seesack, auf dem saß Anneliese wie ein vergnügter Reiter. Je mehr wir uns dem Bahnhof näherten, desto weniger redeten wir. Am Bahnhof hatte mein Vater es eilig, sich von uns allen mit einem Kuss zu verabschieden. Dann musste er auch schon durch die Bahnsteigsperre, und wir konnten ihn nicht mehr sehen. Als der Dampfzug kurz darauf abgefahren war, kletterte Anneliese wieder auf die Sitzfläche und ich begann zu ziehen. Meine Mutter wischte sich immer wieder Tränen von den Wangen. Als wir gemächlich heimgingen, schauten wir Kühen und Pferden auf den Weiden beim Fressen zu, und wechselten nur wenige Worte. Erst als schon unser Platz in Sicht kam, begann meine Mutter leise zu reden. Ich war mir nicht sicher, ob sie zu mir sprach oder nur zu sich selbst. Sie meinte, es müsse doch auch für uns einmal Schluss sein mit dem Elend, ausgebombt waren ja auch andere und Hunger hätten die meisten ebenfalls gelitten, aber nun würde man doch überall sehen, dass es aufwärts ginge. Nun müssten auch wir mal dran sein. Richtig hoffnungsvoll klang sie, als sie sagte, dass es nun nicht mehr so lange dauern könne, bis die Reederei uns einen Ziehschein, also eine Geldüberweisung, schicken würde. Bei diesen Worten schaute ich sie von der Seite an und nickte eifrig mit dem Kopf, wobei ich hoffte, sehr optimistisch auf sie zu wirken. Tatsächlich brauchte ich noch nicht einmal zu heucheln. Nur allzu gut konnte ich mir bessere Zeiten vorstellen. Soviel hatte ich schon verstanden, jetzt nach der Währungsreform hing fast alles lediglich vom Geld ab. Das hatte ich schon gemerkt, als Hans vor langer Zeit seinen ersten Urlaub bei uns verbracht hatte. Einen schicken Anzug und feine Schuhe, neue Hemden und sogar eine silberne Krawattennadel hatte er sich angeschafft. Alles von seiner Heuer, dabei war er bis dahin noch nicht einmal zum Matrosen aufgestiegen. Was da wohl mein Vater als Steuermann verdienen würde? Und was wir uns alles würden leisten können?

Abends schlief meine Mutter mit Anneliese zusammen im Bett in der Kammer. Ich benutzte weiterhin meine alte Koje. Kurz bevor ich mich meinen Träumen hingab, kroch Mohrchen unter meine Decke und schnurrte zufrieden, nachdem ich etwas zur Seite gerutscht war.

Nach einigen Tagen brachte uns der einarmige Briefträger eine Postkarte. Als er sie meiner Mutter überreichte, sagte er leicht spöttisch: „Na, jetzt geht's wohl voran, gnädige Frau." „Gnädige Frau" hatte er vorher nie zu meiner Mutter gesagt. Die Karte zeigte ein Motiv von der Kanalschleuse in Kiel-Holtenau. Noch im Stehen las sie den Text. Dann blickte sie misstrauisch hinter dem Überbringer der Post her. Hatte er die Karte gelesen? Mein Vater schrieb uns, dass er sich wie ein ganz anderer Mensch fühle. Als nächsten Hafen würden sie Gdynia/Gotenhafen anlaufen, danach sollte es nach Finnland gehen, um Grubenholz für England zu laden. Um der Reiseroute meines Vaters folgen zu können, suchte ich den alten Schulatlas von Hans hervor.

Das Leben einer Seemannsfamilie

An die Fahrzeit meines Vaters während des Krieges konnte ich mich kaum mehr erinnern. Aber durch meinen Bruder hatte ich inzwischen doch einen aktuellen Eindruck gewonnen, was Seefahrt bedeutete. Ein Seemann in der Familie hinterlässt einerseits zwar physisch eine Lücke, andererseits aber bleibt er auf eine besondere Weise gegenwärtig. Man denkt häufiger und intensiver an ihn und redet über Vergangenes, Missglücktes oder auch Anekdotisches, über Eigenarten, Pläne und Hoffnungen des Seefahrenden, man folgt ihm gedanklich auf seinen Reisen zwischen den Häfen und sorgt sich und erhofft ein gutes Wiedersehen. Ganz ähnlich erlebte ich nun die Abwesenheit meines Vaters. Schade war nur, dass er so selten schrieb. Desto mehr redeten wir über ihn. Ein etwas schlechtes Gewissen hatte ich, weil ich selbst auch so schreibfaul war. Kinder brauchen nicht so oft ihren Eltern zu schreiben, wie umgekehrt, dachte ich damals. Bemerkenswert war, wie sehr meine Mutter sich auf ihre seefahrenden Männer konzentrierte. Bei schlechtem Wetter, wenn kräftige Sturmböen unsere Bude in den Fugen knarren ließen, reagierte sie immer besonders bekümmert und pflegte dann seufzend zu sagen: „Hoffentlich passiert nichts auf See." Manchmal wagte ich, korrigierend auf die nicht ganz unbedeutende Tatsache hinzuweisen, dass wir uns ja in Hamburg befänden, während mein Vater gerade in den finnischen Gewässern schippere und Hans gegenwärtig sogar weit weg die Südküste der USA ansteuere. Auf meine sinnvolle Argumentation reagierte sie nur mit einer lockeren Handbewegung, als würde sie eine lästige Fliege von ihrer eigenen Wetterkarte wischen.

Ab und zu schrieb uns mein Vater einen Brief, öfter eine Ansichtskarte aus einem Hafen rund um die Nord- und Ostsee. Meine Mutter setzte sich oft abends an den Tisch, um einem ihrer Seefahrer von Zuhause zu berichten. Da mein Vater sich in der sogenannten Trampfahrt befand, man also selten im Voraus wusste, was der nächste oder übernächste Hafen sein würde, schickten wir unsere Mitteilungen an meinen Vater zunächst an die Reederei, die dann versuchte, den zum Postempfang geeigneten Hafen zu erkunden. Besonders intensiv wünschte ich mir meinen Vater zu uns, wenn ich mich an sogenannten eingekleideten Rechenaufgaben abquälte. Wenn ich meine Mutter um Hilfe bat, winkte sie nur ab. Ohne Hilfe kam ich momentan in Mathe kaum noch in der Schule mit.

Die Abende gestalteten sich bei unserer Restfamilie ohne Familienvater tatsächlich ziemlich langweilig. Auf der anderen Seite fühlte ich mich sehr erleichtert, weil es keinen Streit mehr zwischen meinen Eltern gab und mein Vater natürlich auch nicht mehr angetrunken auf dem Fahrrad sich und andere gefährdete. Obwohl ja meine Mutter und ich naturgemäß ein völlig ungleiches Paar waren, verheimlichte meine Mutter mir kaum etwas; immerhin hatte sie ja keine Vertrauensperson, mit der sie sich aussprechen konnte. Ich wurde sicher mehr in die Realitäten des Lebens eingebunden, als es für eine unbeschwerte Kindheit wünschenswert gewesen wäre. So erfuhr ich dann selbstverständlich auch von den massiven Geldproblemen, die meine Mutter plagten, weil mein Vater bei der Reederei eine Kürzung des Ziehscheins veranlasst hatte. Ich teilte die Sorgen, konnte aber nicht helfen. Mein Vater hatte geschrieben, dass er etwa die Hälfte seiner Heuer selbst benötigte, schließlich könne er ja nicht in allen Häfen nur an Bord sitzen. Indirekt deutete er an, dass er nach all den schweren Jahren auch selbst leben wolle. Das galt freilich ebenso für uns. Beklemmend war es, wenn ich häufig im letzten Drittel eines Monats sah, wie meine Mutter zwei noch nicht geöffnete Pakete mit Bettwäsche in ihre Tragetasche legte und in die Stadt zum Pfandhaus fuhr, um an etwas Bargeld zum Einkaufen zu gelangen. Zwischendurch schrieb meine Mutter natürlich Bettelbriefe an ihren Mann, dies allerdings ohne nachhaltigen Erfolg. Ab und zu fuhr sie auch zur Reederei und sprach mit dem Inspektor, der ihr - etwas eigenmächtig - einen kleinen Vorschuss auszahlte. Wenn dann wieder eine offizielle Überweisung erfolgte, holte meine Mutter die Wäsche aus dem Pfandhaus, meistens aber nur, um sie nach etwa drei Wochen dort wieder einzuliefern.

Von irgendjemandem hatte meine Mutter Beängstigendes und Unangenehmes über meinen Vater erfahren. Ab und zu sollte er auch im Dienst angetrunken gewesen sein. Außerdem hörte sie von Frauengeschichten, die er haben sollte. Von all dem erzählte sie mir, was mich doch etwas belastete; immerhin befand ich mich ja noch in der Vorpubertät und richtig klar war mir eigentlich nicht, wovon denn die Rede war. Aber dass mein Vater sich mal wieder falsch verhielt, das verstand ich natürlich. Selbstverständlich hatten wir etliche Ideen, wie wir das Verhalten meines Vaters positiv beeinflussen könnten durch Bitten, Zureden, Appelle an seine Vernunft und Verantwortung, aber alles wurde von dem Gedanken überschattet, dass er uns dann aufgeben und sich auf und davon machen könnte und uns überhaupt kein Geld mehr schicken würde.

Ebenso unverdrossen wie wir den Inhalt unseres Toiletteneimers im Garten verschwinden ließen, vergruben wir, wenn mein Vater auf Urlaub kam, tief in unserem Bewusstsein seine bedenklichen Eigenarten. Leicht schizophren inszenierten wir familiäre Freude ohne Ende. Gemeinsam lebten wir dann alle auf und hatten tatsächlich viele schöne Stunden zusammen. Freilich hatte ich in all den Jahren gelernt, immer auf der Hut zu bleiben, ob mein Vater nicht beispielsweise mehr Fläschchen Magenbitter trank, als er für sein angebliches „Magendrücken" benötigen mochte. Doch es kam zu keinen Entgleisungen seinerseits. Manchmal saß er allerdings mit aufgestützten Ellenbogen stumm mit geschlossenen Mund am Tisch und ich konnte sehen, wie seine Zähne mahlten. Da war es sicherlich vorteilhaft, dass wir etwas spielten; da wirkte er entspannter; wir hatten sogar alle richtig Spaß am Spiel, vom „Mensch-ärgere-Dich-nicht", bis zum raffinierten Poker oder Tischroulette. Gespielt wurde um Kleingeld oder Naturalien. Besonders engagiert zeigte sich stets Anneliese, was unseren Vater sehr erheiterte.

Höhepunkte für uns alle waren Besuche im „Tierpark Hagenbeck" oder in einem Zirkus auf dem Heiligen Geistfeld. Auf diesem riesigen Platz standen noch immer zwei gewaltige Bunker aus dem Krieg, die mich besonders stark beeindruckten, weil meine Mutter sehr spannend erzählte, dass eine Unzahl von jungen Flaksoldaten, die bei Luftangriffen auf den Dächern der Bunker Kanonen bedienten, vom Druck explodierender Bomben in die Tiefe geschleudert worden waren. Solchen Erzählungen hörte ich tatsächlich in einer Mischung aus Grauen und Faszination gerne zu, was ich heute nicht mehr so recht verstehe. Wahrscheinlich befand ich mich damals auf einem ähnlichen Niveau wie heute zahlreiche Konsumenten von Krimibüchern und –filmen, „Unterhaltungen", denen ich selbst eher widerwillig begegne. Allerdings informiere ich mich schon seit Jahrzehnten mit stets steigendem Interesse besonders über politische, kriegerische und verbrecherische Ereignisse des 20. Jahrhunderts. Je mehr Darstellungen und Dokumentationen ich sehe oder lese, desto unbegreiflicher sind mir die Geschehnisse der Vergangenheit. Der Holocaust, die Atombombenabwürfe, Massenmorde, Bombardierungen, Kriegführungen zu Lande und zu Wasser wecken nicht nur mein Mitleid mit all den Opfern rund um den Erdball, sondern auch eine sich verstärkende Hoffnungslosigkeit, dass Vernunft und Einsicht wachsen mögen sowie Organisationen und Sicherungssysteme geschaffen werden können, die Wiederholungen oder noch schlimmere Entwicklungen ausschließen.

Wie mir erging und ergeht es sicherlich unzähligen Menschen, nämlich unversehens aus einer erfreulichen und entspannten Situation in schreckvolle Erinnerungen oder Phantasien zu gleiten, die Kriege, Hungersnöte, Naturkatastrophen oder Umweltbelastungen der Vergangenheit, Gegenwart oder Zukunft betreffen.

Nicht immer gestalteten sich unsere Ausflüge an die Elbe als unbeschwerte Vergnügungen. Ab und zu fuhren wir vom Sülldorfer Bahnhof nach Blankenese, wo wir langsam in den vom Krieg unversehrten Straßen an den Schaufenstern entlang bummelten, wobei mein Vater meistens Anneliese an der Hand hielt. Schließlich gelangten wir über eine der langen Steintreppen hinunter an den träge fließenden Fluss. Von der Elbpromenade beobachteten wir interessiert die ein- und auslaufenden Schiffe. Gerne hörte ich die Erklärungen meines Vaters zu den Besonderheiten der Fahrzeuge und warum sie je nach auf- oder ablaufender Tide etwa zwei Knoten Fahrt gewannen oder verloren. Kehrten wir in ein Strandcafé ein, trank mein Vater ein oder zwei gepflegte Bier und meine Mutter nippte an einem Kaffee, während wir Kinder uns darüber amüsierten, dass die Fassbrause in der Nase so prickelte. Auf alle anderen wirkten wir sicherlich wie ganz normale Ausflügler; keiner würde in uns die Familie eines gebeugten Kohlenträgers und Holzarbeiters vermuten, der vor noch gar nicht so langer Zeit hier am Berg seine anstrengende Tätigkeit ausgeübt hatte. Es war, als hätte unser Vater diese schwere Phase seines Lebens ohne seelische Verletzungen überwunden. Tatsächlich habe ich niemals von ihm vernommen, diskriminiert worden zu sein. So etwas würde hier in den Kreisen seiner Kundschaft auch nicht als „fein" gelten. Dem allgemeinen Ruf des vornehmen Blankeneser Bergvolkes entsprach, von einem Kohlenträger oder Holzsäger überhaupt keine Notiz zu nehmen. Diese Ignoranz mag meinem Vater mehr geholfen haben, als blasierte Aufmerksamkeit. Nun konnte er entspannt und offen mit den Blicken den Wegen folgen, auf die so viele seiner Schweißtropfen gefallen waren. Hier jetzt aufrecht als Seemann und Steuermann zu sitzen, stärkte ihn bestimmt mehr, als er sich selbst eingestand. Zweifellos war ihm im Innern bewusst, auf der gesellschaftlichen Werteskala ein ordentliches Stück nach oben gerutscht zu sein.

Wenn wir gegen Ende eines Ausfluges wieder langsam den steilen Berg hinaufstiegen, wobei meine Mutter ab und zu eine Pause einlegen musste, weil sie ganz aus der Puste war, versuchte ich mir vorzustellen, wie schwer es schon rein physisch für meinen Vater gewesen sein musste, hier dicke Kohlensäcke auf dem Rücken zu schleppen. Während ich flink die Stufen erklomm, stellten sich mir Fragen, auf die ich keine Antwort hatte. Was bestimmte über das Schicksal von Menschen, ihr Glück oder Unglück? Gab es eine höhere Instanz, die für Gerechtigkeit sorgte?

Die Realität unserer Familie und unserer Nachbarn auf dem Platz war so ganz anders, als die der Haus- und Villenbesitzer, die hier am Berg und in dem Grünstreifen lebten, der sich über viele Kilometer westlich und östlich von Blankenese zwischen Rissen und Altona erstreckte.

Als wir einmal mit dem Bus von Blankenese in Richtung Altona fuhren, erschlossen sich uns links und rechts der Elbchaussee üppig bemessene Gärten und riesige Parks mit altem Baumbestand; alles strotzte nur so vor Wohlhabenheit, die wohl niemals durch Kriegseinwirkungen beeinträchtigt worden war. Während es im Hafen und auf Industrieanlagen sowie vor allem auf Arbeiterwohngebiete wie zum Beispiel Altona, Barmbek und Hammerbrook Bomben geregnet hatte, hatte man sich in diesem Areal höchstens vor einem Fehlabwurf fürchten müssen. In einer englischen Zeitung hatte mein Vater gelesen, dass die Engländer westlich und östlich von Blankenese liegende Villenviertel bewusst verschont hatten, als seien es britische Exklaven auf Hamburger Territorium gewesen. Der Grund war angeblich, dass die Engländer nach ihrem Sieg über Deutschland, mit dem sie fest rechneten, selbst gerne in diesen Quartieren wohnen wollten. Und das taten sie dann auch. Hohe Offiziere der britischen Armee fühlten sich nach der Kapitulation in den schönsten Parks und den stilvollsten Villen im Westen Hamburgs schlicht und einfach wie zu Hause.

Wenn wir im Kreise unserer Familie die Unversehrtheit dieses großen Gebietes erörterten, hatte meine Mutter mal wieder eine ihrer weisen Redensarten parat: „Eine Krähe hackt der anderen kein Auge aus." Im weiteren Verlauf des Gespräches wurde dann erklärt, dass hier ja Hamburgs wirklich Begüterte, die Großbürgerlichen und Mächtigen aus Handel, Industrie, Schifffahrt, Wirtschaft sowie dem Banken- und Börsenbereich ihre Anwesen hatten. Und die pflegten natürlich aus langer Tradition und schon weit vor Hitler ihre Verbindungen in alle Welt und vor allem auch nach England. Die Oberschicht verfügte sicher über beste Kontakte zu Bekannten, Freunden und eventuell sogar Verwandten auf der britischen Insel. Bestimmt hatten sie auch während des Krieges Drähte zu den Kreisen, wo über Strategien und Taktiken, über Bombardierungen und die Schonung bestimmter Wohngebiete entschieden wurde. Auf die Bemerkung meines Vaters, dass die parkähnlichen Anlagen mit ihrer relativ weiträumigen Bebauung militärstrategisch keine aufwendigen Angriffe lohnten und deshalb von Bomben verschont geblieben waren, gab meine Mutter nichts. Sie hielt stur entgegen, es sei alles international abgekartet gewesen. Leider, betonte sie. Denn sonst hätte man wenigstens die richtigen getroffen, denn hier wohnten doch die Leute, die Hitler hofiert und hochgepäppelt hätten. Bei diesen Worten legte mein Vater sein

Gesicht in nachdenkliche Falten und nickte nur bedächtig. Ihm fiel offenbar nichts mehr ein.

Solche Fragen schienen die Menschen, die wir in den Garten- und Parkanlagen, auf Terrassen und Tennisplätzen sahen, nicht zu plagen. Die Wohlhabenden wirkten unbeschwert und zeigten sich sorglos und entspannt. Hier schien niemand darüber nachzudenken, ob es gerecht wäre, im Krieg zumindest materiell so gut davon gekommen zu sein. Für sie war es offensichtlich nicht die Zeit, den Blick zurück zu wenden. Allenthalben signalisierte es: Vorwärts in die Zukunft und schnell vergessen.

Einen Sog nach vorne spürten sogar wir. Nachdem mein Vater zunächst als sogenannter „Springer" zur Urlaubsvertretung auf verschiedenen Schiffen von der Reederei eingesetzt worden war, wurde er schließlich zum 1. Offizier befördert und fest auf einem Dampfer eingesetzt.

In diesem Zusammenhang setzte meine Mutter eines Tages, als wir alle um unseren Tisch in der Küche saßen, ihr verdächtig schlaues Gesicht auf und erörterte etwas unbestimmt in fragendem Ton, ob es eigentlich noch für meinen Vater die Möglichkeit gäbe, ein Kapitänspatent zu erwerben. Direkt erschrocken wirkte mein Vater, als er antwortete: „Wir haben doch kein Geld. Wovon sollen wir denn leben?" Darauf blieb meine Mutter zwar eine Antwort schuldig, aber ich sah ihrem Gesicht an, dass für sie das Thema noch nicht endgültig vom Tisch war. Bald musste mein Vater wieder zur See, und ich machte mir keine weiteren Gedanken darüber, ob mein Vater noch Kapitän werden könnte.

Eines Tages schrieb mein Vater, dass meine Mutter bei der nächsten Passage durch den Nord-Ostsee-Kanal mitfahren sollte, und zwar von Kiel nach Cuxhaven an der Elbmündung, wo man zum Bunkern von Kohle anlaufen würde. Meine Mutter war ganz aufgeregt und ich fühlte mich nicht ganz wohl bei dem Gedanken, dass Anneliese und ich ja dann alleine sein würden. Eine derartige Einladung erfolgte jedoch nur selten, denn die Reederei gab der Schiffsleitung generell Order, den Kanal zu meiden, um Gebühren für die Passage zu sparen, und stattdessen den Kurs um Dänemark herum durch das Skagerrak abzusetzen. Meine Eltern trafen sich also nur selten. Da musste meine Mutter einfach eine Gelegenheit zur Mitfahrt wahrnehmen. Das sah auch ich ein.

Präzisere Angaben erhielt meine Mutter, indem sie mehrmals von einer kürzlich in der Nähe aufgestellten Telefonzelle bei der Reederei nachfragte. In Aussicht stand für meine Eltern eine gemeinsame Zeit von nicht einmal einem Tag: etwa sieben Stunden Kanalfahrt, einige Seemeilen Fahrt in der Elbmündung, Bunkern in Cuxhaven und dann: „Gute Reise!" – zu neuen Ufern der Eine, ins Behelfsheim die Andere.

Dies Intermezzo war es meiner Mutter offenbar wert, alle Mühen auf sich zu nehmen, um die Reise vorzubereiten und durchzuführen. Besonders vor dem ersten Besuch meiner Mutter bei ihrem Ehemann eröffnete sich eine Reihe von Problemen. Auf keinen Fall wollte sie, dass ihr Mann sich wegen ihr „schämen" müsste, weil sie nicht repräsentabel gekleidet wäre. Denn sie verfügte schlichtweg über keine geeignete Kleidung. Also mussten neue Sachen wie Mantel, Kleid, langärmelige Bluse und undurchsichtige Strümpfe (wegen ihrer Haut) und Schuhzeug her. Außerdem war ein Besuch beim Frisör vonnöten, um aus dem durch Phosphorrauch geschädigtem Haar eine ansprechende Frisur zu gestalten. Ferner benötigte sie Fahrkarten nach Kiel und von Cuxhaven zurück nach Hamburg sowie einen Notgroschen, falls das Schiff wegen Nebels oder schlechten Wetters die Kanalschleuse in Kiel verspätet erreichen würde. Für all das reichte aber aus den altbekannten Gründen das verfügbare Geld bei weitem nicht. Also nutzte sie die allgemein üblichen Angebote, auf Abzahlung zu kaufen. Immerhin zweigte meine Mutter genug für den Kauf von Lebensmitteln ab, so dass Anneliese und ich während der wenigen Tage ihrer Abwesenheit genügend zu essen hatten. Wir Kinder ließen uns eine gewisse innere Unruhe nicht anmerken, als spürten wir, dass für unsere Eltern der Besuch von besonderer Bedeutung sei. In den Tagen vor der Abfahrt meiner Mutter versicherten wir alle drei uns immer wieder gegenseitig, dass die ungefähr zwei Tage der Trennung ja schnell vorbei sein würden. Außerdem sollten wir ja Mittagessen von der Fischersfrau nebenan bekommen, und sie würde ja auch sonst auf uns achten. Im Übrigen seien ich und Anneliese ja wirklich schon groß.

Von solchem Ausflug in die Schifffahrt kam unsere Mutter mit allerhand Schokolade und Süßigkeiten zurück, auch war sie mit Kaffee sowie Fleisch- und Wurstkonserven bepackt. Das war viel mehr und besser, als wir es nach den Hamsterfahrten erlebt hatten. Natürlich freuten wir uns über alle Mitbringsel, aber am meisten bedeutete uns, dass wir nicht mehr alleine waren, obwohl die Nachbarin wirklich nett zu uns gewesen war. Mir fiel es jedenfalls leicht, wieder in meine Kinderrolle zu verfallen. Besonders erleichterte mich aber, dass es wohl Gründe gab, mit mehr Zuversicht in die Zukunft zu blicken. Immerhin hatte mein Vater meiner Mutter eine größere Summe Bargeld in die Hand gedrückt, so dass wir schon damit einen ziemlichen Teil unserer Schulden bezahlen konnten. Wichtiger war jedoch sein Versprechen, sich künftig umfassender am Lebensunterhalt seiner Familie zu beteiligen. Zweifel blieben zwar, aber mein Vater überwies wirklich jeden Monat mehr Geld als sonst. Meine Mutter bezahlte die restlichen Schulden ab, sie brauchte nichts mehr ins Pfandhaus zu bringen und nach und nach erhielten meine Schwester und ich neue Kleidung. Außerdem machte meine Mutter, was sie „Anschaffungen" zu nennen pflegte. Teelöffel, neue Tassen und Teller sowie Sofakissen, Tischdecken und Bettwäsche schienen über ihren praktischen Nutzen hinaus für meine Mutter auf einer psychischen oder symbolischen Ebene von Bedeutung zu sein. Das merkte ich am Glanz auf ihrem Gesicht, wenn sie die neuen Dinge berührte und einsortierte. Unsere wahrhaftig sichtbarste Errungenschaft in dieser Zeit aber war der neue

Stromzähler, der eines Tages installiert wurde. Endlich hingen auch wir, wie schon längst alle anderen Platzbewohner, am Hamburger Stromnetz. Einige Abende ließen wir die neue Lampe draußen über der Tür demonstrativ unnötig lange brennen, so dass alle Nachbarn davon Notiz nehmen konnten. Dann besannen wir uns. Strom kostete schließlich auch Geld. Unsere neuen Lichtschalter aus schwarzem Bakelit im Korridor, in der Küche und der Schlafkammer bewunderte ich geradezu. Nichts konnte deutlicher markieren, dass es auch mit uns voran ging.

Zwar lebten wir keineswegs im Überfluss, aber wir hatten eindeutig eine positive Phase erreicht und fühlten uns wohl. Dazu trug am Wochenende oder in den Ferien bei, dass seit einiger Zeit jeden Morgen ein Bäcker mit einem kleinen dreirädrigen Kastenauto seine Runde auf dem Platz machte. Wir kauften dann herrlich knackige Brötchen, gebacken aus reinstem Weizenmehl, die kein bisschen nach Maismehl schmeckten! Dick mit Butter sowie Sahnequark und echtem Bienenhonig bestrichene Hälften, dazu richtige Vollmilch; besser konnte ein Frühstück nicht gestaltet werden.

Angesichts dieser Entwicklung konzentrierte ich mich endlich auf die Schule, ohne zu sehr von existentiellen Problemen abgelenkt zu sein. Die Versetzung aufs Gymnasium nach der vierten Klasse hatte ich aber schon verpasst. Mir war damals von meinem Klassenlehrer keine günstige Prognose gestellt worden. Ob dabei eine Rolle spielte, dass er meinen Vater noch als Kohlen- und Holzarbeiter kennen gelernt hatte, weiß ich nicht. Tatsächlich erbrachte ich in der Schule überwiegend nur durchschnittliche Leistungen, mit wenigen Gut-Tendenzen, und meine Eltern hatten auch nicht beizeiten eine spezielle Förderung für mich angemahnt. Die zwei oder drei Kinder, die aus meiner Klasse aufs Gymnasium gehen durften, hatten nicht zu meinen Freunden gehört. Ich vermisste sie nicht. Mir gefiel, weiterhin in meinem vertrauten Kreis bleiben zu dürfen. Wir hielten zusammen und peilten fast alle an, ab der siebten Klasse auf die „Technische Oberschule" in Blankenese zu wechseln. Mit einem Abschluss der „T.O.", den man „Mittlere Reife" nannte, sollte man viele berufliche Möglichkeiten haben, wurde uns gesagt.

Gute Sicht

Sehr beeindruckten uns Jungen handfeste und umfangreiche Maßnahmen, die westlich von unserem Platz stattfanden. Auf Wiesen und Ackerflächen zwischen dem Hainholt und den Bahngleisen waren etliche Trupps von Männern mit Sicherheitshelmen auf den Köpfen unterwegs und hantierten mit vielen Stangen und schauten ständig durch Apparaturen, die wie Ferngläser aussahen. Auf unsere neugierigen Fragen erfuhren wir, dass hier Vermessungen für ein sehr großes Siedlungsprojekt vorgenommen wurden. Wie schon vorher beim Bau unserer Schule wurde jetzt gegraben, gebaggert und planiert, Kabel und Rohre wurden verlegt. Wir Jungs kamen einfach nicht zur Ruhe.

Und die Erwachsenen hatten plötzlich viel zu diskutieren. Alle schienen aufgeregt zu sein und sie redeten und redeten, ob beim Einkaufen oder über die inzwischen ziemlich hohen Hecken hinweg. Der Ritterkreuzträger lief wieder in offensichtlich wichtigen Angelegenheiten von Bude zu Bude, aber nun schmückte ihn am Hals kein Orden mehr. Jetzt klemmte stets ein dicker Aktenordner unter seinem Arm. Wenn ihn jemand ansprach, blieb er stehen und schlug den Ordner auf, blätterte in den Seiten, zeigte mit einem spitzen Finger und erklärte. Die zuhörende Person nickte dazu mit dem Kopf – mal langsam, mal schneller. Wir Jungs standen häufig dabei, aber uns wurde nichts erklärt. Allmählich ging mir aber auf, dass unsere Tage auf dem Platz ihrem Ende zugingen.

Wir erlebten jetzt Anfang der 50er Jahre die Vorarbeiten für eine geschlossene Mietwohnungssiedlung, die aus zweigeschossigen Reihenhäusern bestehen sollte. Alle Wohnungen, die in verschiedenen Größen konzipiert waren, sollten mit Strom, fließend Wasser und einem Bad mit Badewanne, um genau zu sein: mit Sitzbadewanne, ausgestattet werden. Zum Heizen sollten Kohleöfen dienen und zu jeder Wohnung würde ein kleiner Garten gehören. Für den täglichen Bedarf der Bewohner hatte man zwei Supermärkte sowie Schuster, Arztpraxis, Gaststätte, Gemeinschaftswaschhaus, Heißmangel, Polizeistation und eine Stadtteilbücherei vorgesehen. Also alles in allem: Wohlstand pur!

Nachdem meine Mutter entsprechende Papiere mit Wohnungsskizzen, Beschreibungen und Mietkosten bekommen hatte, diskutierten sie und ich ausführlich unsere Möglichkeiten. Nur allzu gerne würden wir in eine Neubauwohnung mit den beschriebenen Bequemlichkeiten ziehen. Wir sahen darin ein verlockendes Angebot. Allerdings beunruhigten uns die Kosten für Miete, Strom und Wasser. Im Wesentlichen wären das Fixkosten, an denen wir kaum etwas ändern könnten. Alles würde von der verlässlichen Zahlungsbereitschaft meines Vaters abhängen. Vielleicht wäre es gar nicht so dumm, zunächst bescheiden mit einer billigeren Zweizimmerwohnung anzufangen – sozusagen zum Üben? Es würde noch dauern, bis die Wohnungen bezugsfertig sein würden. Aber anmelden sollte man sich zeitig. Mein Vater bekam gerade Urlaub und konnte teilhaben an den Vorbereitungen zum großen Schritt: Aus der Ära des Krieges in die Moderne. Schnell kamen wir überein, eine Zweizimmerwohnung anzustreben. Ich konnte kaum abwarten, bis es soweit wäre. Manchmal ertappte ich mich in der neuen Schule dabei, dass ich spielend und erwartungsvoll immer mal wieder in den Toilettenräumen Wasserhähne aufdrehte und das WC spülte. So bequem würden also auch wir in absehbarer Zeit leben.

Auf dem Platz spürte man eine allgemeine Unruhe und überall war eine nervöse Ungeduld bemerkbar. Und der Elan ließ nach. Freilich lohnte es noch, im Garten zu arbeiten, aber sollte man noch das Dach teeren oder die Wände streichen? Natürlich sprach man nun viel über Kosten – für Mieten, Wasser, Strom und die Gemeinschaft. Als wichtigste W- Frage schälte sich bald heraus: "Wann?" Es schien, als fühlten sich die Menschen wie in einer Drehtür, die sie aus der leidensvollen Kriegs- und Nachkriegszeit in eine neue Welt des Friedens und grünender Möglichkeiten beförderte. Ohne Zweifel bewegte sich die Tür, aber sie drehte sich viel zu langsam. Man wollte doch einen neuen Aufbruch wagen, nach vielen Jahren Provisorien sehnte man sich nach modernen Wohnungen, sozusagen dem genauen Gegenteil einer totalen Ausbombung. Meine Eltern und ich sahen in der Siedlung auf dem Hainholt die richtige Option, zumal wir dort später eine größere Wohnung erhalten könnten. Ernies Eltern hatten sich auch schon für ein neues Zuhause auf dem Hainholt beworben, während die Familie von Klaus in ihren alten Stadtteil nach Barmbek ziehen wollte, wo neue Wohnblocks anstelle der zerbombten Häuser errichtet wurden. Auf dem zerstückelten Sportplatz mit seinen primitiven Wohnprovisorien hatte sich vor allem seine Mutter nie richtig wohl gefühlt. Sie wollte versuchen, sich in Barmbek endlich wieder heimisch zu fühlen, so wie früher vor der Ausbombung. Ob sich ihr Wunsch erfüllte, ist zweifelhaft, das alte Barmbek gab es nicht mehr.

Stopp

Wenn mein Vater zur See fuhr, musste meine Mutter sich alleine um die Arbeit in Haus und Garten kümmern. Zwar versuchte ich ihr zu helfen, aber letztlich lastete doch fast alles auf ihren Schultern. Zusehends fiel es ihr schwerer, Wasser zu holen, den Toiletteneimer zu schleppen und zu entleeren, bei Wind und Wetter draußen die Wäsche zu waschen und aufzuhängen, im Garten zu graben, Einkaufstaschen nach Hause zu tragen und vieles mehr. Während sie früher kraftvoll und energisch ihre Tätigkeiten ausübte, gewöhnte ich mich allmählich daran, dass sie sich immer häufiger einige Minuten auf die Stufen vor dem Eingang oder auf den Hocker in der Küche setzte, um zu verschnaufen und durchzuatmen.

Anneliese war langsam, aber stetig heran gewachsen. Wir waren fast überrascht, als sie schon zur Schule angemeldet werden musste. Im Rahmen einer schulärztlichen Untersuchung stellte sich heraus, dass jahrelange Mängel in der Ernährung bei meiner Schwester doch Spuren hinterlassen und ihre körperliche Entwicklung etwas verzögert hatten. Die Schulärztin lobte aber meine Mutter, „die Kleine" letztlich doch recht gut durch die Kriegs- und Hungerszeit gebracht zu haben. Da lächelte meine Mutter stolz. Diese Anerkennung nahm sie in ihren Erzählfundus auf - zu Recht, finde ich. Allerdings meinte die freundliche Ärztin, es sei sehr angebracht, Anneliese zu Beginn ihrer Schulzeit vorsorglich gründlich aufzupäppeln.

Meine Mutter und Anneliese fuhren in die Stadt und kamen mit neuer Kleidung, unter anderem einem dicken Wollmantel, zurück. Bald darauf zog ich wieder die Karre über den Hainholt, diesmal mit einem Koffer von Anneliese. Sie ging an der Hand unserer Mutter. Am Sülldorfer Bahnhof drückten wir uns kurz. Alles ging ohne Tränen ab. Zum Altonaer Bahnhof begleitete sie unsere Mutter, von wo ein Kindertransport zur Nordsee fuhr. Anneliese verbrachte problemlos mehrere Wochen auf der Insel Föhr und erholte sich gut.

Gelegentlich einer weiteren Untersuchung von Anneliese nach ihrer Rückkehr hatte meine Mutter einfach mal in der ärztlichen Fürsorgestelle gefragt, ob nicht auch sie durchleuchtet werden könne. Das geschah. Dabei zeigten sich verdächtige Schatten auf einem Lungenflügel. Großes Erschrecken und viele Fragezeichen. Nun begann eine hektische Zeit mit weiteren Besuchen bei Fachärzten, Blutproben und Analysen.

Mir entging nicht, mit welcher Anspannung meine Mutter auf Resultate wartete, und ich wurde selbst davon ergriffen. Doch ich versuchte, mir nichts von meiner Nervosität anmerken zu lassen. Bald überreichte unser allmählich ergrauter Postbote meiner Mutter ein amtlich aussehendes Kuvert. Sein Gesicht wirkte dabei so ernst, als hätte er den Inhalt des verschlossenen Briefes gelesen. Da ich vormittags keinen Unterricht hatte, war ich dabei, als meine Mutter sich in der Küche seufzend auf den Hocker unter dem Fenster setzte. Beunruhigt beobachtete ich ihre Reaktionen, während ich mich abwartend an den Küchentisch lehnte. Anneliese hörte ich draußen hinter dem Hühnerstall, wo sie mit der Tochter des Kapitäns spielte. In der Küche war es genau wie damals, als wir die Nachricht vom Tod des Bruders meiner Mutter erhalten hatten. Ihre Hände zitterten und sie begann zu weinen. Es dauerte lange, bis sie mit bebenden Lippen flüsterte: „Ich bin lungenkrank – offene Tbc."

Natürlich verstand ich sofort, dass das eine sehr ernste Nachricht war. Ich fühlte, wie langsam eine Eiseskälte von den Armen und Beinen zu meinem Körper kroch und mich beinahe erstarren ließ. Bei dem Gedanken, dass meine Mutter nun vielleicht sogar sterben musste, stand mir fast der Atem still und ohne dass ein Laut über meine Lippen kam, rollten mir Tränen über die Wangen. Als meine Mutter das sah, wischte sie sich mit dem Zipfel ihrer Schürze die Augen trocken und putzte sich die Nase. Dann winkte sie mich zu sich heran und wiegte mich langsam in ihren Armen. Allmählich wurde ich ruhiger und atmete mehrmals tief durch. Schließlich flüsterte meine Mutter mir ins Ohr: „Das wird schon werden, mein Junge, ich lass mich nicht unter kriegen." Um zu bekräftigen, dass ich daran nicht zweifelte, nickte ich heftig mit dem Kopf.

Was sich ab jetzt während etwa eines Jahres abspielte, hatte nur noch wenig mit unserem bisherigen Familienleben gemeinsam. Am stärksten betroffen war natürlich unsere Mutter, denn sie war ja schließlich die Hauptleidende – als Patientin, als Mutter und auch als Ehefrau. Würden alle Schwierigkeiten bewältigt werden? Würde die Ehe sich als bestandskräftig erweisen? Würde sie überhaupt wieder ganz gesund werden?

Allerdings wurden auch Anneliese und ich aus der Bahn unseres bisherigen Lebens geworfen. Als Kinder einer Mutter mit offener Tbc gerieten natürlich auch wir unter Verdacht. Nach etlichen Tests, Durchleuchtungen und Röntgenuntersuchungen stellte sich heraus, dass wir nicht von dieser schlimmen Krankheit betroffen waren. Insofern konnten wir wirklich aufatmen.

Unser Vater erlebte von all dem nichts aus der Nähe. Aber wahrscheinlich war es für ihn auch nicht leicht, alle Informationen, abgesehen von seltenen Telefonaten, verspätetet zu erhalten, und eigentlich nichts anderes tun zu können, als per Brief zu trösten und für eine ausreichende wirtschaftliche Basis zu sorgen. Das war seine Funktion, und die erfüllte er immerhin. Dafür hätte ich vorher nicht die Hand ins Feuer legen mögen. Der internationale Gesundheitsdienst funktionierte auch, was ja vor wenigen Jahren noch undenkbar erschien: In irgendeinem Hafen wurde auch mein Vater von den Behörden zum Röntgen beordert. Dabei erwies er sich aber als gesund - zum Glück. So konnte er weiterhin zur See fahren und damit in unserer Krisenzeit seine wichtige Funktion für die Familie aus der Distanz erfüllen.

Medizinisch war es offenbar sehr wichtig, alsbald einen Lungenflügel meiner Mutter zu entlasten. Sie musste also im Krankenhaus operiert werden. Danach wäre dann ein mehrmonatiger Aufenthalt in einem Lungensanatorium unumgänglich. Was als Nächstes bevor stand, diente ja dazu, meine Mutter wieder gesund zu machen. Aber dafür gab es keine Garantie. Und eine Operation konnte gelingen, aber sie könnte auch schief gehen. Meine Gefühlswelt schlingerte auf und ab wie ein Schiff in schwerer Dünung. Diese Unbestimmtheit unserer Zukunft lastete schwer auf mir und auch Anneliese schien ihre kindliche Unbefangenheit verloren zu haben. Wenn ich richtig traurig war, verzog ich mich hinter den Hühnerstall oder unter ein Gebüsch nicht weit von der Bude. Meine Mutter sollte nicht merken, dass ich traurig war und mir Sorgen machte.

Gar nicht so selten hatten wir nun Kontakt mit der „LVA" (Landesversicherungsanstalt) und der „Fürsorge". Das waren offenbar Organisationen, die sich um Problemfamilien wie die unsere zu kümmern hatten. Gerade mal fünf Jahre nach dem Krieg und nur gut ein Jahr nach Gründung der Bundesrepublik arbeiteten sie meiner Erinnerung nach effektiv. Häufig besuchte uns jetzt als Außendienst eine „Fürsorgerin" in unserer Bude. Ich glaube, meine Mutter war sehr froh, wenn die Fürsorgerin sich in unser Sofa sinken ließ und ihre Formulare ausbreitete. „Behördenkram" lag meiner Mutter nicht besonders und sie war sehr froh, dass die Frau engagiert versuchte, uns zu helfen. Dankbar bereitete meine Mutter immer eine Kanne echten Bohnenkaffee. Wenn sie nicht schon gemahlenen Kaffee parat hatte, mahlte sie mit kräftigen Drehungen Bohnen in einer Kaffeemühle, die sie zwischen die Knie klemmte. Diese aromatischen Spender von Glücksgefühlen bei Erwachsenen hatten wir ja nach mehreren Kanalfahrten meiner Mutter reichlich im Haus.

Einmal forderte die Fürsorgerin Anneliese und mich auf, uns mit an den Tisch zu setzen. Unsere Mutter blickte uns ernst an. Wohl um Vertrauen bei uns zu wecken, stellte die Fürsorgerin uns eigentlich belanglose Fragen nach Schule, Freunden und was uns Spaß machen würde, Fragen die wir misstrauisch ziemlich einsilbig beantworteten. Es dauerte auch gar nicht lange, bis sie zu ihrem eigentlichen Anliegen kam. Mit treuherzigem Augenaufschlag eröffnete sie uns, dass wir ja nicht alleine in der Bude leben konnten, weil wir doch noch so „klein" wären. Wir wüssten ja wohl, dass unsere Mutter eine längere Zeit nicht zu Hause sein könne. Deshalb hätte sie ein sehr schönes Kinderheim für uns ausgesucht. Annelieses und meine Zustimmung zu einem Heimaufenthalt waren natürlich nicht notwendig – wir waren ja noch Kinder; entschieden wurde letztlich von unserer Mutter und der Fürsorgerin. Das war mir schon klar. Aber die Fürsorgerin erwartete wohl etwas Enthusiasmus von uns. Aber Anneliese begann zu weinen und meine Augen wurden auch feucht. Da griff die Fürsorgerin etwas tiefer in ihre Trickkiste und betonte, dass wir ja schon „groß" wären und einen Aufenthalt im Heim richtig gut finden würden. Gerade als ich widersprechen wollte, fügte sie an, dass das alles ja letztlich nur notwendig sei, damit unsere Mutter sich ohne Sorgen um ihre Kinder darauf konzentrieren könne, wieder gesund zu werden. Ich war freundlich genug, nicht gegen ihren Opportunismus zu argumentieren, wechselweise – gerade wie es passte - uns mal als „klein" oder „groß" zu kategorisieren. Ich gab einfach nach. Ich wollte eine gesunde Mutter, die uns jetzt tröstend in die Arme nahm. Die Fürsorgerin versuchte uns mit dem Hinweis zu besänftigen, dass wir ja noch zu Hause bleiben könnten, solange unsere Mutter auch noch da sei.

Trennung von Mohrchen

Allmählich drang uns ins Bewusstsein, dass wir bald die Tür zu unserer Bude für eine längere Zeitspanne hinter uns verschließen mussten. Somit waren wir auch gezwungen, für unsere Tiere eine Lösung zu finden. Kaninchen hatten wir glücklicherweise schon lange nicht mehr. Unsere Hühner brachte unsere Mutter bei anderen Tierhaltern oder Hühnerschlachtern auf dem Platz unter, ob gegen oder ohne Entgelt, weiß ich nicht, aber alles ohne Probleme. Mit schreckgeweiteten Augen sahen meine Mutter und ich uns an, als wir uns fragten, was mit Mohrchen geschehen sollte. Ihre Existenz hatten wir bisher total verdrängt. Anneliese ahnte nichts von der sich zuspitzenden Lage. Immerhin erleichterte uns, dass Mohrchen gerade keine Jungen hatte und auch nicht trächtig zu sein schien. Ich schlug vor, einfach bei den Nachbarn zu fragen, ob sie sich um unsere Katze kümmern könnten. Aber meine Mutter lehnte das kategorisch ab. Schließlich schälte sich ein einziger Grund heraus: Sie wolle keinem zu Dank verpflichtet sein! Ich hielt das für ein absurdes Prinzip, aber sie ließ sich nicht umstimmen. In meiner Verzweiflung schlug ich vor, die Katze einfach streunen und sich selbst versorgen zu lassen; Mohrchen könnte ja ziemlich geschützt unter unserer Bude leben und nach einigen Monaten wären wir doch wieder da, meinte ich. Das könne man nicht machen, entschied meine Mutter, dann würde Mohrchen verwildern und es sei verboten, Tiere verwildern zu lassen. Ich erlebte zum ersten Mal in meinem Leben äußerst negative und aggressive Empfindungen gegen meine Mutter. Schließlich fand meine Mutter eine „Lösung". In bunten Farben malte sie mir aus, wie gut Mohrchen es in einem Tierheim haben würde. Da ich selbst keinen Ausweg fand, entschloss ich mich, ihren Schilderungen zu glauben.

Wenig später saß ich in einem Bus mit einem mehrfach mit Paketband umwickelten Karton auf den Knien, in dem Mohrchen miaute, kratzte und sich ständig hin und her bewegte. Sie schien sehr aufgeregt zu sein. In die Pappe hatten wir Luftlöcher gestochen. In der Hosentasche hatte ich einen Zettel mit einer Wegbeschreibung zum Tierheim. Zweimal musste ich umsteigen. Ich versuchte, Mohrchen zu trösten und zu beruhigen, aber meine Bemühungen blieben ohne Erfolg. Ich war verzweifelt und ständig den Tränen nahe, während ich Mohrchens Gefängnis nur mit größten Schwierigkeiten auf meinen Knien festhalten konnte. Auf dem letzten Stück der Busfahrt weichte ein Teil des Kartons durch. Mohrchen schien in höchster Angst uriniert zu haben. Mit einer Pfote gelang es ihr, durch die Pappe zu stoßen, während ich versuchte, sie zu beruhigen, indem ich ihre schwarze Tatze streichelte. Dabei kratzte sie meine Hand, die zu bluten begann. Von Erwachsenen bekam ich keine Hilfe. Ausdruckslos und mit unkoordinierten Augen wie riesige Chamäleons blickten sie in alle Richtungen, nur nicht auf das Drama vor ihnen. Allerdings wüsste ich auch nicht, was sie hätten tun können. Nur schleierhaft erinnere ich mich, wie ich schließlich mit Mohrchen im zerrissenen Karton das Tierheim erreichte. Es befand sich in einem offenbar provisorischen Flachbau auf einem Trümmergrundstück in der Süderstrasse im radikal zerbombten Stadtteil Hamm. Der Karton wurde wortlos von einer älteren Frau entgegen genommen und nach hinten getragen. Von mir verlangte man weder Geld noch Formalitäten, vielleicht weil ich so wirkte, wie ich mich tatsächlich fühlte, nämlich ausgesprochen elend. Unschlüssig wartete ich am Tresen. Als die Frau nach einem Augenblick zurückkam, schickte sie mich mit einer freundlich klingenden Bemerkung hinaus. Nur mit Mühe fand ich in der Einöde den Weg zur Bushaltestelle.

Sehr lange hatte ich ein schlechtes Gewissen, weil ich Mohrchen ins Tierheim gebracht hatte, obwohl ich im Grunde wusste, dass sie dort ein sehr unbestimmtes Schicksal, wahrscheinlich der baldige Tod, erwartete.

Wachwechsel

Auf dem Platz und in der Schule hatte sich die Nachricht verbreitet, dass wir aus dem Lotterietopf des Lebens mal wieder eine richtige Niete gezogen hatten. Nachbarinnen, Lehrer und auch die ab und zu erscheinende Fürsorgerin bemühten sich redlich, uns Kinder zu trösten und uns Mut zu machen. Niemals vor- oder nachher hörte ich von so „lieben Tanten" und netten Spielkameraden, die es in Kinderheimen geben sollte. Ganz zu schweigen von dem guten Essen, mit dem man dort die Kinder verwöhnte.

Unsere Mutter bemühte sich, unsere gemeinsame Zeit vor der Operation tapfer und tränenfrei zu bewältigen, was ihr aber nicht ganz gelang. Praktische Probleme lenkten von der bitteren Realität ab. Kleidung und diverse Kleinigkeiten mussten besorgt werden. Die Fürsorgerin wollte sich um einen Transport in ein Heim kümmern. Wir Kinder hatten mit all dem wenig zu tun, wir waren ja lediglich die Objekte des Handelns.

In dieser Zeit des Wartens kündigte unser Bruder von irgendwoher an, dass er wieder in Europa sei und bald nach Hamburg käme. Er würde dort einfach abmustern und einige Wochen Urlaub nehmen, um seine Geschwister zu versorgen. Das war ja unglaublich! Für Anneliese und mich eröffnete sich damit unerwartet eine mehr als erfreuliche Perspektive. Unsere Mutter war eher von Zweifeln geplagt, denn ihr Sohn war ja noch so jung, erst in einigen Wochen würde er zwanzig Jahre alt werden. Würde er der Aufgabe gewachsen sein? Wir Kinder hatten jedenfalls keinerlei Bedenken und redeten entsprechend auf unsere Mutter ein. Mein Vater war per Telefon über Norddeich Radio von unserer Mutter unterrichtet worden und schrieb kurz darauf, dass Hans immerhin eine vieljährige Ausbildung vom Schiffsjungen zum Matrosen hinter sich hätte und somit natürlich auch mit allen hauswirtschaftlichen Arbeiten vertraut sei. Ohne Zweifel könne er seine Geschwister versorgen.

Die Fürsorgerin saß eines Tages wieder auf dem Sofa und schien etliche Bedenken ersonnen zu haben. Da wir Kinder uns aber so begeistert von dieser pragmatischen Lösung zeigten und so überzeugt wirkten, dass wir drei Geschwister gut gemeinsam in der Bude zurechtkommen würden, wurde uns eine wohlwollende Prüfung der Angelegenheit zugesagt. Immerhin bräuchten wir ja bei dieser Lösung nicht die Schule zu wechseln. Während Anneliese und ich froh nach draußen liefen, schlürfte die Fürsorgerin noch eine Tasse echten Bohnenkaffee.

Plötzlich ging alles ganz schnell und deswegen wohl auch recht undramatisch. Hans kam mit zwei schweren Koffern und zog bei uns ein. Als moderner Seemann hatte er keinen Seesack mehr. Fast zeitgleich wurde der Operationstermin für einen der nächsten Tage festgelegt. Eile war also geboten. Es blieb kaum genügend Zeit, dass meine Mutter das Kommando ordentlich an Hans übergeben konnte. Früh an einem sonnigen Morgen im Oktober 1951 stand dann eine Taxe auf dem Weg vor der Bude und unsere Mutter entschwand. Hans gab uns an diesem Tag schulfrei und überspielte souverän alle Traurigkeit, indem er uns einspannte, unser Essen zu bereiten. Für den Nachmittag schlug er einen Besuch im Bismarckbad in Altona vor, was unsere begeisterte Zustimmung fand. Abends war ich so müde, dass ich ohne einen Gedanken an meine Mutter einschlief. Auch Anneliese schien nicht von Traurigkeit geplagt zu sein.

Da der Herbst gerade begonnen hatte, fiel kaum noch Gartenarbeit an. Hans grub schnell unser kleines Stück Kartoffelland um, das unsere Mutter nicht mehr bewältigt hatte, und schon konnten wir uns interessanteren Dingen widmen. Allerdings nahm Hans seine Rolle als Chef in unserer Troika sehr ernst. An Aufruhr dachten wir kein einziges Mal, denn die Stimmung war insgesamt gut und wir fühlten uns wirklich umsorgt. Schon in dieser Situation bewies Hans seine Führungsqualitäten, deren er bei seiner späteren Laufbahn als Schiffsoffizier und Lotse auf der Elbe und in der Deutschen Bucht bedurfte. Großen Wert legte er auf die sorgfältige Erledigung unserer Hausaufgaben. Er half uns dabei, wenn es mal bei Anneliese oder mir hakte, und zwar immer sehr sachkundig und pädagogisch beherrscht.

Besonders war ihm daran gelegen, dass wir ordentlich aßen; da wirkten seine Hungerjahre wohl noch nach. Im Wesentlichen servierte er Hausmannskost, und zwar mit „ordentlich was drin", also Markknochen, Fleisch, Würstchen und glänzende Fettaugen an der Oberfläche.

Regelmäßig kochte er unsere Wäsche, die er dann draußen in der Wanne kräftig auf dem Waschbrett traktierte. Da neuerdings ein Wäschedienst mit einem kleinen Lastwagen auch unseren Platz bediente, nutzten wir diese Möglichkeit, um unsere Bettwäsche in die Reinigung zu geben. Wenn dann nach etwa einer Woche die Laken und Bezüge in einem „rein" duftenden Papierpäckchen gemangelt und ordentlich gefaltet wieder bei uns abgegeben wurden, sahen wir darin ein Zeichen, dass auch wir - ebenso wie andere Leute auf dem Platz - uns etwas Luxus leisten konnten. Mir bereitete es immer ein besonderes Behagen, wenn ich mich in mein frisch bezogenes, nach Sauberkeit riechendes Bett kuscheln konnte.

Die Operation unserer Mutter war gut verlaufen, und sie war kurz danach in ein Sanatorium bei Jesteburg in der Lüneburger Heide überführt worden. Ihre Briefe enthielten neben den obligatorischen Sehnsuchts- und Zuneigungsversicherungen sowie Verhaltensermahnungen recht detaillierte Beschreibungen über Diagnostik, Therapie und Verlauf ihrer Krankheit. Sie berichtete von Wanderungen an der frischen Luft, täglichen Liegekuren, vielen Tabletten wie Streptomycin, reichlich Essen, sowie etlichen Blutentnahmen. Ferner schrieb sie, dass sie gar nicht mehr rauchen würde, aber einige Mitpatienten, die als nicht mehr heilbar galten, heimlich ihrem Laster frönten, und sich beinahe totlachten, weil sie gegen die Gebote der Ärzte verstießen. Immerhin begriff ich, dass Rauchen nicht gut für die Lunge sein konnte. Dennoch „hing" ich fünf Jahre später bereits als Schiffsjunge erst an der Pfeife und paffte würzigen Tabak und dann die folgenden Jahre an „schwarzen" Zigaretten ohne Filter aus Frankreich.

Wirklich interessant war für uns aber, dass die Kaverne in der Lunge unserer Mutter sich zu schließen begonnen hatte, was in etwa bedeutete, dass ihr Infektionsherd in der Lunge irgendwann eingekapselt sein würde. Wenn es soweit wäre, könnten wir uns besuchen, weil sie dann nicht mehr direkt ansteckend wäre.

Außerdem teilte unsere Mutter mit, dass sie regelmäßig einen künstlichen Pneumothorax bekommen würde. In späteren Texten schrieb sie dann nur noch vom „Pneu". Dabei würde ihr Luft durch eine dicke Nadel in den Brustkorb gepumpt werden, um den beschädigten Lungenflügel „lahmzulegen". Dadurch empfände sie zwar einen leichten Druck im Brustraum, aber insgesamt sei die gesamte Prozedur nicht so sehr schlimm. An dieser Stelle blies ich Luft aus, als hätte ich selbst einen Pneu in der Brust. Die Darstellungen meiner Mutter waren doch sehr plastisch und meine Phantasie zu wenig begrenzt. Hans versuchte, uns zu vermitteln, was er verstanden hatte, aber ich und insbesondere Anneliese stellten bald fest, dass wir keinen erhöhten Bedarf an Detailwissen entwickelten. Rückblickend wage ich zu behaupten, dass es wohl nur sehr wenige Zwölfjährige gab, die versiert wie ich ihre Spielkameraden mit Fachtermini wie „Pneumothorax" und „Kavernen in der Lunge" zu beeindrucken vermochten.

Natürlich schrieben wir unserer Mutter, wie eben Kinder von sieben beziehungsweise zwölf Jahren so schreiben, von Wünschen, Hoffnungen, dem eigenen Ergehen und dem Wetter. Ich bedauerte in einem Brief, dass noch so viele Monate bis zum Abschluss der Kur vergehen könnten. Als ich Hans diesen Brief vorlas, schwieg er eine lange Weile und sein Gesicht wirkte sehr ernst. Schließlich sagte er, dass seine Reederei angefragt hatte, ob er noch vor Weihnachten auf einem großen und modernen Schiff im Fahrtgebiet Nordseehäfen – Cuba – Mexico – Golfhäfen der USA anmustern wolle. Anneliese und ich reagierten strikt ablehnend. Hans erklärte aber, dass er einfach nicht endlos an Land bleiben könne und außerdem auch mal wieder Geld verdienen müsse. Und das Fahrtgebiet fände er auch sehr interessant. Das Schiff sollte eine Woche vor Weihnachten auslaufen. Der Gedanke daran fiel mir schwer.

Tatsächlich kam bald die Fürsorgerin bei uns vorbei. Hans hatte sie wohl von seinen Plänen informiert. Er stocherte sogleich in der Glut des Ofens und legte noch ein Holzscheit nach. Kurz darauf brühte er den Kaffee auf. Die dampfende Tasse vor sich, schaute die Fürsorgerin sich kontrollierend in der Küche um und peilte auch durch die offene Tür in die Schlafkammer. Auf einen „Kontrollgang", wie er sicher zur Routine einer Fürsorgerin gehörte, verzichtete sie angesichts unserer wahrlich engen Räumlichkeiten. Alles war sauber und ordentlich. Zum Abschluss äußerte sie sich dann sehr lobend über das, was sie gesehen hatte. Zwei jüngere Geschwister wochenlang in der Obhut ihres noch nicht einmal volljährigen Bruders zu lassen (damals lag die Grenze zur Volljährigkeit bei 21 Jahren), war aus Sicht der Behörde wirklich keine Selbstverständlichkeit. Sie wirkte richtig stolz zu sein, dass ihr kleines Sozialexperiment mit uns gelungen war. Hans war wohl noch etwas stolzer als sie. Kurz bevor ich zum Nachmittagsunterricht musste, hörte ich noch, dass sich die Fürsorgerin bei Hans erkundigte, wann genau er denn wieder zur See müsse. Leider hörte ich nicht, wie sich die Unterhaltung fortsetzte. Aber mir reichte die Zeit meines superkurzen Schulwegs zur Erkenntnis, dass Anneliese und ich nicht um einen Heimaufenthalt herum kommen würden.

Liegekuren und Zitterpudding

Anfang Dezember durfte unsere Mutter uns endlich in der Bude besuchen. Sie hatte ordentlich zugenommen und sah wesentlich besser aus als vor rund zwei Monaten. Vor allem wirkte sie richtig entspannt, ja, fast fröhlich. Wir ließen uns alle von ihrer guten Laune beeinflussen und freuten uns natürlich sehr, wieder mit ihr zusammen zu sein. Man könnte meinen, sie hätte die Lungenkrankheit überwunden. Aber das war falsch. Tatsächlich galt sie jetzt jedoch nicht mehr als ansteckend. Das war ja auch ein riesengroßer Fortschritt. Unsere Mutter erzählte allerhand vom Pneu und ihrer Kaverne, aber ich hörte gar nicht richtig zu. Ich war einfach nur froh, dass sie wieder bei uns war, obwohl schon von Anfang an der Schatten der baldigen Trennung unser Zusammensein überlagerte. Anneliese suchte in ihrer Freude andauernd die körperliche Nähe zur Mutter. Sie konnte kaum begreifen, dass sie ihr nicht um den Hals fassen durfte, denn von einer Operationswunde war nichts mehr zu sehen. Auch verstand sie nicht, dass sie wegen des Pneus nur ganz ruhig auf dem Schoss ihrer Mutter sitzen durfte. Man merkte, dass Anneliese die Trennung von ihrer Mutter sehr schwer gefallen sein musste. Hans war zwar immer sehr lieb und fürsorglich zu Anneliese gewesen, aber die mütterliche Zuneigung und Zärtlichkeit, deren sie als kleines Mädchen von sieben Jahren sicher bedurfte, hatte er ihr natürlich nicht bieten können. Ich hatte mich mit meinen zwölf Jahren in einer wesentlich besseren Position befunden. Hans behandelte mich eher kumpelhaft und ich fühlte mich unter seinem Einfluss, als sei ich über mein Alter hinaus gewachsen, zwar nicht erwachsen, aber schon ziemlich groß; da hatte die Fürsorgerin gar nicht so unrecht gehabt.

Bei uns durfte unsere Mutter jedoch nur einige Tage bleiben. Dies hatten die Ärzte sehr streng angeordnet. Nur ausnahmsweise hatte sie einen Kurzurlaub bekommen, um unseren Heimaufenthalt vorbereiten zu können. Unsere Koffer standen schon bald fertig gepackt im Flur.

Merkwürdigerweise wurde uns erst durch die Anwesenheit unserer Mutter bewusst, dass ja schon Advent war. Keiner von uns Kindern hatte bis jetzt etwa einen Adventskranz oder sonstige Attribute dieser Zeit vermisst. Auch Gedanken an Weihnachten hatten wir weitgehend verdrängt. Oder vielleicht verhielt man sich einfach vorsichtig nach dem Motto: Bloß nicht dran rühren! Aber offenbar ließ die Gegenwart unserer Mutter dann eines Tages das Thema doch hoch kommen. Schnell war uns allen klar, dass dieses Jahr das Weihnachtsfest alles andere als fröhlich sein würde: unsere Mutter im Sanatorium, der Vater und Hans auf See und Anneliese und ich im Heim. Es gab nichts zu beschönigen. Die Tränen kullerten nur so und selbst Hans hatte stark schimmernde Augen.

Ich sah ein, dass ein Umzug in ein Kinderheim unausweichlich war. Es fiel mir nicht immer leicht, einen tapferen Eindruck zu machen, wenn ich mich von Schul- und Spielkameraden sowie Nachbarn verabschiedete. Alle waren sehr nett zu mir und fragten so manches mit Empathie. Am wenigsten gefiel mir die Frage, wie lange der Heimaufenthalt denn dauern sollte. Ich wusste es nicht.

Die Fürsorgerin hatte alles bestens organisiert. Zwei Wochen vor Weihnachten 1951 holte sie uns mit einem kleinen Bus ab, in dem schon einige andere Kinder saßen. Anneliese und ich waren so abgelenkt, dass wir uns gar nicht richtig von Hans verabschiedeten.

Das Kinderheim lag im Norden Hamburgs bei Bergstedt und stand in der Regie der Hansestadt Hamburg. Es war ein vor vierzig Jahren erbauter hochherrschaftlicher Klinkerbau, reetgedeckt und mit breiter Terrasse. Vom Hintereingang gelangte man in eine imposante, holzgetäfelte Halle. Da ragte ein geschmückter Tannenbaum empor, dessen Spitze bis in den ersten Stock ragte. Von der Eingangshalle führte eine breite Treppe nach oben zu einer Empore mit zwei gewaltigen Sesseln und einem Sofa, das sich in dieser Umgebung fast bescheiden ausnahm, aber in unserer Küche in der Bude keinen Platz gefunden hätte. Die Möbel glänzten golden, weil sie, wie mir später jemand sagte, mit kostbarem Brokatstoff bezogen waren. Ich war einfach überwältigt von der Geräumigkeit und der geschmackvollen Gestaltung. Mir war, als wäre ich in eine Märchenwelt geraten.

Zunächst wurden wir von zwei „Tanten" in Empfang genommen und Gruppen zugeteilt. Leider wurde keine Rücksicht darauf genommen, dass Anneliese und ich Geschwister waren. Wir wurden getrennt. Und dabei blieb es. Besonders Anneliese hätte wohl einer größeren Nähe zu mir bedurft. Aber im Heim herrschte eine klare Gruppeneinteilung nach dem Alter der Kinder. Die strikte Ordnungsstruktur des Heimes gestattete einfach keine geschwisterliche Zweisamkeit bei unserem „gewaltigen" Altersunterschied von fünf Jahren. Tatsächlich hatten wir durch die Gruppentrennung wenig Kontakt, was zum Teil auch daran lag, dass ich mich nicht energisch genug um meine Schwester kümmerte. Leider war ich nicht hinreichend in der Lage, meiner kleinen Schwester eine Stütze zu sein. Heimweh hatten wir natürlich beide – vor allem nachts, und ein jeder für sich allein.

Ich gehörte zu den „Großen", die das Privileg hatten, sich auf dem weitläufigen, etwas verwilderten, parkähnlichen Grundstück ziemlich frei zu bewegen. Zu beiden Seiten befanden sich Felder und den hinteren Abschluss bildete der Lauf der „Alster", die hier nur etwa fünf Meter breit war. Ich konnte mir gar nicht vorstellen, wie daraus die großen Seen „Außen- und Binnenalster" mitten in Hamburg werden konnten.

Zur Schule musste ich zu Fuß nach Bergstedt gehen – etwa zwanzig Minuten. Manchmal trafen Anneliese und ich auf dem Schulweg zusammen. Auch im Heim war es nicht gänzlich ausgeschlossen, dass wir gelegentlich miteinander reden konnten. Ein Anlass ergab sich insbesondere, wenn wir einen Brief von unserer Mutter bekommen hatten. Wahrscheinlich hatte auch unser Vater mal eine Postkarte geschickt – vielleicht, ich erinnere mich nicht. Anneliese war in meiner Gegenwart immer recht verschlossen. Ich glaube, dass sie eigentlich permanent sehr unter dem Heimaufenthalt gelitten hatte.

Von meiner Schulzeit in Bergstedt weiß ich nur noch, dass ich in eine Klasse mit Jungen und Mädchen kam. Offensichtlich erlebte ich eine in keinerlei Hinsicht bemerkenswerte Zeit, ich wurde nicht geschnitten, aber ich gewann auch keine Freunde. Im Gedächtnis geblieben ist mir nur eine Erzählung des etwa vierzig Jahre alten Klassenlehrers, der ziemlich mager war und scharfe Falten um den Mund hatte. Er war vor noch nicht so langer Zeit aus russischer Kriegsgefangenschaft zurückgekehrt, was also bedeutete, dass er und seine Frau viele Jahre ohne jegliche Verbindung miteinander gelebt hatten. Noch während des Krieges, bei seinem letzten Heimaturlaub, hatten sie verabredet, abends immer einen bestimmten Stern zu betrachten und ganz fest an einander zu denken. So würden sie spüren können, ob der Partner noch am Leben sei. Fest vom Katheder in unsere gespannten Gesichter blickend versicherte er, dass sie immer gewusst hätten, dass der andere noch lebte. Ohne diese Gewissheit hätte er die schwere Zeit in Sibirien ganz sicher nicht überlebt. Ich staunte, und ich glaubte dem Heimgekehrten seine Überzeugung. Tatsächlich versuchte ich ab und zu abends mit meiner Mutter in telepathischen Kontakt zu treten. Dazu stellte ich mich im Dunkeln auf die Wiese hinter dem Heim und fixierte nach einander verschiedene Sterne. Aber es gelang mir nicht, eine Verbindung herzustellen. Vermutlich scheiterten meine Bemühungen, weil ich eigentlich nicht wirklich davon überzeugt war, dass Telepathie möglich war, zum anderen hatten meine Mutter und ich auch nichts verabredet. Da konnte das ja nichts werden. Während vieler Jahre hielt ich immer mal wieder inne und sinnierte bei dem Gedanken an meinen Lehrer, ob telepathische Phänomene wohl möglich wären. Irgendwann kam ich darauf, dass zwischen Deutschland und dem fernen Sibirien immerhin zahlreiche Zeitzonen liegen. Da könnte es ja leicht passieren, dass ein Partner schon den Sternenhimmel betrachtet und der andere noch vom Sonnenlicht geblendet wird – oder umgekehrt. Das liebende Paar musste ganz genaue Verabredungen getroffen haben, sonst hätte ihre Verbindung schon aus Sichtgründen nicht klappen können. Ab und zu ärgerte ich mich sogar ein wenig, den ehemaligen Kriegsgefangenen nicht nach der praktischen Durchführung ihres Sende- und Empfangsverkehrs gefragt zu haben.

Rund um die Eingangshalle im Parterre unserer neuen Unterkunft befanden sich im Wesentlichen nur Wirtschafts- und Gruppenräume. Jede Gruppe hatte, jedenfalls aus meiner Sicht eines Budenbewohners, überaus komfortable Aufenthalts-, Spiel- und Essbereiche mit Parkettboden und stilvollen Holzmöbeln, was zumindest am Tage mein Heimweh aufwog. Meine Gruppe gehörte in den linken Teil des Hauses, während Annelieses Gruppe im rechten lebte. Allerdings glaube ich nicht, dass der Komfort die Betrübnis meiner Schwester zu mildern vermochte; ihr als Siebenjähriger setzten vielleicht die großzügige Gestaltung und Möblierung gerade deshalb zu, weil sie so sehr an die negativen Umstände erinnerten, unser Budenleben aufzugeben. Geschlafen wurde im oberen Stockwerk, und zwar in geräumigen Sälen, nach Jungen und Mädchen getrennt. Auch die Tanten hatten ihre Zimmer oben.

Abgesehen davon, dass ich natürlich lieber mit meiner Familie zu Hause wäre, fühlte ich mich im Heim doch ziemlich wohl. Dazu trug sicher auch das gute Essen bei. Besonders erinnerlich ist mir der Nachtisch. Was ich bis dahin noch nicht kennen gelernt hatte, war „Götterspeise", mit reichlich Vanillesoße, von uns Kindern allgemein

Zitterpudding genannt. Diese geleeartige, fast transparente Masse wurde meistens am Wochenende aufgetischt. Da wir in drei Essgruppen eingeteilt waren, wurden ebenso viele gewaltige Glasschüsseln auf einem Servierwagen herangefahren, und zwar – damals mit Sicherheit unpolitisch – in den drei Ampelfarben. Egal an welche Nuance ich nun geriet, ich liebte einfach den süßlichen Geschmack nach Waldmeister, Zitrone oder Himbeere sowie die auf dem Löffel so lustig widerstrebende Konsistenz. Wesentlich beeindruckte mich dabei die Menge; es gab einfach keine Begrenzung, man durfte so viel nehmen und essen wie man wollte und konnte. Überfluss war ich von früher ja nicht gewohnt. Die Hungerszeit lag zwar schon einige Jahre zurück, aber sie wirkte noch immer nach. Die erlebte quantitative wie qualitative Dimension dieser Nachspeise hinterließ in mir Spuren und gelinde Zwänge zur Nachahmung. Keiner der mir später nahestehenden Menschen teilte meine Schwäche für diese knallfarbige Wabbelmasse. So manche Proteste musste ich mir anhören, wenn ich dennoch die „göttliche" Speise auftischte.

Im Februar besuchte uns an einem Nachmittag unsere Mutter. Im Heim fand sich jedoch keine Ecke, wo wir ganz ungestört alleine sein konnten. Draußen blies vom Flusstal her ein ungemütlicher, nasskalter Wind, der uns frösteln ließ. In einem Gang rückten wir schließlich auf drei Stühlen an einander. Wie trockenes Tannenreisig im Kamin flammte kurz eine wärmende Wiedersehensfreude auf, die aber schnell wie ein glühender Zweig zu grauer Asche zerbrach. Uns drei vereinigte nur unser Sehnen nach Gemeinsamkeit zu Hause, in unserer Bude. Anneliese verzog in stillem Weinen ihr Gesicht und unsere Mutter legte mit einer ratlosen Geste ihre Arme um uns. Mir ist dieser Besuch als eine einzige Beklemmung in Erinnerung; und es entstand einfach kein Empfinden von Vertraulichkeit. Dennoch redeten wir, sie fragte, wir antworteten, sie erzählte von ihrem jetzigen Leben, das sich ziemlich eintönig gestaltete in einem steten Wechsel von Spaziergängen und

Liegekuren, in dicke Decken eingewickelt, auf einer offenen Veranda. Nebenbei erwähnte sie, dass man sich auch um ihre Froststellen in den Füssen bemühte, aber es gab leider kein Wundermittel; sie müsse eben Geduld haben. Am wichtigsten war wohl, dass die Ärzte sehr zufrieden mit ihr waren, weil sie sich schon gut erholt hatte und nicht mehr ansteckend war. Aber leider müsste sie noch eine unbestimmte Zeit in der Heilstätte bleiben, um sich ganz „auszukurieren". Sie würde aber alles tun, damit sie bald entlassen werden könnte. Kurz vor dem Abendbrot wurde sie von einer Taxe abgeholt. Der Abschied fiel uns nicht leicht. Anneliese und ich schauten dem Auto nach. Dann mussten wir zum Essen – jeder in seinen Gruppenraum.

Ebenso wie Anneliese und ich hatte sicherlich auch unsere Mutter empfunden, dass die langen Trennungen für keinen von uns gut waren. Der weite und umständliche Weg in die Lungenheilstätte bei Jesteburg schloss Besuche von uns bei unserer Mutter aus. Andererseits war der umgekehrte Weg für unsere Mutter nur ausnahmsweise verkraftbar. Unsere Mutter suchte nach einer Verbesserung der Lage. Sie hatte Erfolg. Schon nach knapp einem Monat.

Nach nur kurzer Vorwarnung, die uns kaum genügend Zeit zum Packen unserer Sachen ließ, wurden Anneliese und ich mit dem Kleinbus der Fürsorge quer durch Hamburg und über die Elbbrücken in die Lüneburger Heide befördert. Der Umzug überraschte uns nicht völlig, denn unsere Mutter hatte uns geschrieben, dass sie sich bemühte, uns in einem Heim in der Nähe von Jesteburg unterbringen zu lassen, so dass sie uns häufiger besuchen könnte. Wie sie später erzählte, hatte sie gegenüber Ärzten und der Fürsorgerin geklagt, niemals richtig gesund werden zu können, wenn sie sich immer so nach ihren Kindern sehnen würde. Wie wir nun erlebten, hatte unsere Mutter überzeugend argumentiert. Wir waren jetzt nur wenige Kilometer von Jesteburg in einer „Kinderlungenheilstätte" untergebracht, dies, obwohl wir gar nicht akut lungenkrank waren. Wahrscheinlich aber sah man in unserem Aufenthalt und der Versorgung „als ob" eine ausgezeichnete vorbeugende oder nachsorgende Maßnahme. Jedenfalls bewundere ich, dass es den Verantwortlichen in Hamburg schon so frühzeitig gelang – nur etwa zwei Jahre nach der Gründung der Bundesrepublik –, dem Sozialstaatsgebot des Grundgesetzes umfassend gerecht zu werden. Bestechungen oder Beziehungen waren mit Sicherheit nicht im Spiel, auch der echte Bohnenkaffee, der gelegentlich der Fürsorgerin kredenzt worden war, hatte bestimmt keine Entscheidung beeinflusst. Falls unsere Eltern für unseren Aufenthalt überhaupt einen Obolus entrichten mussten, so war er keineswegs ruinös.

Hier in der gutshofähnlichen Anlage inmitten der Heidelandschaft, eingebettet in einen ausgedehnten Bauerngarten, fühlte ich mich wohl. Regelmäßige Spaziergänge in Begleitung von ein oder zwei eher mütterlich auftretenden „Tanten" machten einfach Spaß. Schulunterricht wurde von Lehrern, die ins Heim kamen, erteilt. Konsequent, mochte der Rücken auch erlahmen, mussten alle Kinder zweimal am Tage an der sogenannten Liegekur teilnehmen. Unabdingbar für eine Lungenheilstätte, war das Essen reichlich, kalorienreich und überdies wohlschmeckend. Selbstverständlich verzichtete man zu meiner Freude nicht darauf, ab und zu Götterspeise zum Nachtisch zu reichen, die aber leider nur in Portionsschälchen serviert wurde. Aber sonst habe ich nichts zu klagen. Das Beste aber war die Busverbindung von beziehungsweise nach Jesteburg. Hin und wieder, wegen ihrer Kur wirklich nicht zu oft, besuchte uns unsere Mutter. Allein schon diese Kontakte sowie das Bewusstsein, dass wir uns räumlich so nahe waren, beförderten sicher die gute Erholung unserer Mutter und auch das Wohlbefinden von Anneliese und mir. Ende April durfte unsere Mutter ihre Kur beenden.

Ein Clown zwischen Toiletteneimer und Sitzbadewanne

Alsbald nahmen wir wieder unsere Bude in Besitz, deren räumliche Enge ihren Ausgleich darin fand, dass wir endlich unter uns sein konnten, nur wir drei - und ohne Tanten und tobende Kinder. Als unschätzbar erholsam für unsere Mutter erwies sich unser Garten, in dem es nun im Frühling im Übermaß grünte und blühte. Kritisch beobachtete ich, wenn meine Mutter sich vor die Tür in die Sonne setzte, ob sie ein Zeichen von Schwäche zeigen würde. Für stets genügend Wasser in der Küche zu sorgen, war ein stilles Gelöbnis, das ich mir selbst gegeben hatte, und das ich erfüllte. Eine andere Aufgabe, der ich mich allerdings ohne Enthusiasmus widmete, war, den Toiletteneimer zu leeren. Gerade einseitige Belastungen, wie sie beim Eimertragen unvermeidlich sind, würden für meine Mutter wegen ihrer Operation sowie des Pneus gefährlich und schmerzhaft sein. Wenn meine Mutter mich lobte, freute ich mich natürlich. Auch versuchte ich tapfer, im Garten umzugraben, aber ich kam nicht so recht voran, weil ich einfach keine ordentlichen Armmuskeln hatte. Wenn meine Mutter selbst sich daran machte, den Boden zu lockern, redete ich auf sie ein, dies lieber unserem Vater zu überlassen, der ja bald von See kommen würde. Ansonsten fielen wir ohne Komplikationen in unseren alten Lebensrhythmus zurück. Im Rückblick mutet es schon seltsam an, wie wenig eine längere Abwesenheit bedeutet. Das Interesse von Nachbarn und Spielkameraden beschränkte sich im Wesentlichen auf die lakonische Frage, durchaus freundlich gemeint: „Na, seid ihr wieder da?" Deutlich spürte man, dass keine erschöpfende Antwort erwartet wurde. Ich beließ es meistens dabei, nur mit einem lapidaren „Ja" zu antworten.

Meine Mutter musste oft – zunächst wöchentlich, später in längeren Abständen – in die Stadt zum Lungenarzt fahren, um ihren Pneu erneuern zu lassen. Dies bedeutete natürlich für sie eine gewisse Strapaze, die sie aber während vieler Jahre willig auf sich nahm, denn sie hatte wohl zu schätzen gelernt, gesund oder zumindest fast gesund zu sein.

Für mich war bedeutend, dass ich fortan die Technische Oberschule(TO) in Blankenese mit dem Ziel besuchte, nach vier Jahren (1956) den Abschluss „Mittlere Reife" zu erreichen. Hier traf ich auf ehemalige Mitschüler aus Sülldorf und aus Iserbrook, aber auch auf eine größere Anzahl Unbekannter, die in Blankenese und Umgebung wohnten. In unserer Klasse von circa dreizig Jungen und Mädchen konzentrierte sich das gesamte Spektrum vom Kriegsopfer bis zum Kriegsgewinnler, Kinder, die kaum ordentliche Kleidung hatten und andere, die sich anstrengen mussten, ihren Wohlstand nicht zu deutlich zu zeigen. Es war eine bunte Mischung von Behelfsheim- und Villenbewohnern, Flüchtlingen, Vertriebenen und Ausgebombten sowie Vaterlosen, deren Erzeuger gefallen, gefangen oder vermisst waren.

Der Zusammenhalt in unserer Klasse war trotz der bedeutenden Unterschiede in den Schicksalen und Lebensbedingungen weitgehend gut. Viel haben wir wohl diesbezüglich unserem Klassenlehrer zu verdanken. Er lebte mit seiner Mutter in einem eindrucksvollen Haus mit großem Garten, das etwa auf der Hälfte meines Schulweges lag, der an einem Villenviertel entlang führte. Verstohlen, staunend, aber ohne Neid, schielte ich immer zu dem Anwesen, der üppigen Villa aus gebrannten Klinkern, halb verdeckt von den Kronen hoher Bäume, wo also mein Lehrer wohnte. Über seinen Vater weiß ich nichts. Gar nichts erzählte er von seinen Eltern. Auch nicht vom Krieg. In der Nähe seines Hauses waren jedenfalls keine Bomben gefallen. Was ein Bombenkrieg bedeutete, hatte er offenbar nicht am eigenen Leibe erfahren. Aber darüber machte ich mir zu dem Zeitpunkt keine Gedanken, schon gar nicht käme ich auf die Idee, ihm Vorwürfe wegen seiner wahrscheinlichen Unerfahrenheit zu machen und dass er und sein Haus ja offensichtlich nicht getroffen waren. Niemals machte er einen befangenen Eindruck. Nicht war ihm anzumerken, dass er vielleicht irgendwie reflektierte über sein eigenes Schicksal, das ihn willkürlich weder verdient noch unverdient privilegiert hatte; und die von seinen Schülerinnen und Schülern erlittenen Traumata schienen ihn auch nicht innerlich zu quälen. Ausgeschlossen ist jedoch nicht, dass er Kraft eigener Überlegungen und Dank erfahrener Ratgeber uns einfach in der Schule einen Raum der Ruhe bot, dass er uns bewusst „in Frieden" ließ. Wir waren seine erste feste Klasse nach seinem Studium. Er wirkte sehr authentisch in seiner Art, frisch, offen, unverkrampft, tolerant und enthusiastisch. Und gerecht - ohne Einzelne vorzuziehen oder zu benachteiligen. Dennoch will ich nicht ausschließen, dass jemand in unserer Klasse insgeheim gelitten hat. Ich bin mir ziemlich sicher, dass unser Lehrer im Studium so kurz nach dem Krieg besonders freiheitlich-demokratischem Gedankengut ausgesetzt worden war. Vielleicht war er sogar schon von Haus aus so vorgeprägt. Er gewann unseren Respekt, ohne auch nur ansatzweise nazistisch auszugleiten. Sein Unterricht ließ niemals braune Tendenzen erahnen.

Ich selbst fühlte mich gut integriert. Dazu trug wohl auch bei, dass ich mich allmählich als Klassenclown etablierte. Ich weiß nicht, ob meine Psyche dieses Auswegs bedurfte nach Bombenängsten, Hungersnot und Mordgedanken. Lustig ist das Überleben, war vielleicht mein unbewusstes Motto! Eine andere Möglichkeit wäre eventuell gewesen, zeitweilig in eine Depression zu geraten. Mir fiel es ziemlich leicht, mit Gestik, Mimik und rollenden Augen sowie nur wenigen, manchmal vorlauten Worten die gesamte Klasse zum Lachen zu animieren – einschließlich Klassenlehrer! Nach Jahrzehnten fragte mich einmal bei einem Klassentreffen ein Mitschüler nach dem Grund meiner Clownerien. Aus dem Stegreif wusste ich keine Antwort. Eine wäre jedenfalls, dass ich Talent hatte, das mir vielleicht heutzutage durch Auftritte im Fernsehen, in riesigen Hallen oder in der Politik zu Wohlstand verholfen hätte. Aber damals bereitete es mir Freude, Lachen zu provozieren – als eine Art Komödiant, auch ohne materielle Gage. Aber ich tat es wohl doch nicht ganz umsonst. Meine Witzigkeit war nicht selten einfach mein Schutz. Fühlte ich mich wie ohne Kleider, spielte ich auf, als sei ich ein König. Das hatte auch eine sehr praktische Komponente. Mir fiel es nicht leicht, etwas auswendig zu lernen. Ob das auf die jahrelange Unterernährung zurückzuführen war, kann ich nicht beurteilen. Forschungen weit nach dem Krieg haben derartige Zusammenhänge jedenfalls verifiziert. Aber vielleicht war ich einfach nicht fleißig genug. Jedenfalls: Sollte ich vor der Klasse ein Gedicht vortragen, das ich nicht ordentlich auswendig konnte, servierte ich eine Vorstellung; die Klassenkameraden kicherten und der Lehrer schmunzelte bis zum Lachanfall. Ich war gerettet. Mein komödiantisches Auftreten trug dazu bei, dass ich allgemein gemocht wurde. Das war für mich wichtig, weil ich mich im Innern eigentlich unsicher fühlte. Meine Herkunft spielte zwar keine Rolle, aber allmählich schämte ich mich doch, wegen unserer sehr schlichten Unterkunft in der Bude. Nie habe ich mir Klassenkameraden nach Hause eingeladen. Andere „Kleinigkeiten" beschwerten mich ebenfalls: Zum Beispiel meine ärmliche Kleidung. Oder genauer gesagt mein leichter, blaugrauer Wollpullover, den meine Mutter mir zum Schulwechsel auf die TO gekauft hatte. Dieses Kleidungsstück war ein wirkliches Qualitätsprodukt, das nicht kaputt ging und, vor allem, zu meinem Leidwesen, von Schuljahr zu Schuljahr sich in allen Teilen weitete und verlängerte. Meine Mutter hielt ihn an meinen Körper und befand ihn immer wieder als tragbar; trotz meiner Proteste. Meine Mitschüler reagierten nicht über dieses Wunder der Strickindustrie. Aber ich fürchtete, dass ich eines Tages gemobbt werden könnte.

Manchmal verleiteten mich meine Kaspereien zu grob unartigem Benehmen, für das ich mich erst lange nach der Schulentlassung zu schämen begann. Wir hatten einen Naturkundelehrer, der im Krieg eine deutlich sichtbare Schädelverletzung davongetragen hatte, die er mit einer kunstlosen und schlecht sitzenden Perücke zu verdecken suchte. Wandte er sich im Chemiesaal der Tafel zu, legte ich los mit geschmacklosen Imitierungen des Lehrers und bald herrschte lustigste Unruhe im Raum. Erst ignorierte der Lehrer unser Verhalten, bis er dann herumschnellte und wahllos auf einzelne Schüler mit einem Gummischlauch, der eigentlich zur Anwendung bei Chemieversuchen gedacht war, mehr demonstrativ als gefährlich losging. Unbeherrscht schreiend versuchte er Schüler des Raumes zu verweisen – natürlich ohne jeden Erfolg. Wir Schüler feixten und erst allmählich beruhigten sich Opfer und renitente Schüler. Nach solchem unrühmlichen Zwischenfall rückte der Lehrer seine verrutschte Haarattrappe zurecht und setzte seinen Unterricht fort, als wäre nichts geschehen. Mich freut, dass er später noch mit einem Amt als Schulleiter betraut wurde, vielleicht um ihn vor weiteren Demütigungen zu schützen. Denn ganz sicher ließ nicht nur unsere Klasse an dieser Schule rabiaten Neigungen freien Lauf. Diese Episode ist für mich im Grunde gleichermaßen erschreckend und mahnend. Der Kriegsversehrte war eigentlich wehrlos, was wir ausnutzten – zu unserem Vergnügen. Wie weit würden ich und meine Mittäter gehen, unter anderen Umständen und gegenüber anderen Minderheiten? Und wie weit war die Generation unserer Eltern gegangen?

Bei Kriegsende war unser Klassenlehrer noch ein Jugendlicher, mit Anfang zwanzig übernahm er die Verantwortung für unsere Vorbereitung „auf das Leben". Ein etwas bizarrer Zustand; seine Lebenserfahrung konnte natürlich nur begrenzt sein. Aber im Nachhinein empfinde ich es als Privileg, die letzten vier Jahre meiner Schulzeit nicht an einen unbelehrbaren, reuigen oder verkappten Nazi geraten zu sein, sondern an eine Person, der objektiv schon auf Grund ihres Alters keine Naziuntaten vorgeworfen werden konnten und die subjektiv von ihrem Auftreten her völlig unmilitärisch und kulturell sehr aufklärerisch wirkte. Allerdings thematisierte der Lehrer im Unterricht nicht den Terror und die Verbrechen der Nazizeit sowie die Schuld von vielen Millionen aus unserer Elterngeneration. Vielleicht wusste er zu wenig oder es war ihm schlicht wegen der zeitlichen Nähe, rund zehn Jahre nach dem Ende des Krieges, nicht möglich, schon mal etwas „aufzuarbeiten". Eventuell fehlte es an sachlichem Unterrichtsmaterial. Oder er nahm einfach Rücksicht auf uns Kinder, um nicht Konflikte zwischen uns und etwa belasteten Eltern zu schüren. Unser Unterricht gestaltete sich somit politisch ziemlich neutral. Aber dankbar erinnere ich mich der sonstigen Leistungen des Pädagogen. Er vermittelte mir glaubhaft den Eindruck, dass klassische Musik ein tiefes Erlebnis bereiten könnte. Wir sangen unter seiner Leitung „ernste" Lieder im Chor und gingen in Sinfoniekonzerte. Und ich fand Gefallen an solcher Musik. Dergleichen war mir von meinem Elternhaus her gänzlich unbekannt, da wurde das Radio sofort abgestellt, wenn die ersten Töne „Fiedelmusik" ertönten. Diesem Junglehrer verdanke ich auch die Erfahrung, dass man buchstäblich ohne Angst die Schwellen eines Theaters oder der Musikhalle überschreiten konnte. Weil er für uns Besuche von Theatern und Konzerten organisierte, sah und lernte ich, wie es in diesen mir gänzlich fremden „Tempeln" der Kultur aussah und zuging und wie man sich dort verhielt. Für mich war alles neu und ich war zunächst sehr unsicher. Er öffnete für mich Türen in eine neue Dimension. Doch im Vorfeld zu meinem ersten Konzertbesuch stellte sich die profane Frage: Was zieht man an? Ich sollte nun eintreten in eine geheimnisvolle Welt, wo man nicht nur „irgendwie" gekleidet erscheinen durfte. Meine Mutter hatte immerhin eine gewisse Vorstellung aus der Zeit, als sie noch „in Stellung" war und die „Herrschaften" gesehen hatte, bevor sie sich zu einem kulturellen Ereignis begaben. Meine Mutter und ich lösten dieses Problem einigermaßen – lange Hose und der mit mir gewachsene Pullover würden wohl taugen. Blieb das Problem Fußbekleidung: Ich besaß nur ein Paar recht massive Stiefel, andere Schuhe hatte ich nicht. Also zog ich die eleganten Slipper an, die mein Bruder beim letzten Urlaub bei uns gelassen hatte. Wie das Schicksal so spielt, war diese Fußbekleidung mindestens eine Nummer zu klein.

Auch aus diesem Grunde ist mir mein erstes Sinfoniekonzert in der Hamburger Musikhalle, Beethovens Fünfte, unvergesslich.

Bei der Schulentlassung 1956 war ich sechzehn Jahre alt. Mein Zeugnis ließ kein Strebertum erkennen. Auf meine Mutter machte es offenbar einen anständigen Eindruck, ich wurde weder getadelt noch gelobt. Ich war zufrieden. Auf dem Klassenfoto, das am letzten Tag auf dem Schulhof aufgenommen wurde, überragen mich die meisten meiner Mitschüler. In den folgenden zwei Jahren wuchs ich allerdings im ersten Jahr zwölf und im zweiten legte ich noch acht Zentimeter zu. Damit hatte ich dann meine endgültige Körpergröße von 176 Zentimetern erreicht.

Parallel zum Besuch der TO veränderten sich die Lebensverhältnisse unserer Familie entscheidend. Gelegentlich hatte mein Vater Urlaub oder meine Mutter nutzte eine Fahrt durch den Kiel-Kanal, um ihren Mann zu treffen. Bilder aus dieser Zeit zeigen sie stets „repräsentativ" gekleidet, mit dunklem Rock und Nylonbluse mit Halsschleife. Zwischendurch machte auch Hans bei uns Urlaub, was eine besondere Freude für Anneliese und mich war, weil er - wie schon früher – „Schätze" aus Amerika mitbrachte sowie uns großzügig Taschengeld zusteckte. Sehr schätzten wir, dass er häufiger mit uns ins Hallenbad am Altonaer Bahnhof ging. Er bemühte sich weiterhin um Anneliese und mich. Dies tat er sicherlich ohne Kalkül, aber eine lebenslange Wertschätzung durch seine jüngeren Geschwister bekam ihre Grundlage. Im Februar 1954 musterte er als Matrose auf einem modernen Schiff an, das im Fahrtgebiet Südostasien eingesetzt wurde.

Inzwischen hatten wir eine Zweizimmerwohnung auf dem Hainholt erhalten. Aus der Bude zogen wir ohne Wehmut aus, denn noch waren unsere konkreten Lebensbedingungen dort nicht durch die Zeit verklärt. Wir ließen hinter uns fast ein Jahrzehnt unseres Lebens, eines gemeinsamen Lebens, das jedoch ein jeder anders in Erinnerung behalten und individuell bearbeiten würde. Nun aber verließen wir in erster Linie beschwerliche Wohnverhältnisse. Und wir brachen nicht ins Ungewisse auf wie Flüchtlinge, sondern uns erwartete nur einige Minuten entfernt – den Bau hatten wir ungeduldig verfolgt - ein neues und modernes Heim mit elektrischem Licht in allen Räumlichkeiten, mit einem Elektroherd sowie fließendem Wasser in der Küche und einem WC im Bad, wo auch – ein ganz besonderer Clou - eine kurze Sitzbadewanne hineingeklemmt war. In der konnte man bequem sitzen und sich warmes Wasser aus dem Boiler bis unter die Achselhöhlen steigen lassen. Aber sie war nicht hoch genug, so dass man kalte Schultern bekam, wenn man sich keine besonderen Verrenkungen zumutete. Aber was bedeutete schon dieser kleine Mangel im Vergleich zu unserer Steh-Zinkwanne mitten in der Küche unserer Bude, in der wir uns bisher reinigen mussten.

Die Siedlung auf dem Hainholt bestand aus zahlreichen, langen Blocks, alle identisch und in Nord-Süd-Richtung erstellt, alle Wohnungen hatten eigene Eingänge. Im Parterre lagen Zweizimmerwohnungen mit den Haustüren von Westen. Darüber erstreckten sich Wohnungen mit den Eingangstüren von Osten. Dieses Domizil umfasste zwei halbe Zimmer mehr als die unteren Räumlichkeiten. Nach oben führte eine Treppe zu einem kleinen Korridor, Küche, Bad, Wohnzimmer (leider nur mit Kohleofen), Schlafzimmer und Kinderzimmer. Über eine weitere Treppe kam man auf den Boden, der die gesamte Fläche der Wohnung abdeckte. Unten vor dem Eingang wuchs eine kleine Rasenfläche und einige Quadratmeter Erde sollten als Blumengarten genutzt werden. Solche Wohnung wollten wir haben, denn allmählich fühlten wir uns in den zwei Zimmern, die wir zunächst bewohnt hatten, doch zu beengt, insbesondere wenn mein Vater Urlaub hatte. Er war mit allem einverstanden und meine Mutter erledigte alle Anrufe, Besuche bei der Siedlungsgesellschaft (SAGA) und den Behörden. Ihre Bemühungen waren von Erfolg gekrönt; uns wurde eine Wohnung am Ende des Fuhlendorfwegs zugeteilt, hundert Meter von der Bahnlinie entfernt. Die Fenster der Küche und des Wohnzimmers gaben einen unbehinderten Blick nach Westen frei auf eine ausgedehnte Weide, auf der Schafe ihre Wolle wachsen ließen und Osterlämmer zur Schlachtreife aufzogen.

Meine Mutter war es, die meinen Vater schließlich veranlasste, sich bei der Seefahrtschule in Hamburg-Altona zu einem A 6-Lehrgang anzumelden. „A 6" war die geläufige Bezeichnung für ein Patent, mit dem die Befähigung zum Kapitän auf großer Fahrt bescheinigt wurde, das heißt, Handelsschiffe jeder Größe und Art in allen Fahrtgebieten führen zu dürfen. Der Lehrgang begann im Frühsommer 1954.

Beim Besuch der Seefahrtschule war mein Vater immerhin schon dreiundvierzig Jahre alt, was sicherlich dazu beitrug, dass ihm das Lernen nicht allzu leicht viel. Innerhalb der Familie wurde das Projekt arbeitsteilig angegangen: Ökonomisch war es nur möglich, weil Hans versprochen hatte, der Familie regelmäßig mit einem Ziehschein zu helfen. Für uns daheim gab meine Mutter die Direktive aus: Der Vater lernt und hat keine weitere Verantwortung, sie selbst kümmert sich um alles andere, die Kinder verhalten sich so, dass sie den Vater nicht ablenken. Genau so geschah es. Für uns Kinder war die Zeit aber nicht besonders belastend, in der neuen Wohnung gab es ja Rückzugsmöglichkeiten. Mitte November wurde unserem Vater das Kapitänspatent ausgehändigt. Er war stolz und unsere Mutter ebenso. Wir Kinder freuten uns sicherlich, aber sonst vermochten wir wohl kaum, im Kreise unserer Spielkameraden etwas vom Glanz des sozialen Aufstiegs auf uns zu leiten. Vor allem musste man vermeiden, sich als Angeber zu diskreditieren. Kapitän zu sein, das war etwas ganz Besonderes, das wussten alle. Der Kapitänslehrgang feierte seinen Abschluss mit den Lebenspartnern bei dem ehemaligen Boxweltmeister Max Schmeling, der in Sasel ein Restaurant betrieb. Meine Mutter schwärmte noch viele Jahre danach davon, ihrem einstigen Idol so nahe gewesen zu sein.

Mein Vater hatte nun die höchste Stufe erreicht, die man als Seemann erklimmen konnte. Andere Möglichkeiten, zum Beispiel Lotse, waren aus Altersgründen ausgeschlossen. Das Patent allein aber bot keine Gewähr für eine Anstellung als Kapitän. Neben der bescheinigten Befähigung war die Bereitschaft einer Reederei erforderlich, ihm eines ihrer Schiffe anzuvertrauen.

Alsbald stellte ihn seine alte Reederei, bei der er schon als 1. Offizier gefahren war, wieder ein. Wenige Wochen später verließ mein Vater als Kapitän auf einem älteren Frachter den Hamburger Hafen. Leider habe ich nie erfahren, was er empfunden hatte, als er von der Kommandobrücke nach Blankenese schaute, wo er noch vor wenigen Jahren Kohlen geschleppt und Holz gesägt hatte. Ich stelle mir aber vor, dass er stolz und bewegt war.

Allzeit gute Fahrt?

Während mein Vater wieder zur See fuhr (und wir in der Wohnung etwas mehr Luft hatten), ging mein Bruder um die Weihnachtszeit 1954 an Land und zog bei uns ein. Es wurde wieder enger. Ab Februar 1955 begann er in demselben ehrwürdigen Institut wie vorher sein Vater zu studieren. Damit begann der zweite Teil eines interfamiliären Deals. Hans, 22 Jahre alt, wurde jetzt von meinen Eltern unterstützt, so wie er vorher uns geholfen hatte. Er bewohnte ein halbes Zimmer. Ums Essen und seine Wäsche brauchte er sich keine Gedanken zu machen. Unsere Mutter, die sich von der Tuberkulose gut erholt hatte, machte was sie immer getan hatte: sie diente – früher „in Stellung", jetzt der Familie.

Wenn Hans an seinem Schreibtisch saß, schaute ich ihm häufig neugierig über die Schulter. Geduldig erklärte er mir Kräfteparallelogramme, die er mit grünen und roten Stiften zeichnete sowie Winkelfunktionen oder Ausweichregeln für Schiffe, die sich auf kreuzenden Kursen befinden. Fasziniert erfasste ich, dass allerhand dazu gehörte, ein nautisches Patent zu erwerben. Ich bewunderte meinen großen Bruder; wir hatten auch jetzt ein gutes Verhältnis. Seine gelegentlich ziemlich belehrend wirkende Art störte mich kaum, obwohl ich mich mit meinen fünfzehn Jahren gerade auf einer leicht antiautoritären Entwicklungsstufe befand. Er verkündete schlichte, allgemein anerkannte Weisheiten im Stile von: Ohne Fleiß, kein Preis. „Jaha", dachte ich nur. Doch er überzeugte durch sein eigenes Beispiel. Sein Tageslauf war geregelt: Schule, schnell nach Hause, essen, studieren. Fleiß und Disziplin. Am Wochenende fuhr er zum Tanzen in die Stadt.

Wir lebten nun in einer Phase relativer Harmonie. Alle drei Kinder besuchten ihre Schulen und die Mutter sorgte dafür, dass alles rund lief. Davor schon war sie unermüdlich bestrebt gewesen, ihren Haushalt Stück für Stück durch „Anschaffungen" zu komplettieren. Ein kompakter Schrank aus Nussbaumfurnier mit eingebauter Vitrine gab dem Wohnzimmer ein solides Gepräge, während Tisch und Stühle für eine praktische Note sorgten. Ein Nierentisch und zwei Cocktailsessel sowie ein mit magischem Auge schielendes Radio boten sich zur Entspannung an. Helle, gestickte, kunstvoll in Falten drapierte Gardinen sowie zwei weinrote Schals vor dem Fenster entsprachen sicherlich dem Trend der Zeit, behinderten aber meinen Ausblick zu den Schafen auf der Weide. Die Gardinen waren für meine Mutter wie ein Fetisch, ein Symbol dafür, es „geschafft" zu haben, heraus aus den Ruinen und sozial nach oben. „Komm nicht an meine Gardinen!" wurde ich jedenfalls unendliche Male ermahnt. In diesem Raum erinnerte nichts an einen Totalschaden durch Bomben, es sei denn, man konnte nicht die Frage verdrängen, warum hier denn alles so neu war. Hier hätten wir nun glücklich leben können bis ans Ende unserer Tage. Aber „natürlich" platzte dieser Traum. Meine Mutter erhielt von „wohlmeinenden" Leuten bedenkliche Informationen, wonach ihr Mann fremd ging und – zumindest während der Liegezeiten in den Häfen – mehr trank, als seiner Stellung angemessen wäre. Wieder einmal litt meine Mutter, sie war nervös und vergoss viele Tränen. Überdies schrumpften die Summen auf dem Ziehschein, aber das Geld reichte noch für uns alle zum täglichen Leben.

Vor Hans versuchte sie zu verbergen, was sie bedrückte. Aber nicht vor mir, obwohl ich eigentlich gar nichts davon wissen wollte. Aber sie brauchte einen „Vertrauten" und benutzte mich. Von meinem Vater war ich ziemlich enttäuscht, denn ich hatte sehr darauf gehofft, dass er sich im Zuge der Schulzeit und durch seine Stellung, die ja auch eine vorbildliche Haltung gegenüber den Besatzungsmitgliedern und sonstigen Personen erforderte, solide geworden wäre. Wieder einmal fühlte ich mich völlig hilflos, meiner Mutter konnte ich nur zuhören, aber ich konnte sie nicht wirklich stützen. Zwar wusste ich, wie man Schutz gegen Flugangriffe sucht, aber gegen das Versagen meines Vaters kannte ich kein Mittel.

Immer drohender türmten sich am Horizont dunkle Wolken auf. Eine Entladung schien unvermeidbar.

Rettung aus Seenot

Geraten Menschen in Seenot, setzt man selbstverständlich alles daran, sie zu retten, zu bergen, was geborgen werden kann und auch sonst zu helfen. Man weicht sogar von seinem eigentlichen Kurs ab und nimmt auch Kosten in Kauf, soweit notwendige Maßnahmen dies erfordern. Diese international hochgeachtete Pflicht und Tugend bejahte selbstverständlich auch Hans, und zwar erst recht, als es sein Opa war, der in Not geriet.

Schon im März 1955, Hans war erst wenige Wochen auf der Steuermannsschule, verstarb unsere Stiefgroßmutter, die Frau unseres Opas, in Genthin. Unsere Betroffenheit über ihren Tod war sehr begrenzt.

Auch Hans, der ja lange bei ihr und Opa gelebt hatte, schien seine Trauer gut zu beherrschen. Sehr bedrückte ihn aber, wie sein Opa, beide waren ja seit jeher einander sehr zugetan, nun ganz allein leben sollte. Sehr schnell stand fest, dass Opa zu uns in die Wohnung ziehen sollte. Das war für Hans die einzig realistische Lösung. Meine Mutter hatte wohl dem moralischen Druck nicht standhalten können und stimmte zu und Anneliese und ich hatten sowieso nichts mitzureden. Tüchtig wie Hans nun einmal war, organisierte er das Notwendige, inklusive Möbeltransport - immerhin aus der DDR in den kapitalistischen Westen -, was schon eine besondere Leistung war. Der Haken war nur, dass die meisten der schweren alten Möbel nicht in unserer Wohnung unter zu bringen waren und also irgendwo gelagert werden mussten.

Eines Tages schließlich saß der Vater unserer Mutter mit bei uns am Esstisch. Er war bei uns eingezogen. Mit seinem sehr massigen und hochgewachsenen Körperbau wirkte er auf mich ziemlich erdrückend. Körperlich war er sehr präsent und von seinem Wesen her äußerst dominant. Anneliese dürfte es ähnlich empfunden haben. Von früher kannte sie ihn überhaupt nicht, ich fast gar nicht und meine Mutter kannte ihn nur allzu gut. Sie hatte ihn gegen ihre Überzeugung aufgenommen. Freundlichkeit oder gar Herzlichkeit habe ich bei ihm nie bemerkt, nicht gegenüber uns jüngeren Kindern und schon gar nicht zu seiner Tochter, die aber auch keine Zuneigung erkennen ließ. Nicht im Entferntesten schien er auf die Idee zu kommen, sich ein wenig einordnen zu sollen. Wichtig war ihm, seine Tochter zu kritisieren, dass sie Anneliese und mich gegenüber Hans vorziehen würde. Es gab viel Streit, unsere Mutter war mit den Nerven bald am Ende. Leider entstand recht schnell der Bedarf, Loyalitäten zu verteilen. Hans hielt also zu Opa, Anneliese und ich fühlten uns solidarisch mit unserer Mutter. Während eines Disputes machte ich Hans Vorwürfe, ich weiß nicht mehr, worum es konkret ging, und er erhob die Hand gegen mich, schlug aber doch nicht zu; unvergesslich ist mir seine Nasenspitze, die in diesem Moment sehr weiß war.

Der Vater unserer Mutter zögerte nicht und er verstand es, wie er es wohl sah, sich in der Not zur Wehr zu setzen. Seiner Meinung nach wurden ihm durch seine Tochter Rechte beschnitten und schnurstracks erwirkte er beim Amtsgericht eine Entscheidung, die uns sehr belastete. Fortan durfte er unsere kleine Küche zu bestimmten Zeiten alleine benutzen und für sich und Hans Essen kochen. Da er das Durchgangszimmer zum Boden bewohnte, wurde natürlich auch gerichtlich geregelt, wie und unter welchen Umständen wir auf den Boden und von dort zurück durften. Mich empörte besonders, dass meine Mutter plötzlich in ihrer Küche, die ihr sehr viel nach dem Leben in der Bude bedeutete, nicht schalten und walten durfte, wie es ihr behagte. In der Wohnung herrschte eine explosive Stimmung. Wir lebten ja nun mit drei Erwachsenen und zwei Kindern in dieser Zweieinhalbzimmerwohnung (plus ein halbes Zimmer unten beim Eingang), die zu allem Übel mit nur einer Toilette, in der sich auch die Sitzbadewanne mit Waschgelegenheit befand, ausgestattet war.

Da entstanden natürlich Spannungen. Zweifellos gehören ein ungestörter Toilettenbesuch und eine mehr oder minder gründliche Körperreinigung zu den unabdingbaren Rechten aller in einer Wohngemeinschaft. Für Jung und Alt. Aber es zehrt schon gewaltig an den Nerven aller, die es frühmorgens eilig haben, weil sie zur Schule müssen, wenn der Opa gerade dann seine Rechte extensiv auslebt.

Im April wurde die einzig richtige Konsequenz gezogen: Hans und sein Opa suchten sich gemeinsam eine Wohnung in einem anderen Stadtteil. Meine ehedem gute Beziehung zu Hans war beschädigt. Die Trennung von meinem Großvater erleichterte mich. Während der folgenden acht Jahre hatten wir nur äußerst selten Kontakt mit einander. Hans fuhr aber nach dem Erwerb seines Steuermannspatentes wieder zur See. Seinem Großvater besorgte er 1965 eine Unterkunft in einem Seniorenheim südlich der Elbe in Hamburg-Harburg. Meine Mutter besuchte ihn dort häufiger aus einem Pflichtgefühl heraus und vielleicht auch auf Grund einer inneren Restbindung. Ihr Vater verstarb im November 1966. Meine Mutter ließ ihn in Sülldorf begraben.

Vom Moses zum...

Zum Ende des zehnten Schuljahres an der TO (1956) war von allen Schülerinnen und Schülern eine umfassendere Abschlussarbeit abzugeben. Wie sicherlich viele andere, plagte auch mich die Frage, über welches Thema ich schreiben sollte. Ich kam auf keine Idee und ich konnte mich lange nicht entschließen. Nur zwölf Tage vor dem Abgabetermin fing ich an – mit dem Mut der Verzweiflung. Ich schrieb am Tage und nachts und gleich in Reinschrift. Meine Mutter litt wohl mehr als ich, und sie versorgte mich mit Essen und guten Worten. Gerade noch rechtzeitig konnte ich meine Arbeit abgeben: „Vom Moses zum Kapitän". Damit hatte ich vorgegeben, welchen Berufsweg ich einschlagen wollte und welches Karriereziel ich anstrebte. Vorher hatte ich mit meinen Eltern ausgiebig diskutiert und ich favorisierte eigentlich eine Ausbildung als Koch. Aus heutiger Sicht war das ganz klar ein Reflex auf die Hungersnot, ebenso wie Hans es einige Jahre zuvor ergangen war. Mein Vater riet mir entschieden ab und führte aus, dass ein Koch vom Ansehen her höchstens im sozialen Mittelfeld liegen würde. Solch ein Beruf sei auch unter den Gesichtspunkten der Arbeitszeiten und des Einkommens nicht erstrebenswert. Ich ließ mich beeindrucken und machte mich also im Wege meiner Abschlussarbeit tiefschürfend mit der Alternative „Seemann in der Decklaufbahn" vertraut, inklusive Ehestand und Kinderzahl. Die technische Variante, etwa die Stellung eines Schiffsingenieurs anzustreben, kam für mich mangels Neigung und Talent eindeutig nicht in Frage. Meine Lebensplanung wurde von meinem Lehrer mit „2 - 3" zensiert. Vielleicht hätte er mich lieber als Koch gesehen.

Meine Eltern legten viel Wert darauf, dass ich gleich von Anfang an ins richtige Fahrwasser kam. Dazu war eine Vorausbildung an Land unabdingbar, und zwar in Blankenese an der Schiffsjungenschule, an der Küste „Mosesfabrik" genannt.

Mehrere Dutzend Heranwachsende waren in einer großzügigen Villa interniert, die in einem wunderbaren Park mit uralten Bäumen hoch über der Elbe lag. Hölzerne Ruderboote und Ruderkutter, vertäut in einem Bootshafen am Elbufer, warteten auf die jungen Leute.

Im Sommer lief ein dreimonatiger Lehrgang, in welchem uns Seemannschaft, Schifffahrtsrecht, Bootspflege und Kutterpullen beigebracht wurde. Das praktische Reglement war streng mit leicht perversen Zügen. Die Leitung der Schule bestand aus einem Kapitän, mehreren Offizieren und einem Bootsmann, die so einen Dienst an Land gefunden hatten. In den ersten vier Wochen gab es keinen Ausgang, danach nur an Teilwochenenden, was als Gewöhnung an die künftigen Zeiten auf See sehr angebracht war. Sauberkeit und Ordnung wurden selbstverständlich ganz groß geschrieben. Und körperliche „Ertüchtigung". Nach dem Morgenlauf und anschließendem Duschen war es Zeit für den Morgenappell in Reih und Glied. Uns standen die Offiziere und der Bootsmann gegenüber. Und dann wurde es gelegentlich spannend. Der Bootsmann hielt „Fundstücke" aus den Dusch- oder Schlafräumen wie Turnhosen oder Unterhemden in die Höhe. Nachdem umständlich der jeweilige Besitzer ermittelt war, gab es die „Freiheitsstrafe", also Ausgehverbot am nächsten Wochenende. Nicht geschämt hat sich das Personal, heimlich unsere Bettlaken auf Flecke zu untersuchen, die es auf Onanie zurückführten. Die Wäsche wurde erst gegen das Licht gehalten und dann der Täter ermittelt, was nicht immer ganz so einfach war. Es passierte sogar häufiger, dass ein „Übeltäter", wohlbemerkt alles vor versammelter Mannschaft, den Ursprung eines Flecks bestritt. Da begann erneut eine öffentliche Inaugenscheinnahme, wobei sich die Herrschaften durchaus als fachkundig aufspielten. Manchmal, wenn kein öffentliches Geständnis zustande kam, wurde ein spitzfindiges Verhör unter Ausschluss von uns anderen in der Villa fortgesetzt. Ich fiel nur einmal durch eine im Umkleideraum vergessene Trainingshose auf, was mich einen freien Sonnabend kostete. Unsere „freie" Zeit nutzten wir zum Lernen, vor allem Knoten und Spleißen, auch Morsen und anderes, immerhin saßen wir dort ja aus Neigung zur Seefahrt und fast allem, was dazu gehörte. Spaß machte auch, durch die Baumlücken hindurch die passierenden Schiffe zu beobachten und nach Typ und Nationalität zu identifizieren. Eine sehr ernste Aufgabe war es, sich ans Rauchen zu gewöhnen. Zigaretten waren verpönt. Was wirklich zählte, waren Pfeifen. Bald konnte auch ich meinen „Kocher" recht lässig zwischen den Zähnen halten und ordentlich Paffen, ohne zu husten oder Tränen zu entwickeln.

So weit, so gut. Allmählich war mir nicht mehr wohl zumute. Ich fühlte mich überfordert, hauptsächlich aus zwei Gründen. Besonders setzte mir die Trennung von meiner Mutter zu. Ein weiterer Punkt war, dass ich mit weniger als 160 cm Körpergröße und sehr dünnen Armen zu den Kleinsten und Schwächsten im Lehrgang zählte, während einige Kollegen mich um gut zwei Dezimeter überragten und vor Kraft strotzten. Besonders beim Kutterpulle(Rudern großer Rettungsboote) auf der Elbe, was vernünftigerweise oft geübt wurde, denn bei einem Seenotfall war das eine lebenswichtige Fähigkeit, hatte ich erhebliche Probleme. Der Bootsmann, hochgewachsen und mit überlangen Armen, saß leicht gekrümmt an der Ruderpinne, die er mit einer behaarten Tatze umklammerte. Seine leicht zerknautschte, weiße Schirmmütze klemmte schräg auf seinem Kopf. Über diesen alten Seemann wurde erzählt, dass er lange im Westafrika-Törn gefahren war, also immer unter tropischer Sonne; dergleichen soll nicht spurlos an Menschen aus dem Norden vorbei gehen. Mich hatte er links von sich als sogenannten Schlagmann platziert. Häufig ordnete er eine Pause an, was aber bedeutete, dass wir die schweren Riemen aus Eichenholz waagerecht zur Wasseroberfläche halten mussten, was mich über die Massen anstrengte. Der Bootsmann beobachtete mich genau. Manchmal sagte er, dass ich „ein Rostnagel" sei. Wie er darauf kam, weiß ich nicht. Jedenfalls wagte ich nicht zu fragen oder zu antworten. Spöttisch lächelnd beobachtete er mich mit zusammengekniffenen Augen, wenn meine Arme vor Anstrengung zu zittern begannen, bis ich den Riemen nicht mehr halten konnte. Dann kam das Kommando: „Riemen auf!" Verzweifelt versuchte ich, das Martergerät wieder in die Waagerechte zu bringen und das mit meinen Ellbogen zu unterstützen, was verboten war. Mein Plagegeist blickte mich dann streng an und das Ruderblatt platschte wieder aufs Wasser. Wenn er es gut meinte, befahl er: „Ruder an!" Es war anstrengend, aber doch eine Erleichterung, wenn ich mich beim Rudern wieder vor und zurück bewegen durfte.

Nach einigen Wochen wollte ich zum Verdruss meiner Eltern den Lehrgang abbrechen. Meine Mutter kam schließlich zu einem Gespräch mit dem Kapitän der Schule. Beide redeten mir zu. Ich entschloss mich, weiter zu machen und durchzuhalten. Aufgeben wäre mir im Grunde zu peinlich gewesen. Vor der Familie, Freunden und Bekannten.

Wenige Wochen nach erfolgreicher Beendigung des Lehrgangs musterte ich auf einem fünfzig Jahre alten Kohlendampfer als „Moses" an. Das Fahrzeug war 1906 vom Stapel gelaufen und hatte den Ersten und den Zweiten Weltkrieg offenbar ohne sichtbare Beschädigungen überstanden. Doch der Zahn der Zeit hatte wirklich überall am Schiff genagt. Rostklopfen an Deck oder am Schiffsrumpf war einfach notwendig; vom Steuermann wurden wir Decksarbeiter jedoch immer wieder ermahnt, bloß vorsichtig zu sein, damit keine Löcher entstünden. Mit Rostschutzfarbe versuchten wir aufzuhalten, was eigentlich nicht mehr zu retten war.

Das Decks- und das Maschinenpersonal „wohnte" vorne unter der Back – „Maschine" an Backbord, „Deck" an Steuerbord. Diese Aufteilung war Brauch seit der „Maschinisierung" der Seefahrt. Auf jeder Seite teilten sich jeweils vier Mann ein Logis. Die Decksbesatzung dünkte sich etwas Besseres zu sein, als die „Schwarzfüße" aus der Maschine. Man konnte immerhin auf eine viel ältere Tradition hinweisen - Segelschifffahrt. In „meinem" Kabuff an der Steuerbordseite für die Decksbesatzung, das offiziell Logis hieß, hausten zwei Matrosen, ein Leichtmatrose und ich.

Wir lebten beengt. An das Außenschott unseres Logis war ein Esstisch geschraubt, zwei Hocker und eine Bank dienten zum Sitzen. Ein Kohleofen sorgte im Winter für Wärme und im Sommer für Hitze und diente auch als Kochplatte. Kohlen heranzuschleppen und das Feuer zu unterhalten, war natürlich meine Aufgabe.

Wenn einer bei Wachwechsel sein Arbeitszeug anzog, mussten sich die anderen auf die Bank am Tisch zwängen oder in eine Koje drücken. Dort dienten regelrechte Strohsäcke als Matratzen. Natürlich wurde mir als Neuling und Jüngstem die übelste Schlafhöhle zugeteilt: Schmal und knapp einen Meter unter der Decke – schön warm im Winter, kaum erträglich heiß im Sommer. Ein Teil der runden Ankerklüse ragte in meine Koje. Zum Glück war ich noch ziemlich mager, so dass der verbliebene Platz für mich reichte. Im wahrsten Sinne des Wortes erschreckend war, wenn in meiner Freiwache, während ich in der Koje lag, überraschend der Anker geschmissen wurde und die Ankerkette in der Klüse mit einem Höllenspektakel an mir vorbei rauschte. Das war zwar nicht gefährlich für mich, aber doch sehr störend, um es etwas beschönigend auszudrucken.

Eine meiner Aufgaben war, meinen Mitbewohnern, die zugleich meine Vorgesetzten waren, aus der Kombüse von mittschiffs in einer Henkeltopfkonstruktion Essen nach vorne ins Logis zu transportieren. Anspruchsvoll waren die Herren, schön warm sollte die Mahlzeit auf dem Tisch stehen. Natürlich musste ich von mittschiffs erst eine hohe Leiter hinunter klettern, dann etwa dreißig Meter über das Deck laufen – natürlich auch bei Seegang. Jede siebte Welle sollte besonders mächtig sein, wurde behauptet. Ich lernte sehr schnell, die See genau zu beobachten und im Schutz eines Vorbaus die Wogen abzuzählen. Gleich nach dem siebten Wasserberg lief ich los. In der Hoffnung, dass keine Ausnahme von der Regel über Deck huschte. Kunstvoll kämpfte ich auf dem schlingernden Deck um meine Balance und vor allem darum, die Essenbehälter senkrecht zu halten. Nicht selten wurde ich vom über die Reling schwappenden Seewasser durchnässt.

Trink- und Waschwasser für uns gab es aus einer Pumpe – die befand sich auch mittschiffs. Erwärmt wurde es in einem Eimer unter einem Dampfrohr. Waschen konnte man sich in einem winzigen Anbau hinter der Back. Wir, die wir „vor dem Mast" lebten, konnten nur über eine Toilette verfügen, die sich in einem anderen Anbau hinter der Back an Backbord befand. Deren Abfluss bestand aus einem offenen Rohr, dass direkt in die See führte. Ein Rückschlagventil war abhandengekommen oder eingerostet, was den etwas unangenehmen Effekt hatte, dass eine Seewasserfontäne nach oben unter die Decke schoss, wenn der Bug des Schiffes bei stärkerem Seegang kraftvoll in die See tauchte. Wegen dieses umgekehrten Spülvorgangs war es angebracht, die Siebener-Regel des Wellengangs zu beachten. Diesen Hort der Hygiene stets sauber zu halten, gehörte auch zu meinen Aufgaben. Gereinigt habe ich gründlich mit grüner Seife und Seewasser aus einem Deckwaschschlauch. Die insgesamt primitiven Verhältnisse konnte ich leidlich ertragen, weil ich durch das Leben in der Bude nicht verwöhnt war.

Stolz war ich, dass ich schon am ersten Tag, noch auf der Elbe, ans Ruder zum Steuern durfte. Es war ein vielmals lackiertes Rad aus Holz mit zahlreichen kräftigen Speichen, dessen Durchmesser fast meiner Größe entsprach. Es wurde mit Muskelkraft gedreht, unterstützt von einer kleinen Dampfmaschine hinter der Kommandobrücke. Mir fiel es leicht, den Kurs zu halten oder ihn nach Anweisung „mit Gefühl" zu ändern. Bald wurde ich regelmäßig als „Gefechtsrudergänger" auf Revierfahrten eingesetzt, ob nun zum Steuern auf Elbe, Weser, Themse, Seine, oder in engen Fahrwassern nach Klaipėda und Leningrad (heute wieder Sankt Petersburg) oder in den Schären Finnlands und Schwedens.

Allerdings: Wie die üblichen Mechanismen im Leben an Land, vom Nachbarschaftsstreit bis hin zum Weltkrieg, „erforderten" auch an Bord tatsächliche oder eingebildete Unterschiede die Klärung von Machtpositionen, von Über- und Unterordnung. In den Häfen, befeuert durch Alkohol, wurde mit so manchem Faustkampf ausgetragen, was, würde Vernunft gelten, tatsächlich keiner Klärung bedurft hätte. Heizer gegen Matrosen, Leichtmatrosen gegen Kohlentrimmer oder wie es sich gerade ergab. Bevor wir erneut nach See zu dampfen, vertrug man sich wieder. Das Leben zur See war überschaubar und basierte eben auf einem einfachen und ehrlichen Prinzip: Jeder war wichtig und jeder wurde gebraucht.

Neben den Versorgungs- und Reinigungstätigkeiten wurde ich zu allen Arbeiten heran gezogen, die auf See und in den Häfen anfielen – Ausguck und Steuern, Malen, Roststechen, Deckwaschen, Festmachen und Losschmeißen, Luken öffnen, Luken schließen, Ladebäume stellen und seeklar machen. Meine seemännische Ausbildung in Blankenese kam mir gut zu statten. Anstrengend war die Arbeit, aber ich wollte keine Schwäche zeigen. Allmählich gewann ich an Kraft und ich wuchs sehr schnell. Offenbar begünstigte mich die Kombination aus harter Arbeit und ausreichendem Essen. Verpflegt wurden wir aber immer noch nach der „Speiserolle" früherer Jahrzehnte. Grammgenau wurde uns wöchentlich Brot, Butter, Vierfruchtmarmelade, Käse und Wurst zugeteilt. Ich holte freitags die Rationen für alle aus der Kombüse ab. Vorne im Logis verfügte jeder über ein kleines Schränkchen, wo die Lebensmittel verwahrt wurden. Es kam darauf an, die Kostbarkeiten zu verzehren, bevor sie verdarben, denn eine adäquate Kühlung gab es nicht, eher eine unangemessene Erwärmung.

Unter dem Einfluss meines Bruders war ich schon von Anfang an in die Gewerkschaft ÖTV (Öffentliche Dienste, Transport und Verkehr) eingetreten. Bereits meine erste Seefahrtzeit bekräftigte, was ich von ihm gelernt hatte. Als Seemann, er benutzte das von Ringelnatz geprägte Synonym „Kudeldaddeldu", muss man organisiert sein. Eine eindrucksvollere Motivation als meine Moseszeit war kaum denkbar. Die Arbeit der Interessenvertretung war nichts anderes, als das Bohren dicker Bretter. Reeder und deren Vertreter waren eben seit jeher hartgesotten. Immerhin gut zehn Jahre nach Kriegsende herrschten bei uns an Bord im Grunde noch ausbeuterische Verhältnisse. Um bessere Wohn- und Arbeitsverhältnisse, höhere Löhne, mehr Urlaub und vieles mehr musste gekämpft werden. Sich den gegebenen Verhältnissen an Bord zu verweigern, wäre eigentlich eine logische Konsequenz gewesen. Aber hier tat sich ein Zwiespalt auf. Von meinem Bruder hatte ich gehört, dass man sich um lange Dienstverhältnisse bemühen müsse. Fahrzeiten würden im Seefahrtsbuch eingetragen und würden während der gesamten Berufszeit Reedereien und Schiffsführungen als Maßstab dienen, ob man ein guter, ordentlicher, tauglicher Seemann sei. Die Aussagekraft der Fahrzeiten würde größer sein, als etwaige Dienstzeugnisse. Vorzeitig abzumustern wagte ich somit nicht – einige Monate musste ich aushalten. Auch aus Selbstachtung, denn ich empfand es immer noch als Makel, dass ich nahe dran gewesen war, schon auf der „Mosesfabrik" das Handtuch zu werfen.

Nach neun Monaten musterte ich von meinem ersten Schiff ab, und zwar befördert zum „Jungmann". Damit hatte ich meinen Fuß auf die erste Sprosse der Karriereleiter gesetzt, die zum Topp führen sollte – wenn nichts dazwischen käme. Ich hatte mich damit in eine Reihe mit meinem Vater und Bruder gestellt.

Vorerst stand für mich fest, bei der Seefahrt zu bleiben. Die See hatte es mir einfach angetan – zwar war sie launisch, mal strich sie beruhigend glucksend am Schiffsrumpf entlang, mal zeigte sie weiß schäumend ihre Macht und rächte grausam mangelnden Respekt. Aber das war es eben, sie war niemals langweilig. Auf See fühlte ich mich frei und ungebunden, als wäre ich eins mit segelnden Möwen oder vor dem Bug spielenden Tümmlern. Spannend war der Wechsel zwischen dem Leben auf See und den Aktivitäten in neuen oder schon bekannten Häfen. Gerade die Hafenzeiten bedeuteten harte Arbeit, luden aber oftmals auch zu ersehntem Landgang ein mit mannigfaltigen Erlebnissen, die sich nicht immer nur touristisch gestalteten.

Ohne Scham in überfallenen Ländern

Zunehmend hatte ich mich während meiner ersten Fahrzeit innerlich von meiner Mutter gelöst. Ich hatte gelernt, sie ihren Problemen zu überlassen, ohne dabei ein schlechtes Gewissen zu empfinden.

Unbefangen trat ich nun meinen ersten Urlaub an. Eine Urlaubsreise, etwa in die Berge oder irgendwo aufs Land, war außerhalb meiner Vorstellung. „Gereist" hatte ich ja auch wahrhaftig genug in den letzten Monaten. Meinen Urlaub verbrachte ich in Hamburg, und zwar bei meinen Eltern; mein Vater war auch gerade zu Hause. Es herrschte eine entspannte Atmosphäre. Meine Mutter bereitete immer gutes Essen, wir machten gemeinsam Spaziergänge in der Feldmark und mein Vater zeigte uns bei den Eichen einige Stelle, wo er mit Hans dicke Äste abgesägt hatte. Wir anderen staunten und meine Mutter kommentierte: „Ja, ja, das waren vielleicht Zeiten." Abends ergaben wir uns alle am Wohnzimmertisch unserem Spieltrieb hin, den wir ehrgeizig, allerdings in beherrschter Weise, auslebten. Nur Kleingeld wechselte die Besitzer. Bei Roulette und Poker saßen wir bis in die Morgenstunden, auch meine Schwester, die erst in einigen Wochen dreizehn werden würde. In ihren Sommerferien sollte sie mit meinem Vater mitfahren, das war schon mit der Reederei abgesprochen. Meine Mutter flüsterte mir bei passender Gelegenheit zu, dass mein Vater dann wenigstens keine Dummheiten machen könne. Verständnisinnig, beinahe spitzbübisch, lächelten wir uns zu.

Ein andermal erzählte ich von meinen Erlebnissen auf meinem ersten Schiff. Alle konnten meinen Geschichten gut folgen, denn meine Mutter und Anneliese hatten inzwischen auch einige der Häfen kennen gelernt, weil sie mit meinem Vater kreuz und quer in der Nord- und Ostsee mitgefahren waren. Meine Eltern reagierten aber sehr zurückhaltend, als ich von meinem schlechten Gewissen als Deutscher berichtete.

Fast alle Länder, die ich bisher angelaufen hatte, waren mehr oder minder Opfer Deutschlands gewesen. Nur in Finnland war es mir passiert, als quasi ehemals Verbündeter angesprochen zu werden. Lediglich im während des Krieges angeblich neutralen Schweden konnte ich mich „unschuldig" fühlen.

In Leningrad besuchte ich zusammen mit dem Leichtmatrosen die Innenstadt. Auf Empfehlung eines Taxifahrers landeten wir zum Essen im feudal erscheinenden Hotel „Astoria", das 1912 im Jugendstil erbaut worden war. Es wirkte außen und innen immer noch prachtvoll. Wir wurden zu einem riesigen Speisesaal geführt, in dem etliche hohe Säulen zur Decke ragten. Vier oder fünf lange Reihen Tische, alle mit weißen Tischtüchern versehen und festlich eingedeckt, ließen uns daran zweifeln, dass wir uns in einem realsozialistischen Land befanden. Allerdings holte uns der Anblick der vielen Menschen an den Tischen in die politische Realität zurück, weil sie in keiner Weise einen elitären Eindruck machten. Vielmehr imponierte mir, dass jetzt offenbar „das Volk" hier speiste. Uns wurde ein Platz an einem Tisch zugewiesen, an dem nur noch zwei Plätze frei waren. Man lächelte uns mit offenen Gesichtern freundlich zu, obwohl – oder weil - wir durch unsere Kleidung eindeutig als „kapitalistische Westler" identifiziert wurden. Selbst war ich davon überzeugt, von Agenten des KGB umzingelt zu sein. Vielleicht sahen unsere Tischnachbarn in uns auch nur ganz normale Menschen, die etwas essen und trinken wollten. Leicht paranoide Empfindungen würden mich übrigens noch viele Jahre auf meinen Reisen in Häfen der Sowjetunion begleiten, ob nun in der Ostsee oder im Schwarzen Meer. Beobachtet wurde man bestimmt. Doch jetzt bestellten wir bei einem vornehm gekleideten Ober erstmal Bier und Russische Eier auf Kartoffelsalat, was einige Minuten später serviert wurde. Unsere Tischgenossen versuchten, mit uns zu reden, aber leider verfügten wir über keine gemeinsame Sprache, die für eine Unterhaltung gereicht hätte. Obwohl man allmählich erkannte, dass wir Deutsche waren, blieben die Gesichter freundlich. Wir hatten noch nicht unsere Mahlzeit verzehrt, als uns der Ober je ein Glas mit den, wie wir schon aus Erzählungen wussten, obligatorischen 100g Wodka servierte. Wir hatten dergleichen nicht bestellt und reklamierten, doch der Ober wies mit einer weiten Geste über die Köpfe aller Anwesenden. Kein Mensch gab sich zu erkennen, als wir unsere Gläser erhoben, aber viele Personen schauten lächelnd zu uns. Da tranken wir, beherzt und beherrscht; ein Wasserglas voll Hochprozentigem ist doch eine ganze Menge. Hier in diesem Hotel fühlte ich mich den ganzen Abend über wohl. Den Taxifahrer, der uns später zu unserem Schiff fuhr, entlohnten wir mit West-Valuta, obwohl dies verboten war. Auch er lächelte.

Dieser Aufenthalt in Leningrad ist mir unvergesslich und unbegreiflich zugleich. Unsäglich schämte ich mich später, dort als Deutscher so erbärmlich unwissend gesessen zu haben. Immerhin hatte die deutsche Wehrmacht Leningrad von 1941 bis 1944 fast 900 Tage lang einer fürchterlichen Blockade ausgesetzt, während der über eine Million Leningrader verhungerten, erfroren oder durch Beschuss und Bombardements starben. Wie war es nur möglich, dass wir als Deutsche dort so unbefangen und freundlich aufgenommen worden waren. Zwar war ich damals als junger Mensch so unbefangen, weil ich so erschreckend ahnungslos war - aber es ist ja nie zu spät sich zu schämen. Und Scham verspüre ich bis heute.

Auch meine zweite Geschichte nahmen meine Eltern mit Zweifeln auf. Am Neujahrstag 1957 liefen wir in den polnischen Hafen Gdingen (Gdynia) ein. Wie ich erfuhr, war es tatsächlich erst seit diesem Jahreswechsel deutschen Seeleuten gestattet, an Land zu gehen. Natürlich wollte ich mir die Stadt ansehen. Unten an der Gangway stand ein uniformierter Posten mit geschultertem Gewehr. Er kontrollierte mein Seefahrtsbuch und den vorher von den Hafenbehörden ausgestellten Landgangsausweis. Ausgang war nur bis Mitternacht erlaubt. Am Hafentor, das gesamte Hafengebiet war eingezäunt, nahm ich ein Taxi und betrat nach einem längeren Spaziergang schließlich ein solide aussehendes Restaurant. Es war offenbar von Einheimischen voll besetzt. Umgehend wurde ich von einer größeren Gruppe Polen an deren Tisch gebeten und zum Essen und Trinken eingeladen. Die Leute waren etwa doppelt so alt wie ich. Sie mussten also sehr bewusst den Krieg und die Verbrechen der Deutschen erlebt haben. Das Elend lag ja nur gut ein Jahrzehnt zurück! In meiner Einfalt war ich damals nicht verwundert, hier von Polen so freundlich empfangen zu werden. Nur weil ich historisch und politisch so unbedarft war, konnte ich recht ungezwungen in der polnischen Tischrunde sitzen. Es waren eben nette Menschen, mit denen ich umging. Meine spätpubertäre Schüchternheit gepaart mit meinem jugendlichen Aussehen, ich war erst siebzehn und sah bestimmt nicht älter aus, ließen mich wohl nicht auf solche Weise deutsch wirken, wie man es von den Nazis gewohnt war. Wahrscheinlich hielt man mich schlicht für zu jung, um persönlich aktiv an den deutschen Untaten beteiligt gewesen sein zu können.

Mehrere Menschen in der Gruppe konnten offenbar recht gut Deutsch verstehen. Aber auf Gespräche kam es weniger an; es ging sehr ausgelassen zu, da mit viel Wodka gefeiert wurde, dazu wurden etliche

Platten mit Würsten, dick belegten Brötchen und eingelegten Gurken gereicht – zum Trinken gehörte hier offenbar stets kräftiges Essen. Im Gegensatz zu meinen neuen Freunden genoss ich den Wodka nicht in großen Zügen; sie tolerierten meine Vorsicht mit nachsichtigem Lächeln. Ich erlebte einen sehr erfreulichen Abend in ihrer Mitte. Um rechtzeitig vor Mitternacht an Bord zu kommen, verließ ich schließlich aus eigener Kraft und einigermaßen kontrolliert schwankend das Lokal. Ich wurde zur Tür geleitet und mit besten Wünschen in ein Taxi verfrachtet. Der Militärposten an der Gangway meines Schiffes, er war wohl in meinem Alter, zeigte kein Interesse an meinen Papieren. Er wies aufgeregt auf einen russischen Frachter, der vor uns vertäut war, und erzählte lachend in gebrochenem Deutsch, dass am Abend vorher ein sowjetischer Seemann an einer Alkoholvergiftung gestorben war, weil er die Flüssigkeit aus dem Fluidkompass auf der Brücke getrunken hatte. Schon hier erlebte ich, dass es bei Polen offenbar eine Hierarchie der Beliebtheit gab. Russen firmierten eindeutig unter den Deutschen.

Anders als ich es erlebte, ist die Geschichte voll von Beispielen, dass persönliche Unschuld nicht vor vielfältiger Verdammung schützt. Die ausgeprägte Neigung von Menschen in aller Welt, andere wegen ihrer Zugehörigkeit zu einem bestimmten Kollektiv haftbar zu machen, das heißt sie zu diskreditieren, zu misshandeln oder gar zu ermorden, war und ist aktuell. Eventuell aber dachten meine Gastgeber schon in den Bahnen, die der erste deutsche Bundespräsident, Theodor Heuss, 1949 in einer Rede formuliert hatte: Man könne den Deutschen keine Kollektivschuld vorwerfen. Freilich setzte er hinzu, dass man aber sehr wohl eine Kollektivscham erwarten könne. Damals in Polen und in der Sowjetunion mangelte es mir aus Unkenntnis an Scham; zum Glück war ich jedenfalls schüchtern.

Inzwischen stehe ich auf ziemlich festem Grund. Seit langem gilt für mich prinzipiell alles „Undeutsche" oder „Entartetes" im Sinne der

Nazis als positives Qualitätsmerkmal (unter anderem Musik, Malerei, Literatur). Trotz der erfreulichen Erfahrungen in Leningrad und in Gdynia vermied ich künftig nach Möglichkeit, im Ausland als Deutscher erkannt zu werden. Denn langsam war mir immer mehr ins Bewusstsein gedrungen, persönlich zwar ohne Schuld zu sein, aber eben doch zum Tätervolk zu gehören, was auf meine Identität abfärbte und mich befangen machte. Ich glaube, dass Angehörige unbelasteter Völker etwa Konzentrationslager, Gedenkstätten über deutsche Untaten, Friedhöfe mit Opfern Deutscher, Bunker an fremden Stränden und so weiter mit anderen Augen, unbefangener, betrachten können als ich. Mir ist dabei, als würde deutsches Unheil wie ein Stachel in meiner Seele stecken. Dieses Empfinden lässt sich nicht relativieren, sozusagen dagegen aufrechnen, dass ich selbst in gewisser Weise Opfer war und bin. In diese Rolle wäre ich nicht geraten, wenn Deutschland nicht den Krieg begonnen hätte. Sollte man mich fragen, würde ich allerdings meine Erlebnisse nicht verschweigen. Wie die Angehörigen eines britischen Bomberpiloten oder Kanoniers sich dann fühlen würden, wenn sie meine Geschichte erführen, wäre deren Sache. Ich hätte nichts vorzuwerfen, aber ich wäre auch nicht bestrebt zu beschönigen.

Tatsächlich ist man mir nirgends offen ablehnend oder irgendwie negativ begegnet. Allerdings kann ich mich auch nicht an positive Reaktionen im Rahmen meiner Seefahrt erinnern. (Später sagte man gelegentlich anerkennend meiner schwedischen Frau, wenn sie irgendwo ihren Pass vorlegte: „Oh, aus Schweden sind Sie!" Häufig fiel dann auch eine lobende Bemerkung über Olof Palme. Noch viel später erst, nach der Seefahrt, konnte ich mich im Licht von Willy Brandt sonnen.) Aber an welchen Namen dachten wohl Ausländer, die mich während meiner Seefahrtzeit an der Aussprache oder sonst wie als Deutschen erkannten? Die meisten werden sicherlich zu höflich gewesen sein, um ihren Gedanken Ausdruck zu verleihen. Nur 1961 im ägyptischen Hafen Alexandria ging es atypisch zu. Ich war alleine in die Stadt gefahren und wurde bald in einer sehr belebten Straße von bettelnden Kindern umringt. Schnell verteilte ich etwas Kleingeld, obwohl dies unter Seeleuten als fehlerhaftes Verhalten gilt. Der prompt anwachsenden Schar versuchte ich mich auf Englisch zu erwehren. Das rief nun auch Erwachsene auf den Plan, die eine zunehmend bedrohliche Haltung gegen mich einnahmen. Erst allmählich begriff ich, dass die Aggression darauf beruhte, dass man mich für einen Engländer hielt. Aufgeregt verkündete ich mehrsprachig meine wahre Identität, und zwar mit Erfolg. Plötzlich lachten alle, man schlug mir auf die Schulter und es erschallten Rufe: „Heil Hitler, Heil Hitler!" Leider verfügte ich in der Situation nicht über die innere Stärke zu erklären, dass ich diesen Diktator verabscheute. Ich war einfach froh, kein Engländer zu sein.

Aus dem Ruder gelaufen

In meiner Abschlussarbeit zur Mittleren Reife hatte ich – immerhin als erst Sechzehnjähriger - geradlinig einfach und folgerichtig den Verlauf meines Lebens geplant. Mein Lehrer schrieb in seiner Beurteilung am 17.2.56: „…eine sehr gesunde Einstellung Deinem zukünftigen Beruf gegenüber."

In der Tat: Inspiriert durch meinen Vater und meinen Bruder wollte ich unseriös kurze Dienstzeiten und zu häufige Schiffswechsel vermeiden. Ferner würde ich mit steter Nüchternheit und viel Fleiß zügige Beförderungen bis zum Matrosen und den Erwerb einer ausreichenden Fahrzeit zum Besuch der Seefahrtschule anstreben, wo ich binnen anderthalb Jahren das Patent zum Seesteuermann auf großer Fahrt erwerben könnte. Das Ziel war, profunde Berufserfahrungen zu erwerben. Tatsächlich verlief das meiste wie gedacht.

Im Dezember 1959 erfolgte meine Beförderung zum Matrosen. Damit lag ich sehr gut im Zeitplan meines Lebens.

Allerdings geriet ich zwischenzeitlich in eine emotionale Turbulenz, als ich eben die Achtzehn rundete. War ich bisher zielbewusst meinem geraden Kurs zur Karriere gefolgt, so geriet ich nun ins Schlingern, denn ich verliebte mich abrupt in ein finnisches Mädchen in Helsinki. Sie war ein halbes Jahr jünger als ich und so schön wie ihr Name: Marja-Liisa. In den folgenden Monaten entwickelte ich zahlreiche Ideen, die mich von meinem ursprünglich angepeilten Berufsziel abzubringen drohten.

Erst einige Wochen vorher hatte ich nach meinem Urlaub in Hamburg im Spätsommer 1957 auf einem größeren Dampfer angemustert, der moderneren Ansprüchen entsprach. Die Mannschaft wohnte achtern in anständigen Zweierkabinen, es gab elektrisches Licht und fließend Wasser. Hier konnte ich es also lange aushalten. Eingesetzt wurden wir in der Trampfahrt in der Nord- und Ostsee. Zufällig entwickelte sich aber durch die Auftragslage am Markt über eine längere Zeit so etwas wie eine regelmäßige Rundtour, während der wir häufiger auch Helsinki anliefen.

In Helsinki lagen wir meistens mit unserem Schiff nahe am Stadtzentrum. Eines Tages ging ich allein an Land, selbstverständlich Richtung Dom, Helsinkis unübersehbarem Magneten für Touristen. Natürlich war ich ordentlich gekleidet, wie es sich für einen anständigen Seemann damals gehörte: weißes Nylonhemd, Krawatte, Anzug mit Röhrenhose, Popeline-Mantel und elegante Tangoschuhe; eine Kopfbedeckung schloss sich in meinem jugendlichen Alter von selbst aus. Von der männlichen Bevölkerung dort hob ich mich ab, weil die mit dicken Mänteln und Pelzmützen dem Winter ihren Respekt erwies. Denn schon hatten erster Schnee und glitzernde Frostkristalle sich der Stadt bemächtigt. Und ich fror. Die Kälte biss alsbald in den Ohren, Händen und Füssen und nahm mir jede Lust, in der Stadt herumzuschlendern. In dieser Stimmung wagte ich, ein in viel Wolle verpacktes Wesen nach einem Kino zu fragen. Ich erhielt eine Antwort auf Deutsch, und zwar von Marja-Liisa. Sie führte mich zu einem Filmpalast, und sie ließ sich von mir einladen. Weder Titel noch Handlung des Films sind mir in Erinnerung geblieben. Da ich kein Tourist war, musste ich am Tage an Bord arbeiten. Aber zwei Abende schenkte uns noch das Schicksal beziehungsweise die Frachtabteilung der Reederei, dann musste ich mit meinem Schiff weiter nach Nordfinnland, um Grubenholz für englische Bergwerke zu laden. Im Ohr klangen noch lange unsere Schwüre und Versprechen, uns oft zu schreiben. Vor allem hatte ich gelobt, wiederzukommen – irgendwie. Das Mädchen wohnte noch bei ihren Eltern in Helsinki, und ich durfte ihr ruhig nach Hause schreiben. Die Eltern würden nichts gegen unsere weitere Beziehung einwenden. Sie musste jedoch ihre Briefe an meine Reederei in Hamburg senden, die dann unseren Briefverkehr mehr oder minder geschickt steuerte. Ich schrieb fast von jedem Hafen. All mein Denken war darauf gerichtet, bald eine Fracht für Helsinki zu bekommen. Das realisierte sich nach wenigen Wochen, und wir liefen wieder in den Hafen meiner Sehnsucht ein – mit leichter Assistenz eines Eisbrechers, der die Fahrrinne zwischen den vorgelagerten Inseln offen hielt.

Geschichte wiederholte sich, wir spazierten, ich fror, wir besuchten Cafés und wärmten uns im selben Kino, wie vorher; wahrscheinlich spielte aber diesmal ein anderer Film.

Nach zahlreichen weiteren Wochen, als Helsinki wiederum unser Bestimmungshafen war, blieb das Schiff im Eis stecken; die finnische Küste zeichnete sich nur als ein dünner Strich am Horizont ab. Wir warteten in der weißen Wüste und tagelang waren meine Nerven gespannt wie die Schlepptrosse des Eisbrechers, der uns schließlich im Konvoi mit anderen Schiffen an den für mich interessantesten Hafen der Welt bugsierte. Diesmal stellte Marja-Liisa mich ihren Eltern vor. Die ganze Familie gehörte der Heilsarmee an, hatte meine Freundin mir erzählt. Um mit offenen Karten zu spielen, erklärte ich ihr lieber gleich, dass ich selbst unreligiös und kirchlich unorganisiert war. Da fand sie aber nichts bei. Mir waren Heilsarmisten nur als recht fröhlich wirkende Menschen bekannt, die auf öffentlichen Plätzen beschwingte Lieder singen. Als ich hörte, dass ihr Vater sogar als General bei der

Heilsarmee fungierte, bemächtigte sich mir eine gewisse Anspannung. Es war ja kein Zufall, dass ich bei der Handelsmarine fuhr und sehr bewusst alles Militärische ablehnte. Als wir bei Kaffee und Kuchen im Wohnzimmer saßen, trug er zivil, ebenso wie seine Frau. Erleichtert stellte ich fest, dass weder gebetet, noch gesungen wurde. Vater und Mutter konnten nur Finnisch, eine Sprache, von der ich bisher nur ganz wenige Worte kannte. Zur Unterhaltung mit den Eltern versuchte Marja-Liisa zu übersetzen. Da ich viel lächelte, hinterließ ich wohl einen guten Eindruck.

Die Jahreszeiten wechselten und wir liefen nur sehr selten Helsinki an. Einmal besuchte mich meine Freundin in Turku, einem Hafen, der in wenigen Stunden mit dem Bus von Helsinki zu erreichen war. Wir waren verliebt. Im Übrigen rundete ich x-mal die Spitze Dänemarks durch das Skagerrak; wir kamen selten nach Helsinki und niemals nach Deutschland. Jedoch wurde im Sommer zur Freude der gesamten Besatzung bekannt, dass die Reederei einen Zeitplan erstellt hatte, wonach wir Ende Oktober 1958 in Hamburg in die Werft gehen sollten, um das Schiff überholen zu lassen. Ob nun bei Malarbeiten oder wenn ich am Ruder stand, immer verfügte ich über viel Zeit, um Pläne zu schmieden. Eines Tages stand es fest: Meine Mutter hatte wohl den Ernst meiner dringlichen Briefe verstanden, und war bereit, das fremde Mädchen aufzunehmen. Marja-Liisa sollte kommen. Ich wollte in Hamburg abmustern. Bei jeder Gelegenheit schickte ich aufmunternde, erklärende und alles Mögliche beteuernde Post in das Land der tausend Seen.

Endlich kam das Einverständnis! Die junge Frau aus dem Norden reiste nach Hamburg, wie es verabredet war. Aber leider schickte die Reederei uns mit unserem Schiff auf noch eine Rundreise. Das bedeutete fünf Wochen Verspätung – so ist eben das Seemannslos. Die Zeit schien mir stille zu stehen, als würde die Erde ihre Drehrichtung ändern.

Als ich mit meinem Seesack vor unserem Haus stand, öffnete meine Mutter die Tür. Offenbar hatte sie mich schon kommen sehen. Weil sie mich starr mit unnatürlich großen Augen ansah, durchzuckte mich der Gedanke an ein Unheil. „Was ist passiert?" Doch der Gastgeberin meiner Freundin schienen die Worte zu fehlen. Erst nach einer endlos scheinenden Weile sagte sie: „Komm man erstmal rein!" Ich begriff sofort, dass Marja-Liisa nicht Zuhause war. Mein Gepäck ließ ich unten stehen. Als ich mich im Wohnzimmer in einen Sessel sacken ließ, stellte meine Mutter ein bis zum Rand gefülltes Schnapsglas vor mich hin. Sogleich stieg mir das Aroma von Rum in die Nase. Dann erzählte sie, und zwar so langsam und in einem so auf Schonung bedachten Tonfall, dass ich ungeduldig wurde. Das Fazit: Marja-Liisa war wie verabredet bei meiner Mutter erschienen und hatte das halbe Zimmer zugeteilt bekommen. Beide Frauen hatten sich gut verstanden, sagte meine Mutter. Nach einiger Zeit wollte ihre potentielle Schwiegertochter alleine in die Innenstadt fahren, um Hamburg näher kennen zu lernen. Das fand meine Mutter an sich ganz verständlich. Alsbald teilte ihr Gast telefonisch mit, dass meine Mutter sich keine Sorgen zu machen bräuchte. Gut zwei Tage und Nächte später stand Marja-Liisa vor der Tür, um ihre Sachen zu holen. Ob meine Mutter sich kooperativ zeigte, weiß ich nicht. Sie erfuhr jedenfalls, dass Marja-Liisa einen netten Mann aus Afrika kennen gelernt hatte. Seinem Angebot, ihr Hamburg zu zeigen und sein Hotelzimmer mit ihm zu teilen, hatte sie offensichtlich nicht wiederstehen können; vielleicht lag es ja an seinen dunklen Augen.

Ich trank den Rum mit einem Zug, was aber die Lage nicht veränderte. Eigentlich reagierte ich ziemlich gefasst. Trotzdem bat ich um noch ein Glas. Frohen Mutes war ich zwar nach Hamburg gekommen, aber dennoch war ich nicht sehr überrascht. Die Eskapaden meines Vaters, das Leiden meiner Mutter, allgemeine Liebes-, Untreue- und Ehegeschichten aus und um das Seefahrtmilieu herum hatten mir wohl realistische Erfahrungen vermittelt, die mich nun selbst in die Lage versetzten, härterem Gegenwind standzuhalten. Aktuell schnulzten schwülstige Texte von Liebe, Seemann, Sehnsucht, Treue, Träume,

Heimat und Meer in vielen Sprachen aus den Musikboxen an allen Küsten. Der Zeitgeist machte es den Textern leicht, und die Menschen fühlten sich gut unterhalten, ohne an Krieg, Hunger und Elend erinnert zu werden. Mit dem, was ich gerade erlebte, trieb ich also in eher vertrauten Gewässern. Selbstverständlich hatte ich nichts geahnt. Aber im Laufe meines Lebens hatte ich mir unbewusst einen Fundus an Erfahrungen und Erwartungen angeeignet, der mir nun erleichterte, die Situation zu meistern. Schließlich wusste ich im tiefsten Innern, dass Treue ein fragiles Ding ist und ihre Gefährdung mit der Zeit der Trennung und der räumlichen Entfernung der Partner voneinander wachsen würde. Somit hätte ich für möglich gehalten, dass sie sich in Helsinki anders orientiert hätte, während ich in südlichen Gewässern herumdampfte. Als sie nun jedoch in Hamburg weilte, dachte ich, dass sie fest verankert wäre. Aber unter dem übermächtigen Verführungspotential der großen Stadt erodierte die Ankerkette schneller, als ich mir vorgestellt hatte. Natürlich hatten mich schon vorher ab und zu Beklemmungen befallen. Schließlich gibt es keine Beziehungen ohne Gefährdungspotential. See- oder Dienstreisen, zivile oder militärische Einsätzen in fremden Ländern, diplomatische Dienste weltweit und Etliches mehr bedürfen nun einmal ganz besonderer Schweißnähte, um immer zu halten.

Sehr schnell entschied ich, dass ich keinen Versuch machen würde, Erklärungen zu bekommen oder sie gar wieder zurück zu gewinnen. Die Sachlage war mir klar: beschädigte Schiffe ließen sich reparieren und danach wäre sofort genügend Auftrieb vorhanden; eine radikal zerbrochene Beziehung dagegen wäre irreparabel, da es stets an Vertrauen mangeln würde.

Nach dem Urlaub suchte ich mir ein Schiff in der Levantefahrt, das heißt, ich lernte zahlreiche Häfen im Mittelmeer und im Schwarzen Meer kennen. Die Möglichkeit, an diesen Küsten mit einem anständigen Mädchen eine Beziehung einzugehen, war äußerst begrenzt;

Kulturen, Religionen, Sitten und Sprachbarrieren standen Kontakten entgegen. Und das war vorerst gut so. Etwa ein Jahr später kam ich zufällig, wirklich ohne jede Absicht, noch einmal mit einem anderen Schiff nach Helsinki. Da nahm ich denn doch Kontakt zu ihren Eltern auf. Die hatten sich inzwischen scheiden lassen. Die Mutter lebte noch in der alten Wohnung. Sie hatte einen neuen Partner, der immerhin etwas Deutsch konnte. Von dem erfuhr ich, dass Marja-Liisa jetzt mit einem Mann lebte, einem Bauern, der in Österreich einen Bauernhof betrieb. Sie hatte also einen erdverbundenen Partner gefunden. Ein Seemann wie ich wäre auf die Dauer bestimmt nichts für sie gewesen. Und sie auch nichts für mich.

Urlaubszeiten

Wenn ich nach vielen Monaten, manchmal sogar erst nach weit über einem Jahr von einem Schiff abmusterte, machte ich meistens gut einen Monat Urlaub, und zwar zu Hause. Nach Fahrten irgendwo hin in die neuen Urlaubsparadiese der Deutschen stand mir immer noch nicht der Sinn. Wenn ich abmusterte, wurde mir das aufgelaufene Urlaubsgeld ausgezahlt und ich konnte bestimmen, wie lange ich an Land bleiben wollte. Der Urlaub „bei Muttern" bescherte mir eine perfekte Versorgung, zudem weigerte sich meine Mutter, einen Beitrag zur Haushaltskasse von mir anzunehmen. So lebte ich denn privilegiert und konnte für den kostenintensiven Besuch der Seefahrtsschule in naher Zukunft sparen.

Gemeinsame Heimaturlaube mit meinem Vater ließen sich kaum planen, weil wir beide in der Trampfahrt fuhren. Aber es passierte dennoch ab und zu, dass mein Vater und ich eine kürzere oder längere Zeit zusammen mit unseren zwei weiblichen Familienangehörigen verbrachten. Gelegentlich fragte ich schon mal meinen Vater, warum er eigentlich einige Male die Reederei gewechselt hatte. Für einen 1.

Offizier beziehungsweise Kapitän wäre das doch unüblich. Seine Antworten klangen jedoch plausibel. Mal wollte er auf einem moderneren Schiff als Kapitän fahren, mal suchte er ein anderes Fahrtgebiet. Wie gesagt, alles plausibel – auch die Rastlosigkeit, die ich dahinter ahnte. Ich dachte an seine früher bevorzugten Verfasser Hamsun, London, Hemingway. Er schien bereit, sich auf der Suche nach Abenteuern im Diesseits den harten Gesetzen der Natur und entsprechenden brutalen Konsequenzen zu unterwerfen.

Einmal erhielt ich über die üblichen Umwege durch die Reedereikontore einen Brief von ihm, in welchem er von der besonderen Seetüchtigkeit seines Schiffes und dessen „powerful engine" schwärmte. Ihn beeindruckte schlicht, dass sein Schiff der Kraft der See etwas entgegen setzen konnte. In diesem Zusammenhang erinnere ich mich daran, dass wir hin und wieder über die Figur Captain Bligh auf der „Bounty" gesprochen hatten. Mein Vater bewunderte dessen seemännische Leistung, mit einer Nussschale von nicht einmal vierzig Metern Länge um die halbe Welt gesegelt zu sein. Besonders aber bewegten ihn Fragen nach Disziplin und Autorität angesichts einer eher willkürlich zusammengewürfelten Mannschaft auf sehr engem Raum unter den schwierigen Lebensbedingungen, wie sie Ende des 18. Jahrhunderts auf solchem Schiff herrschten. Als ich einmal auf einem Fahrzeug anmusterte, auf dem mein Vater wenige Wochen vorher Kapitän gewesen war, hörte ich von Besatzungsmitgliedern, die ihn noch erlebt hatten, dass er allgemein beliebt gewesen war. Der Mannschaft war er mit Respekt und gleichzeitig „menschlich" begegnet, ohne dass seine Autorität darunter gelitten hätte. Man hatte zwar bemerkt, dass mein Vater gelegentlich nach Alkohol roch, das hätte jedoch nicht die Loyalität zu ihm beeinträchtigt.

Meinem Vater schien ein ziemlich unstetes Leben zu passen; er brauchte wohl Abwechslung und auch Abenteuer, sei es auch nur die Illusion davon. Die oben erwähnten Verfasser befriedigten wohl seine Neigungen. Wenn ich mit meiner Mutter ab und zu die Befindlichkeit meines Vaters erörterte, verwies sie zwar darauf, dass er so früh verwaist war, aber sie pochte dennoch auf seine Eigenverantwortlichkeit. „Weibergeschichten" und sein Hang zum Alkohol waren aus ihrer Sicht unentschuldbar. Als ich sie nach seinen häufigen Reedereiwechseln fragte, deutete sie mit einer Handbewegung an, dass Alkohol wohl im Spiel war. Sie sagte sogar, dass man ihm schon mal ausdrücklich empfohlen hatte, selbst zu kündigen… Konkreteres wüsste sie auch nicht.

Meine Mutter beklagte, dass er hin und wieder in die Stadt gefahren und dann angetrunken zurückgekommen war; auch hielte er sich in seinem Nachtschränkchen einen Vorrat an kleinen Flaschen mit Magenbitter, von dem er sich sogar schon morgens bedient hätte, ohne allerdings während des Tages einen angetrunkenen Eindruck gemacht zu haben. Sie bat mich aber, ihn nicht nach seinen Trinkgewohnheiten zu fragen. Ich sah auch keinen passenden Anlass. Offenbar hielt er sich zurück, wenn ich zu Hause war.

Ansonsten lief ein ruhiges Familienleben ab. Normalität wurde gespielt, latente Ängste wurden unterdrückt. Weiterhin stellte meine Mutter gutes Essen auf den Tisch. Häufig spielten wir bis in die Morgenstunden Poker oder Roulette und amüsierten uns dabei.

Zur politischen Information der Familie war abends das „Echo des Tages" vom Norddeutschen Rundfunk ein unabdingbarer Termin. Für meinen Vater war außerdem die wöchentliche Lektüre von „Der Spiegel" unverzichtbar.

Nicht tiefschürfend, aber immerhin, wurde bei uns über die aktuellen politischen Entwicklungen geredet. Kommunisten bekamen bei uns kein Bein an Deck. Im kalten Krieg standen wir auf der Seite des Westens. Gefühlsmäßig war ich Sozialdemokrat, wobei ich sicherlich nachwirkend beeinflusst war von einem Klassenkameraden, mit dem ich auf dem langen Schulweg zwischen Iserbrook und Blankenese politisch diskutierte. Dessen ganze Familie war traditionell sozialdemokratisch orientiert gewesen und stützte nun die SPD mit deren

Vorsitzenden Kurt Schumacher, der wegen seiner Parteizugehörigkeit und seines Widerstandes gegen die Nazis neun Jahre in Konzentrationslagern hatte verbringen müssen. Jetzt nach dem Krieg machte er sich unter anderem als entschiedener Gegner der Kommunisten einen Namen. Indirekt wurde über meinen Schulkollegen mein familieninterner Antikommunismus bekräftigt und es verfestigten sich bei mir dauerhaft eine antifaschistische Haltung und ein Unmut gegen rechte Positionen, selbst wenn sie noch im demokratisch akzeptablen Sektor verankert sein sollten. So weckte meinen politischen Widerwillen, dass Bundeskanzler Adenauer den Mitverfasser und Kommentator der Nürnberger Rassegesetze, Dr. Hans Globke, als Chef des Bundeskanzleramtes einstellte; desgleichen erging es mir angesichts des zeitweisen Vorsitzenden der FDP, Erich Mende, der selbst Ritterkreuzträger war und sich nicht scheute und sich schon gar nicht schämte, dies politisch in Szene zu setzen. Meine Mutter hatte bereits den Ritterkreuzträger nicht gemocht, der bei uns auf dem Platz in seiner Bude gewohnt hatte, und den Ordensträger Mende an der Spitze einer angeblich liberalen Partei konnte sie einfach „nicht ausstehen." Ich teilte ihre Meinung, wie auch mein Vater es tat.

Die Vergangenheit war bei uns insoweit ein Thema, als meine Mutter ihre Erinnerungen erzählte, fast immer wortgetreu. Darüber wie es meinem Vater während seiner Kindheit, im zweiten Weltkrieg und in der Internierung ergangen war, weiß ich fast nichts, einfach weil er nichts mitteilte. Jedenfalls nicht in meiner Gegenwart. Aber ich fragte auch nicht; ich war eben nicht neugierig auf das Vergangene, denn er war ja hier und jetzt augenscheinlich „heil". Allerdings bekamen wir ab und zu Besuch von einem Seemann, mit dem mein Vater in den letzten Kriegsmonaten auf dem „Flüchtlingstransporter" gefahren war. Der erzählte häufig sehr aufgeräumt und lustig die Geschichte, wie sich alle an Bord verhalten hatten, wenn sie von Tiefffliegern angegriffen und beschossen worden waren. Während alle hinter der Verschanzung oder hinter den Schiffsluken Schutz suchten, rasierte sich der 1. Steuermann (mein Vater fuhr als 2. Steuermann) in aller Seelenruhe bei geöffneter Kabinentür. Auf die Frage, warum er denn nicht in Deckung ginge, antwortete er nur, es gäbe faktisch keine Deckung und wenn er sterben müsste, dann wollte er wenigstens gut rasiert sein. Wir alle lachten immer wieder über so viel „Torheit". Nur indirekt kann ich aus dieser Erzählung schließen, dass mein Vater gefährlichen Situationen ausgesetzt gewesen sein musste und wohl auch Todesangst ausgestanden hatte. Aber, wie gesagt, davon berichtete er nie und folgte insofern dem üblichen Verhaltensmuster der Kriegsgeneration: Verdrängen, was gab es schon zu erzählen?

Tango und andere Probleme

Natürlich widmete ich nicht die gesamte Urlaubszeit nur meiner Familie. Mein Vater fuhr ja irgendwann wieder zur See und ich suchte Zerstreuung, die meinem Alter entsprach. Hauptsächlich auf Grund unserer wirtschaftlichen Verhältnisse gehörte es in meiner Kindheit nicht zu unseren familiären Gepflogenheiten, Restaurants, Theater oder Konzerte zu besuchen und die entsprechenden Verhaltenskodexe zu verinnerlichen. Ich musste mich überwinden, alleine ein Tanzlokal oder Restaurant zu betreten. So manche Zigarette entzündete ich draußen, um beim Eintritt ins Lokal meine Lässigkeit zu demonstrieren. Natürlich hatte ich auch keine Tanzschule besucht. Walzer hatte ich allerdings noch vor der Mittleren Reife auf der T.O. gelernt. Einigermassen stilvoll im Tangoschritt übers Parkett zu gleiten, hatten mir schon anmutige und geduldige Frauen auf finnischen Tanzböden beigebracht, als ich noch Schiffsjunge war. Aber anfangs musste ich meine Schüchternheit überwinden und das Wissen über mein mangelndes Talent verdrängen. Beides versuchte ich mit Alkohol, was sich unter den finnischen Verhältnissen als gar nicht einfach gestaltete. Denn bei den finnischen Tanzveranstaltungen für junge Leute waren der

Ausschank und der Genuss von Alkohol verboten. Angeboten und zugelassen war nur Schwachbier. Geregelt war auch in allen finnischen Häfen, dass Tanz nur zwischen acht Uhr abends und Mitternacht stattfinden durfte. Dieses Zeitfenster musste also entschieden genutzt werden, um mitmenschliche Kontakte zu knüpfen. Es galt, schnell viele Flaschen Schwachbier zu trinken, um einen etwas enthemmenden Alkoholpegel zu erreichen. Damals saß das weibliche Geschlecht in einer Reihe entlang der einen Wand und die jungen Männer, in der Mehrzahl junge Rekruten in Uniform, standen gegenüber. Während ich auf eine Wirkung des Alkohols wartete, musterte ich schon die Reihe der potentiellen Tanzpartnerinnen. Gab es Interesse für mich? Mein ziviler Status und vor allem meine braunen Augen mussten doch beeindrucken, immerhin befanden wir uns ziemlich nahe am Polarkreis! So gegen dreiundzwanzig Uhr gab ich mir dann einen Ruck und beeilte mich, das Mädchen, das vermeintlich am deutlichsten sein Interesse signalisiert hatte, aufzufordern. Das Leiden für die Tanzpartnerin und mich nahm seinen Lauf. Aber ich versuchte bereitwillig, mich diskret führen zu lassen. Was auch immer letztlich den Ausschlag gab, tatsächlich passierte es ab und zu, dass ich am Schluss eine junge Finnin ein Stück des Weges durch die nordische Nacht begleiten durfte.

Zu Hause in Sülldorf hatte ich keinen Bonus. Das Gegenteil sollte sich wieder einmal als richtig erweisen. Damals gab es für die Heranwachsenden des Dorfes und der weiteren Umgebung jeden Sonnabend Tanz in einem alten Fachwerkhaus mit Kneipe und langgestrecktem Festsaal, dem „Sülldorfer Hof". Zu dieser Institution führte der Weg an den Duftnoten der Bauerngehöfte des Ortes vorbei und so manchen tierischen Laut mochte man wohl der Brunft zuschreiben. Wer sich zu diesem Lokal allein aufmachte, wollte natürlich nur mal so richtig tanzen, hatte ganz sicher aber nichts dagegen, zu zweit zu gehen. Auch ich hatte mich gedankenverloren auf den Weg gemacht. Wegen meiner Seefahrerei hatte ich mich hier nur sehr selten zur Geltung bringen können. Dem ersten Anschein nach spielte man „gepflegte Welt". In C&A-Anzügen oder in Kleidchen mit schwingenden Röcken, die Haare pomadisiert oder onduliert, saßen um die Tanzfläche herum junge Leute manierlich an kleinen Tischen bei Bier, Wein des Hauses oder Cola mit Rum. Anfangs platzierten sich nur wenige Paare unter den Dekorationen mit künstlichen Weinranken; die Männer demonstrierten das fortgeschrittene Stadium ihrer Balz, indem sie einen Arm um ihre Partnerin legten. Eine Drei-Mann-Kapelle heizte ordentlich ein und riss das Volk von den Stühlen. Ein Schulkollege von früher hatte mich an den Tisch zu sich und seine Freundin eingeladen. Sie erhoben sich bald zu innigem Tanz und ich schaute in die Runde. Mit etlichen Frauen hatte ich schon früher hungrig nach einem Topf Schwedenspeisung angestanden, als wir noch Schulkinder waren. Man erkannte mich und nickte mir freundlich zu. Doch die meisten wussten über mich Bescheid: Der ist Seemann geworden und wird bald wieder zur See gehen, und dann beginnt das große Warten, wenn du dich mit dem eingelassen hast. Kein Funke der Neugierde oder gar des Begehrens blitzte in deren Augen. Dennoch forderte ich zum Tanzen auf und höflich gab man mir anfangs keinen Korb. Aber allmählich wurde die Auswahl an Tanzpartnerinnen geringer, immer mehr Männerarme weilten auf anmutigen Schultern. Übrig gebliebene Frauen waren offenbar auf ihren guten Ruf bedacht. Als Seemannsbraut wollte keine gelten. So zog ich dann schließlich allein über den Hainholt durch die laue Nacht. Ganz ohne Selbstmitleid sah ich ein: Es war Zeit für mich, mir ein Schiff zu suchen. Ungebunden und frei, nur mir selbst verpflichtet und dem Heuerkontrakt, wollte ich erneut zur See. Die Trampfahrt reizte mich, nichts sollte im Voraus bestimmt sein.

Schließlich kreuzte ich, inzwischen schon über zwei Jahrzehnte auf dem Buckel, wieder als Matrose auf einem Stückgutfrachter im Mittelmeer und in der Schwarzsee herum. Seit jeher galten bei Seeleuten vor allem Famagusta, Beirut, Thessaloniki und Piräus als „gute" Häfen, denn dort fiel es leicht, sich zu amüsieren. Einmal war Thessaloniki der letzte Hafen unserer Rundreise im Mittelmeer. Zwar klimperten nicht so arg viele Drachmen in unseren Taschen, nachdem wir in den letzten Wochen schon mehrere „gute" Häfen besucht hatten, aber dennoch sollte so etwas wie ein Abschiedsfest stattfinden, bevor wir wieder nördlichere Breiten ansteuerten. Zielbewusst enterte die halbe Besatzung die bekannte „American-Bar". Mit ihrer halbrunden Theke vor einer Spiegelwand, in der sich das Kerzenlicht auf den Tischen vervielfältigte, bot sie ein angenehmes Ambiente. Wir waren offenbar die einzigen Gäste. Aufgereiht auf Barhockern nippte etwa ein halbes Dutzend Damen an Sekt- oder Cocktailgläsern. An diesem Abend passierte etwas Besonderes. Sehr bald hatte das weibliche Personal begriffen, dass von uns, quasi abgewirtschaftet am Ende der Reise, kaum ein Drink zu überteuerten Preisen spendiert werden würde. Nach und nach stellten die Frauen das animierende Flirten ein, sie lächelten uns unverkrampft zu und betrachteten uns wie normale Menschen und wir sahen in ihnen nicht mehr Wesen, die unsere Jagdinstinkte weckten. Eine erzählte von ihrem Kind und von anderen erfuhren wir, dass bis vor kurzem die „Sechste Flotte" der Amerikaner mit einem Flugzeugträger und sonstigen Transportern voller hormonstrotzender Besatzungen den Hafen besucht hatte, so dass über die Stadt und auch hier über die kleine Schar der Bediensteten in dieser Bar Dollarscheine wie Manna vom Himmel gefallen waren. Aber es sei anstrengend gewesen und nun sei man froh, sich mal wieder ausruhen zu können, versicherten unsere Gesellschafterinnen. Plötzlich stellte sich eine schöne schlanke Frau auf die Bühne, kaum grösser als ein Podest, ans Mikrofon und begann mit rauchiger Stimme das Lied „Ich bin ein Mädchen von Piräus und liebe den Hafen, die Schiffe und das Meer" zu singen. Es wirkte, als wäre sie Melina Mercouri persönlich. Wir waren einfach weg. Die Melodie und zumindest einige Zeilen des Textes kannten natürlich auch wir. Die Interpretin sang auf Griechisch, ihre Kolleginnen stimmten ein und allmählich summten und brummten auch wir mit und die Menschen in der kleinen Bar fühlten sich auf seltsame Weise miteinander inniglich verbunden. Danach erfolgte stürmischer Applaus und natürlich sogleich eine Wiederholung. Wir legten unsere letzten Drachmen auf die Theke, fanden in den Taschen auch noch so manche andere Valuta dazu - Prost! und Jámas! Tanzmusik vom Plattenteller mixte das Volk durcheinander. Dazwischen immer wieder „Ich bin ein Mädchen von Piräus..." und schließlich ein schmachtendes Lied, das ich erst viel später in Deutschland anhand der Melodie als „Weiße Rosen aus Athen..." identifizieren konnte, denn der Text war natürlich auch auf Griechisch vorgetragen worden. Wir tanzten, tranken und sangen bis in den frühen Morgen – ein unvergessliches Erlebnis.

Dieses Leben, das geprägt war von harter Arbeit und guter Kameradschaft an Bord sowie viel Spaß in etlichen Häfen, würde ich nicht missen mögen.

Andeutungsweise schrieb ich auf Postkarten und in kurzen Briefen auch meiner Mutter von den Höhen und Tiefen meines Lebens. Das war sicher unbedacht, falls ich wirklich meine Freiheit bewahren wollte. Aber ich bin mir nicht sicher, ob nicht unbewusste Wünsche meine Formulierungen formten. Als erfahrene Seemannsfrau gab meine Mutter sich keinen Illusionen hin. Natürlich war ihr klar, dass ich wenig, zu wenig sparte, um bald selbstfinanziert auf die Seefahrtschule gehen zu können. Da war mein Bruder von ganz anderem Kaliber. Das wusste meine Mutter natürlich. Sie verzichtete von vornherein darauf, mir zuzureden oder Vorhaltungen zu machen. Nein, sie zog einfach Konsequenzen. Eines Tages schrieb sie mir de facto: Komm nach Haus und geh vor Anker, dein Studium zum Seesteuermann auf großer Fahrt beginnt im Herbst 1961; du bist bereits angemeldet! Die unbeschwerte Trampfahrt meines Lebens würde also bald ein Ende haben. Widerspruch erschien zwecklos und – das musste ich mir insgeheim eingestehen - war ernsthaft auch gar nicht von mir gewollt. Tatsächlich war ich innerlich sogar erleichtert. Da ich vor Jahren auf der Mosesfabrik fast die Tampen hingeschmissen hätte, woran ich mich nur peinlich berührt erinnern konnte, galt seither für mich, nie mehr aufzugeben. Im konkreten Fall gab es keinen Raum für Ausflüchte. Schließlich war es immer mein Ziel gewesen, meinem Vater und meinem Bruder nachzueifern. Zwar würde es finanziell knapp werden, aber meine Mutter hatte schon signalisiert, dass die Familie mich letztlich nicht aus Geldmangel scheitern lassen würde – natürlich nicht! Lern du, für den Rest sorge letztlich ich! Mit diesen Worten hatte sie schon meinem Vater Wind in die Segel gepustet, als er vor Jahren zögerte, Fahrt zum Kapitänspatent aufzunehmen. Das versicherte sie mir auch bei meinem Aufenthalt in Hamburg, bevor ich die letzte Reise vor dem Studium antrat. In knapp zwei Jahren könnte ich das Patent in der Tasche haben. Das waren wahrlich keine schlechten Aussichten. Eine Reise könnte ich noch schaffen, bevor ich eine weitere Sprosse auf meiner Karriereleiter nach oben klettern würde. Somit würde ich noch immer meinem Manuskript von 1956 folgen. Ließ sich mein Leben wirklich so realisieren, wie ich es mir als Schüler einmal in höchster Eile ausgedacht hatte?

An einem Nachmittag hatte ich mich schon von meiner Schwester und meiner Mutter verabschiedet. Am nächsten Tag sollten wir aus Hamburg auslaufen. Abends davor wollte ich noch einmal fein ausgehen und dann an Bord fahren, um am nächsten Morgen gleich zur Arbeit bereit zu sein. Richtig in Schale geschmissen, meine Mutter hatte nichts an mir auszusetzen, fuhr ich von Sülldorf mit der S-Bahn, die Strecke war schon lange voll elektrifiziert, in die Stadt. Nachdem ich ziellos herumgewandert war, kehrte ich bei „Nagel" an der Kirchenallee ein, um ein Bauernfrühstück zu essen. In diesem altehrwürdigen Lokal mit seiner gedunkelten Täfelung und den vergilbten Fotos von Prominenten an den Wänden, hatte ich im Laufe der Jahre mehrmals mit meinem Vater gesessen. Er hatte mir erzählt, dass er vor dem Krieg hier manchmal für wenig Geld eine gute Suppe gegessen hatte. Keineswegs sentimental, sondern guter Stimmung saß ich am Fenster und beobachtete die hastenden Menschen vor der mächtigen Kulisse des Hauptbahnhofs. Langsam wanderten meine Gedanken zu meiner bevorstehenden Reise und dem Leben, das danach folgen sollte.

Die neue Lebensperspektive versetzte mich in ein Hochgefühl.

Als es schon dunkel geworden war und der Menschenstrom schwächer zu werden schien, ging ich durch die Passage des Bahnhofs zur Mönckebergstraße. Auf der anderen Seite, im „Café Wien", sollte es fein zugehen, hatte ich irgendwo gehört. Mit brennender Zigarette in der Hand betrat ich das Lokal. Schon an der Tür hörte ich Walzertakte. Hier war ich richtig. Man platzierte mich an einem kleinen Einzeltisch. Noch während ich auf meine Bestellung wartete, kreuzten sich unsere Blicke. Sie saß mit ihrer Freundin nur einige Tische entfernt. Ihr blondes Haar hatte sie zu einem Pferdeschwanz gebunden. Offenbar war sie gut gelaunt, denn sie lachte viel. Als sie wohl zufällig ihren Kopf mir zuwandte, blickte ich in leuchtend blaue Augen. Nach einem kurzen Moment wandte sie sich wieder ihrer Freundin zu, während ich sie unablässig beobachtete. Als sie wieder zu mir schaute, und zwar etwas zu lange, als dass es nur zufällig sein konnte, gab ich mir beim nächsten Tanz einen Ruck und forderte sie auf.

Es fiel mir leicht, mit ihr zu tanzen, obwohl die Kapelle eine bunte Palette verschiedenster Rhythmen anbot. Aber sensibel und tolerant folgte sie allen meinen Bemühungen, alles irgendwie auf Walzer- und Tangoschritte zu übersetzen. Je häufiger wir tanzten, desto faszinierter war ich von ihr. Allmählich erfuhr ich etwas von ihrem Leben. Derzeit arbeitete sie als Kinderpflegerin bei Privatleuten am Rande Hamburgs. 1945 war sie mit ihrer Mutter und drei Geschwistern aus Westpreussen vor den Russen mit einem Schiff nach Dänemark geflohen und nach einer kürzeren Internierung schließlich nach Kiel übergesiedelt. Dass ich Seemann war, schreckte sie offenbar nicht. Immerhin waren es Seeleute gewesen, die unter Einsatz ihres Lebens sie und ihrer Familie zur Flucht verholfen hatten. Wir ahnten wohl, dass uns Vieles verband. Keineswegs entscheidend war, dass wir beide Kriegskinder waren. Wer in unserer Generation war denn kein Kriegskind? Das war doch nichts Besonderes. Flucht oder Ausbombung, auch Hunger; das kannte doch irgendwie jeder. Zwischen uns war es etwas Anderes. Wir empfanden einfach Sympathie für einander und ahnten, dass sie weit tragen könnte. Am späten Abend mussten wir uns trennen. Vorher tauschten wir aber unsere Adressen.

Den Hamburger Hafen verließ mein Schiff am nächsten Tag erst nach Einbruch der Dunkelheit. Mit einigen anderen von der Decksbesatzung war ich noch mit den letzten Handgriffen beschäftigt, um alles seeklar zu machen. Als wir die Lichter von Altona passierten, hielt ich inne. Wieder einmal dachte ich an die Kriegszeit. Zeitweise konnte ich Autoscheinwerfer durch die Parkanlagen an der Elbchaussee sehen. Die Mehrzahl der Fahrzeuge steuerte jetzt zu später Stunde in Richtung Blankenese. 1943 war ich auf demselben Weg mit einem Lastwagen aus der brennenden Stadt befördert worden. Blankenese kam in Sicht, die Promenade leuchtete in einem gemütlich gelben Licht, helle Farbtupfer grüßten von den Fenstern der Häuser am Berghang. Mit etwas Wehmut dachte ich an unsere Spaziergänge mit der ganzen Familie und wie immer, wenn ich Blankenese vom Wasser aus sah, drängte sich ein bitterer Gedanke an meinen Vater vor, wie er sich hier für wohlhabende Menschen hatte schinden müssen. Wo mochte er sich jetzt befinden? Laut der letzten Nachricht, die meine Mutter erhalten hatte, sollte er wohl demnächst Murmansk anlaufen. Sie hatte sich sehr besorgt gezeigt, weil es „da oben" immer so fürchterlich stürmen sollte. Soweit nördlich war ich noch nie gekommen, aber ich wusste, dass auf dem Wege dahin Schiff und Besatzung Etliches abgefordert wurde, so dass ich wider besseres Wissen versucht hatte, meine Mutter zu beruhigen. Mich zog jedenfalls nichts dorthin. Vor mir lag noch ein

Törn ins Mittelmeer, meine letzte Reise vor der Seefahrtsschule. Und meine neue Freundin würde mich bestimmt erwarten.

Bei einem kurzen Zwischenstopp in Rotterdam schrieb ich ihr schon meinen ersten Brief. Ansonsten war der Aufenthalt dort unangenehm. Ständig mussten wir die Ladeluken schließen und öffnen, weil Schnee- und Regenschauer über den Hafen fegten. Wir waren alle froh, als wir endlich diese unwirtlichen Breiten verlassen konnten. Ein steifer Wind jagte uns vor sich her durch die schäumende Nordsee und den Englischen Kanal der Biskaya entgegen. Hier stand eine mehr als unangenehme Dünung, die uns über Berge und durch Täler tanzen ließ. Hatte zunächst andauernd Spritzwasser gegen die Aufbauten geprasselt, schlugen bald immer häufiger massive Brecher an Deck, als würden zornige Mächte mit gewaltigen Wasserkübeln den Dreck der letzten Häfen von unserem Schiff spülen wollen. Schlimmer war, dass sie es auf unsere Manillataue abgesehen hatten. Wir waren gerade mit drei, vier Mann dabei, Strecktaue von den Mannschaftsaufbauten achtern nach mittschiffs zu spannen, an denen man sich festhalten konnte, wenn man über Deck gehen musste, als jemand schrie: „Die Festmacher gehen in die Drift!" Die armdicken, sehr langen Leinen, die wir in den Häfen zum Festmachen des Schiffes benutzten, waren in Bewegung geraten. Jetzt rächte sich, dass wir nicht den bewährten seemännischen Grundsatz befolgt hatten, einen Hafen erst dann zu verlassen, wenn das Schiff wirklich seeklar war. Beim Auslaufen aus Rotterdam wurde aber entschieden, die nassen Taue nicht unter Deck zu verstauen, damit sie bei besserem Wetter trocknen konnten. Man schätzte, dass sie zwischen der letzten Luke und dem Mannschaftsaufbau achtern sicher liegen würden. Jetzt aber bestand die ernste Gefahr, dass das Tauwerk über Bord gespült werden und unsere Schraube blockieren könnte. Das wäre dann wirklich ein Ernstfall. Wir versuchten also, mit vereinten Kräften die Leinen zu bergen, was bei dem starken Seegang sehr beschwerlich war. Das Achterschiff sauste im Rhythmus der Wellen ständig auf und ab und krängte mal nach Steuerbord und mal nach Backbord. Plötzlich hatte ich kein Deck mehr unter den Füssen und sah nur helles Grün, ich wusste nicht, wo ich mich befand, war ich schon außenbords? Instinktiv hielt ich den Atem an und versuchte, kein Wasser zu schlucken. Auf einmal, ich konnte es kaum glauben, stand ich mit beiden Beinen wieder fest an Deck direkt neben einem Strecktau, das ich solgleich umklammerte. Auch den anderen war es wie mir ergangen. Keinen hatte die See geholt. Nach den ersten tiefen Atemzügen brüllten wir in einer Art zur Kommandobrücke, die nicht mehr mit christlicher Seefahrt zu vereinbaren war. Auf der Kommandobrücke zeigte sich der Kapitän und schaute irritiert auf seine Seeleute, wie weiland Captain Bligh von der „Bounty" auf die Meuterer. Wir drohten ihm mit unseren Fäusten. Dergleichen ist keineswegs selbstverständlich auf einem ordentlichen Schiff. Er begriff sogleich, was wir meinten. Es war der Fehler der Schiffsführung gewesen, dass sie nicht die Geschwindigkeit des Schiffes den Abständen der Wellenberge angepasst hatte. Dadurch war es geschehen, dass ein besonders großer Brecher von achtern massiv über den Mannschaftsaufbau hinwegstürzen und uns von den Beinen reißen konnte. Immerhin hatte der Kapitän Verstand genug, sofort die Geschwindigkeit zu verringern, so dass wir kurz darauf in fast harmonischem Stampfen und Schlingern von der Dünung geschoben wurden und kaum noch Wasser an Deck huschte. Wir waren bis auf die Haut durchnässt und natürlich innerlich mindestens so aufgewühlt wie die See um uns herum. Massenhaft jagte Adrenalin durch unsere Adern. Selbstverständlich wussten wir, dass wir außenbords verloren gewesen wären. Unseren hormonell bedingten Aktionsdrang bauten wir ab, indem wir eilig und wie selbstverständlich die Leinen bargen und seemännisch laschten. Wir fügten uns damit einfach in die Notwendigkeit zu tun, was die Sicherheit von Schiff und Besatzung erforderten. Das war bei dem Seegang eine anstrengende Arbeit. Eine meuternde Verweigerung aus Protest gegen die Schiffsleitung wäre kontraproduktiv gewesen.

Als wir später wieder trockene Klamotten anhatten, kam der Wachhabende zu uns nach achtern in die Messe. Er erklärte, dass die Schiffsführung leider nicht damit gerechnet habe, dass unversehens ein so gewaltiger Kawenzmann heran rauschen würde, der uns fast den Fischen geopfert hätte. Damit stellte er eine Flasche Rum in eine Halterung auf dem Tisch und sagte: „Vom Alten - und Besanschot an!" Diese traditionelle Handlung aus alten Seefahrtzeiten akzeptierten wir als quasi Entschuldigung und Lob zugleich. Der aromatische Inhalt reichte zu kräftigem Grog für alle, konnte aber niemals ausreichen zur medizinischen Prävention. Das sah der Bootsmann, der seine Leute kannte, genauso und spendierte eine weitere Flasche. Als die geleert war, dachte keiner mehr an Meuterei.

Einer ganz anderen Gefährdung wurde ich in Porto, unserem nächsten Hafen, ausgesetzt. Zur Routine unserer Rundreisen im mediterranen Bereich gehörte, in diesem traditionsreichen Hafen Proviant an Bord zu nehmen. Dem Steward oblag es wegen seiner besonderen Beziehungen zu Schiffshändlern, Wein für die gesamte Besatzung einzukaufen. Jeder hatte sorgfältig seinen Bedarf für die Reise berechnet und auf einem Zettel notiert. Üblicherweise wurden Korbflaschen verschiedener Größen eingekauft. Ich sollte ihm dieses Mal beim Transport helfen. In der Altstadt wurden wir von einem rundlichen Portugiesen empfangen, dem es ein besonderes Vergnügen zu bereiten schien, uns seine Schätze zu präsentieren. Nachdem er eine sehr massive, reichlich mit Metallbeschlägen versehene Holztür geöffnet hatte, ging es etliche Stufen in ein kühles Kellergewölbe hinab, in welchem ich, nachdem meine Augen sich der Dunkelheit angepasst hatten, zahllose Holzfässer ausmachen konnte. Anhand der Bestellliste drangen wir allmählich immer tiefer in das Lager vor. Dabei versäumte es unser Weinhändler nicht, uns aus den Fässern Geschmacksproben zu ziehen und diese zu kommentieren. Ich verstand so gut wie nichts, weder seine Sprache und noch viel weniger vom Wein an sich. Mir wiederstrebte es sehr, die Proben auszuspucken, wie es die beiden anderen taten. Besonders beeindruckte mich wegen seines wundervollen Geschmacks ein Rotwein: Lakrima Christi Porto. Das bedeute „Die Tränen Christi", flüsterte mir der Steward mit geheimnisvoller Stimme zu. Dieser Name rührte mich als überzeugten Atheisten zwar nicht besonders an, aber die „Tränen" waren süffig. Das war wahrhaftig ein Rebensaft, an dem ich mich gerne während der Reise laben wollte. Ich erhöhte meine Bestellung. Nachdem wir die Proben beendet hatten, stiegen wir die Treppen hinauf. Die Tür öffnete sich und ich stieß bei dem strahlenden Sonnenschein wie gegen eine gleißende Wand. Genau da endete meine Erinnerung. Irgendwann erwachte ich in der Messe unseres Schiffes auf dem Sofa. Wie ich dahin gekommen bin, weiß ich nur vom Hörensagen. Das Schiff befand sich schon auf See.

Bei dieser Reise sparte ich tatsächlich ungewöhnlich viel Geld. Gerade in "guten" Häfen blieb ich an Bord und zog es vor, durch Überstunden für mein Studium zu verdienen. Schon in Algier, nachdem wir kurz Oran und Bone bedient hatten, erhielt ich den ersten Brief von meiner Freundin. Der Text versetzte mich in Euphorie. Zeitgleich hatten etliche Kolonialfranzosen eingesehen, in Algier nicht mehr erwünscht zu sein und bereiteten ihre „Heimreise" nach Frankreich vor. Die Kolonialherrschaft stand vor dem Aus. Wir erhielten zwar von den Hafenbehörden Landgangsausweise, gleichzeitig wurden wir aber eindringlich vor aggressiven Einheimischen gewarnt. Keineswegs sollte jemand alleine an Land gehen. Und misstrauisch sollte man sein. Dazu erzählte man uns erschreckende Geschichten von Seeleuten, denen man mit Rasierklingen die Gesichter zerschnitten und sonst wie misshandelt hatte. Hier wollte ich wahrhaftig nicht an Land, um mir mal eben die Beine zu vertreten. Stattdessen träumte ich von meiner Freundin in Hamburg.

Zwar gab es ein leidlich gut funktionierendes Postwesen zwischen Deutschland und den Mittelmeerhäfen, aber von der Hurtigkeit der modernen Zeit mit SMS und dergleichen war noch nichts zu ahnen. So wechselten wir denn lange Briefe, wohl formulierte, die uns jeweils in größeren Abständen erreichten. Da hatten Gefühle immerhin Zeit sich zu entwickeln und aufzublühen, Sehnsüchte konnten wachsen, und dies taten sie auch. Sie erwartete mich, schrieb sie. Mein Schiff hatte keine Verspätung. Als wir nach etwa zwei Monaten in Hamburg gleich hinter der Kehrwiederspitze am Schuppen 20 anlegten, stand meine Ersehnte tatsächlich schon winkend an der Kai.

Anschluss und Abweichung

Mir fiel es leicht, abzumustern und die Seefahrt für eine lange Zeit zu unterbrechen, zumal ich mich jetzt in „fester Hand" befand. Das Landleben lockte auf erregende Art. Meine Mutter zeigte sich flexibel und nahm meine neue Freundin mit offenen Armen auf; desgleichen verhielt sich meine Schwester.

In Kiel bei der Familie meiner Freundin fand ich schnell Anschluss. Ihre geschiedene Mutter erwies sich als eine Frau, die mit beiden Füssen im Leben stand und immer noch einer anstrengenden Arbeit nachging. Nach einem harten Leben sah sie erwartungsvoll ihrer Pensionierung entgegen, die in wenigen Jahren erfolgen würde. Ich respektierte sie sehr, nicht zuletzt wegen ihrer enormen Leistung im und nach dem Krieg. Von ihrem ursprünglichen Wohnort Marienburg/Westpreussen, war sie Anfang 1945 mit ihren vier Kindern, zwei Mädchen und zwei Jungen, im Alter von sechs bis dreizehn Jahren, geflüchtet. Die Front war schon hörbar nahe gerückt. Mich beeindruckte, wie sie die Flucht mit ihren Kindern taktisch organisiert hatte. Wenig Gepäck und hohe Beweglichkeit war ihre Maxime gewesen. Folglich hatte jedes Kind nur wenig zu tragen. Ihr unverzichtbar erscheinende Kleidung, auch ein Spielzeug pro Kind, ein großes Federbett, ein Beil und einen geräucherten Schinken transportierte sie in einer Karre. In einem unvorstellbaren Chaos von Flüchtlingen, Soldaten, zurückweichenden Panzern, Verwundeten, Gepäck, Karren und sonstigen Gefährten, das alles während ständiger Angriffe aus der Luft, schlug sich die Familie nach Gotenhafen/Gdynia durch. Wie schon unterwegs, war auch hier die größte Sorge der Mutter, keines ihrer Kinder im herrschenden Durcheinander zu verlieren. Schließlich gelangten sie gemeinsam und unversehrt auf ein Passagierschiff, das sie wohlbehalten nach Dänemark transportierte, wo sie interniert wurden. Später verschlug es die Familie nach Kiel. Dort traf sie auf den Vater der Kinder, der inzwischen ein Bein im Krieg verloren hatte. Die Ehe hatte keinen langen Bestand. Die Mutter versorgte die Kinder und schaffte es im Laufe der Jahre, einen Teil in einem Reihenhaus zu erwerben.

Nach und nach zogen ihre Kinder aus, suchten woanders eine Ausbildung oder schafften sich eigene Wohnungen.

Ein kostengünstiges Angebot ihrer Mutter, in ihrem Haus gemeinsam ein Zimmer zu mieten, schien meiner Freundin und mir plötzlich ein Himmelreich auf Erden zu bescheren. Meine Freundin erhielt eine lukrative Anstellung in Kiel und wir verlebten gemeinsam einige schöne Wochen. Als ich im Herbst mit meinem Studium begann, zeigte sich freilich, dass viel Sonnenschein auch einige Schatten wirft. Jeden Tag pendelte ich nun mit der Bahn zwischen Kiel und Altona. Die etwa einstündige Fahrt in jede Richtung versuchte ich zum Lernen zu nutzen. Dem stand jedoch häufig mein Schlafbedürfnis entgegen. Aber ich war zuversichtlich, das nautische Patent trotz dieser erschwerten Bedingungen erwerben zu können.

Anfang Februar 1962 ging auch mein Vater von Bord, wie ich schon einige Monate vorher. Ich war aus freiem Willen abgemustert. Anders stellte sich die Sachlage für meinen Vater dar. Aus einem Schreiben seines letzten Arbeitgebers ging hervor, dass man ihm „bedauernd" das Dienstverhältnis bei der Reederei „…lediglich infolge Veräußerung unseres MS ′XX′" kündigte. Das war immerhin eine einleuchtende und verifizierbare Begründung. Wird ein Schiff verkauft, wird die Besatzung, für die man keine Verwendung mehr hat, einfach freigesetzt. So sind eben die Verhältnisse. Meinem Vater wurde jedenfalls absolut nichts vorgeworfen. Aber es war ein gnadenloser Rauswurf. Das weckt das Misstrauen, dass mehr als nur der Verkauf des Schiffes eine Rolle spielte.

Da mein Vater jetzt zu Hause war, kam ich häufiger nach dem Unterricht in der Seefahrtschule zu Besuch und fuhr abends nicht nach Kiel. Unser Zusammensein innerhalb der Familie vollzog sich nach den gewohnten Ritualen mit Spaziergängen im Knick, gutem Essen und Spielen. Zu vorgerückter Stunde servierte meine Mutter kunstvoll zubereitete Schnittchen, die uns Energie gaben, erneut unser Glück zu versuchen.

Allerdings machte mein Vater auf mich oft den Eindruck, angespannt zu sein, er war weniger gesprächig und besonders bei den Spielen schien er unkonzentriert zu sein. Das fand ich aber nicht seltsam, sondern begreiflich, denn seine Lage war wirklich nicht so einfach. Seine Zukunft war ja unbestimmt. Im Alter von einundfünfzig Jahren noch einmal einen seiner Ausbildung und Erfahrung adäquaten Job suchen zu müssen, zehrte natürlich an seinen Nerven. Seine Kündigung trat am 16. Februar 1962 in Kraft. Nichts als ein Zufall wollte es, dass in der folgenden Nacht durch eine einzigartig hohe Sturmflut an der Elbe und in Hamburg die Deiche brachen. Bei entsprechender Neigung hätte man durchaus auf die Idee kommen können, dass merkwürdige Mächte ihr Spielchen mit unserer Familie und den Fluten trieben.

Einige Tage später besichtigten wir mit der ganzen Familie, was das Wasser in Blankenese angerichtet hatte. Wir waren alle stark beeindruckt. Wo wir jetzt spazierten, hatte es Mauern zum Einsturz gebracht, Garagentore eingedrückt und überall mit einem akkuraten öligen Strich markiert, wie hoch es aufgelaufen war. Mein Vater und ich diskutierten sozusagen fachmännisch, was geschehen war und welche Kräfte entwickelt worden waren.

Zu diesem Zeitpunkt lebten wir noch im Bewusstsein, viel Zeit für einander zu haben. Wenige Tage danach jedoch, bei meinem nächsten Besuch zu Hause, begrüßte meine Mutter mich mit geröteten Augen an der Tür. Rotgeweinte Augen, da wusste ich sofort, was los war: „Vati hat ein Schiff!", sagte ich ihr auf den Kopf zu und sie nickte so heftig, dass einige Tränen auf ihre Bluse fielen und dunkle Flecken hinterließen. „Er fährt erstmal als Erster Offizier und dann später als Kapitän", sagte sie und schniefte. Das war eben das Merkwürdige mit ihr: Stets ersehnte sie sich geradezu, dass er wieder eine angemessene Anstellung bekäme und wenn es dann endlich soweit war, konnte sie gar nicht genug heulen. Dabei war es ja eigentlich eine erfreuliche Neuigkeit. Aber Trennungsschmerz lässt sich nur schwer unterdrücken. Daran litt sie noch immer, trotz der langen und nicht immer einfachen Ehe. Diesmal gestaltete sich die Zukunft von Anfang an erkennbar schwierig, denn es stand fest, dass es ein Abschied für eine lange Zeit werden würde. Der Kontrakt, den mein Vater mit einer uns bisher unbekannten Reederei abgeschlossen hatte, verpflichtete ihn auf ein ganzes Jahr. So lange sollte er unterwegs sein, und es würde keinen zwischenzeitlichen Besuch geben, weder für meine Mutter bei ihm noch umgekehrt.

Als ich Einzelheiten erfuhr, begriff ich, dass mein Vater sich einer besonderen Herausforderung stellte. Das Schiff, auf dem er seinen Dienst antreten sollte, verkehrte ständig zwischen australischen Häfen und Kuwait, um Schafe zu transportieren. Diese Tiere bildeten die wichtigste Proteinquelle der Einwohner des Wüstenstaates, wo es nur einige Oasen und außer Dattelpalmen kaum eine andere Vegetation gab. Der neue Job würde in mehrerer Hinsicht viel von meinem Vater verlangen. Schnell wurde mir Dreierlei klar:

1. Meinem Vater bot sich vor dem Hintergrund seines Alters und seiner nicht immer geradlinigen Karriere de facto kaum eine weitere

Gelegenheit, wieder als Kapitän ein Schiff führen zu können. Er war quasi gezwungen zuzugreifen.

2. Das Fahrtgebiet würde physisch und letztlich auch psychisch höchste Belastungen für meinen Vater, wie auch für die sonstige Besatzung, bedeuten. Ihn erwarteten brutale Klima- und Wetterbedingungen in tropischen Gewässern, wobei der Äquator in relativ kurzen Zeitintervallen immer wieder gekreuzt werden musste.

3. Individuell positiv könnte sein, dass mein Vater nun seinem heimlichen Vorbild „Captain Bligh" so nahe kommen würde wie nie zuvor.

Die Reederei hatte alles geregelt. Zeitgerechte Abfahrt mit dem Nachtzug nach Basel von Gleis 14 des Hamburger Hauptbahnhofs. Von da ein Flug nach Kuwait. Dort sollte er am 1. März 1962 auf dem Viehtransporter anmustern.

Eng standen wir auf dem Bahnsteig beisammen, meine Eltern, meine Schwester und ich. Uns fröstelte, sicher nicht nur des kalten Windes wegen. Der Abschied war beklemmend. Als letzte nahmen mein Vater und ich uns in die Arme - Wangenküsse, Rückenklopfen, stockende unverständliche Worte. Meine Mutter und Schwester standen weinend dabei. Dann einsteigen, ein Pfiff, Abfahrt. Ein endlos scheinender Zug glitt langsam aus der Halle, die Hand meines Vaters winkte, bis sie hinter einer Gleisbiegung verschwand. So begann ein langer Abschied.

Allmählich fiel jeder auf seine Art in das eigentlich gewohnte Verhaltens- und Gefühlsmuster einer Seemannsfamilie zurück. Schlicht und einfach ging es darum, die Trennung zu ertragen. Immer wieder wurde über den Ehemann und Vater geredet und wir erörterten, was er geschrieben hatte und was es wohl bedeuten mochte, dass er doch eigentlich zu selten schrieb und wenn, dann weniger über sein eigenes Befinden, als über eher praktische Probleme, die Schiff, Besatzung oder die Ladung betrafen.

Meine Freundin und ich besuchten meine Mutter und Schwester und diese kamen zu uns nach Kiel. So hatten wir weitere Gelegenheiten, gemeinsam wenige Texte zu interpretieren und über Möglichkeiten zu diskutieren, die Kommunikation zu verbessern. Letztlich blieb nur der Trost, dass ein Jahr ja keine Ewigkeit sei.

Mein Vater äußerte sich sehr stolz in einem Brief, als er nach recht kurzer Zeit zum Kapitän befördert worden war. Die Besatzung von ungefähr fünfunddreißig Mann bestand überwiegend aus Deutschen, aber auch einige Schwarze, Chinesen und Araber gehörten dazu. Alle Führungspositionen besetzten Deutsche. In einem Brief an mich schrieb er sehr angetan von seiner „mixed crew" und ich merkte deutlich, dass dies seinem geträumten Selbstbild vom imaginären Captain Bligh förderlich war. Ich bin mir dessen sicher, dass er keinerlei rassistische Abneigungen hegte und energisch einschreiten würde, wenn an Bord solche Tendenzen spürbar geworden wären.

Bei dem Schiff handelte es sich, zumindest während der Reise von Süd nach Nord, eigentlich um eine schwimmende Massentierhaltung, die bei tropischem Klima mit rund sechstausend blökenden Tieren durch die Weiten des Meeres kreuzte. Tierpfleger betreuten die Tiere. Mein Vater hatte, auch das hatte er einmal geschrieben, ein besonderes Augenmerk darauf, dass möglichst wenige Schafe auf See starben.

Sein Schiff war nur 95m lang und 14 m breit, dürfte aber durchaus seetüchtig gewesen sein. Die Geschwindigkeit des Schiffes betrug etwa vierzehn Knoten und bei jeder Reise zwischen der Westküste von Australien (circa 30 ° S) und Kuwait (circa 30 ° N) mussten gut fünftausend Seemeilen überwunden werden, was jeweils mehr als zwei Wochen bedurfte. Der Äquator war auf ungefähr nordwestlichen beziehungsweise südöstlichen Kursen ein- bis zweimal pro Monat zu kreuzen. Die Tagestemperaturen konnten in den westaustralischen Häfen wie Fremantle und Perth auf über 30° C klettern und in Kuwait fast 50° C erreichen. Meistens, besonders auf See, dürfte schwüles, drückendes Wetter mit feuchter Luft geherrscht haben, was für meinen

Vater wie auch die anderen Besatzungsmitglieder einen regelrechten Hitzestress bedeutet haben musste, wobei der Blutdruck gesenkt und der Kreislauf des Blutes geschwächt wurde. Zusätzlich konnten eine lähmende Müdigkeit sowie Schwindel und Migräne auftreten.

Es war völlig klar, dass unter diesen Bedingungen hohe Anforderungen an die Schiffsführung gestellt wurden. Ich konnte mir gut vorstellen, dass mein Vater befähigt war, die Besatzung „bei Laune" zu halten. Das bestätigte er auch in seinen Briefen, denen er Bilder beigelegt hatte. Darauf war zu sehen, dass die Männer offensichtlich an Deck ein Seefest feierten. Mitten unter den Leuten saß mein Vater, als sei er einer von ihnen.

Im Laufe des Jahres zeigte sich, dass mein Leben nicht mehr ganz so verlief, wie ich es mir als Schüler ausgemalt hatte. Vom bisher ziemlich geradlinigen Kurs musste abgewichen werden. Die Ursache war sozusagen eine Komplikation, der meine Freundin und ich uns aber freudig stellten. Mit einer gewissen Eile heirateten wir im Oktober 1962 in Kiel im Kreise der Familien und Freunde. Der Grund zur Hochzeit war nicht besonders ungewöhnlich: Im Mai 1963 sollten wir ein Kind bekommen. Leider konnte mein Vater diesem Ereignis so kurzfristig nicht beiwohnen. Aber natürlich wusste er, dass ihm im kommenden Frühjahr, wenn sein Kontrakt erfüllt sein würde, in Deutschland ein Enkelkind in die Arme gelegt werden würde. Mein Vater kreuzte weiterhin den Äquator, um geduldige Schafe einem nahen Ende in Kuwait zuzuführen.

Meine Frau und ich wohnten mangels besserer Alternativen bei meiner Schwiegermutter und ich pendelte nach wie vor zwischen meinem Wohnort an der Kieler Förde und meiner Schule an der Elbe. Auf die Dauer wären unsere Wohnverhältnisse nicht gerade optimal und schon gar nicht, wenn wir ein kleines Kind hätten. Nach Abschluss meiner Prüfung an der Seefahrtschule im Juni hätten jedenfalls meine ewigen Bahnfahrten ein Ende. Alsbald würde ich dann irgendwo als

Steuermann anmustern können; dieser Möglichkeit sahen wir weniger freudig entgegen, bedeutete sie doch eine Trennung der Familie. Aber besonders ich war optimistisch, eine gute Lösung realisieren zu können. Ausgeschlossen waren für mich von vornherein lange Reisen in die Tropen.

Mein Vater hatte seine Verpflichtungen so gut wie erfüllt; eigentlich konnte er schon so langsam anfangen, seinen Seesack zu packen und sich mental umzustellen auf verträgliches Wetter und muhende Vierbeiner auf grünen Wiesen im Sülldorfer Knick.

Ein ungeklärtes Ende

Wie eine Monsterwelle ein Schiff bis in die letzten Spanten erschüttern lässt und vieles zerschlägt, ließ Mitte März 1963 ein Anruf unser aller Leben in den Grundfesten erbeben. Zwar verstanden wir die Worte, aber wir erfassten nicht deren Bedeutung. Ich war gerade bei meiner Mutter und Schwester zu Besuch. Meine Mutter hatte ein Telefonat von der Reederei meines Vaters entgegen genommen. Immer wieder ließ ich mir von meiner Mutter den Wortlaut wiederholen. Erst allmählich drang uns ins Bewusstsein, was unglaublich war: „Kapitän Klumbies ist nicht mehr an Bord."

Viele Fragen stürzten auf uns ein. Hatte er schon abgemustert? Hatte er etwas angestellt? War er im Krankenhaus? Wir stellten uns absurde Fragen, regelrechte Notfragen, um die Wahrheit nicht erfassen zu müssen. Tatsächlich wussten wir ja, dass er noch auf See sein müsste, mehrere Tagesreisen von Kuwait entfernt. Schließlich gab ich mir einen Ruck und rief die Reederei an. In der Tat: Mein Vater war seit dem frühen Morgen des 14. März nicht mehr an Bord. Eine lapidare Mitteilung. Wieso? Nicht mehr an Bord? Die Besatzung hatte das gesamte Schiff mehrmals bis in die letzten Winkel durchsucht. Also musste er in der See sein. Die Wassertemperatur betrug am angenommenen

Unfallort 26 °C. Da könnte man sich ziemlich lange über Wasser halten. Wenn man unverletzt war. Wenn man wollte.

Das Schiff war auf Gegenkurs gegangen und suchte an der vermuteten Unfallstelle in immer größeren Kreisen die See ab. Alle Männer, die nicht unbedingt etwas anderes erledigen mussten, hielten Ausguck. Inzwischen wurde über Seefunk eine internationale Seenotmeldung abgesetzt:

„german vessel XY = man over bord = position 1702 north, 6529 east at 14.3. 0130 gmt = psl sharp look out ="

Am nächsten Tage fuhr ich zur Schule, um der aufgeregten Trauer meiner Mutter auszuweichen. Am Vormittag sagte mir die Sekretärin aus dem Schulbüro, dass ich die Reederei anrufen solle. Natürlich wusste ich, was ich zu hören bekommen würde. Aber dennoch durchzuckten mich glitzernde Blitze der Hoffnung. Könnte nicht ein anderes Schiff meinen Vater gefunden haben? War es denn so ausgeschlossen, dass etwa eine Dhau oder ein anderes Fahrzeug der Anrainerstaaten am Arabischen Meer so weit draußen unterwegs gewesen war? Gerade im arabischen Bereich lebten doch seit Urzeiten tüchtige Seeleute. Aber es waren Hoffnungen, die sich zerschlugen. Alle Maßnahmen an Bord hatten sich als erfolglos erwiesen. Zum Zeitpunkt als mein Vater vermutlich über Bord ging, herrschte eine ruhige See. Um 20.00 Uhr frischte der Wind aus NO bis auf Stärke 4, später 6 auf. Nach Einbruch der Dunkelheit wurde die Suchaktion mit Hilfe von Scheinwerfern fortgesetzt. Um 22.00 Uhr berief der 1. Offizier den aus mehreren Personen bestehenden Schiffsrat ein. Es wurde beschlossen, die Suchaktion um 23.00 Uhr abzubrechen und wieder auf Kurs Kuwait zu gehen.

Ich ging langsam von der Schule die kurze Strecke zum Altonaer Balkon, der gerade menschenleer war. Ich stellte mich ans Gitter vor dem bewachsenen Abhang und schaute schluchzend über den Hafen in die Ferne. Allmählich verschwammen alle Konturen vor meinen Augen. Fünf Tage nach Abbruch der Suchaktion, am 20. März 1963, erreichte das Schiff meines Vaters Kuwait. Es hätte ein schöner Frühling für unsere Familie beginnen können, aber wir erlebten eine sehr beschwerliche Zeit.

Ermittlungen und Vernehmungen wurden von konsularischen Vertretungen in Kuwait und in Australien sowie, weil einige Mitglieder der Besatzung inzwischen abgemustert waren, in Deutschland durchgeführt.

Während die Ermittlungen noch liefen, brachte meine Frau im Mai einen Jungen zur Welt. Die Freude darüber brach sich trotz der Trauer Bahn. So, emotional zerrissen, musste ich mich auf die Prüfung zum Seesteuermann auf großer Fahrt vorbereiten. Im Juni wurde mir das entsprechende Patent A 5 ausgehändigt. Die besonderen Verhältnisse gestatteten mir nicht, Stolz und Freude auszuleben. Gerne hätte ich mein Patent meinem Vater gezeigt.

Nach einer öffentlichen Verhandlung des für den Seeunfall meines Vaters zuständigen Seeamtes wurde im September 1963 unter anderem festgestellt:

„Da der Vermisste sich inzwischen nicht gemeldet hat, also auch von anderen Schiffen nicht aufgefunden worden ist, kann mit Sicherheit angenommen werden, dass er am 14. März 1963 nach 5.15 ZZ ums Leben gekommen ist. Das Seeamt hat es nicht als seine Aufgabe angesehen zu entscheiden, ob Freitod oder ein Unglücksfall vorliegt...

Anhaltspunkte für ein Verbrechen oder für einen Mangel an Sicherheitsvorkehrungen des Schiffes liegen nicht vor. Nachdem das Verschwinden des Kapitäns festgestellt worden war, ist eine lange und sorgfältige Suchaktion durchgeführt worden."

An der öffentlichen Sitzung hatte ich teilgenommen. Ich wurde vom Seeamt nur gefragt, ob mein Vater tatsächlich der Familie oft viele Monate lang nicht geschrieben hatte. Ich konnte diesen Sachverhalt nur bestätigen. Mir war es peinlich, nichts Positiveres mitteilen zu können. Ich behauptete, dass wir daraus den Schluss gezogen hätten, dass es ihm gut ergehe.

Bei aller Trauer erfüllte mich ein Satz über meinen Vater aus dem Vernehmungsprotokoll des Schiffsstewards mit besonderer Zufriedenheit: „… Sein Verhältnis zu den Mannschaften war sehr gut…" Davon war ich ohnehin immer überzeugt gewesen.

Natürlich wurden sein Salon und sonstige von ihm bewohnte Räume gründlich durchsucht. Ein Abschiedsbrief oder dergleichen wurde nicht gefunden. Sein Siegelring befand sich in einem Wandschrank, seine Brille und seine Armbanduhr lagen auf seinem Nachttisch. Die Uhr, mit der Bezeichnung „Seamaster", wurde mir von unserer Familie übereignet. Das Uhrwerk funktioniert schon lange nicht mehr und kann auch nicht repariert werden. Aber das Armband trage ich täglich; es ist ein ewiges Andenken an meinen Vater und an seine Reise ohne Heimkehr.